ВІЛЛА ДЕККЕРА

Юрій Винничук

Вілла Деккера

Роман

ФАБУЛА
ВИДАВНИЧИЙ ДІМ

УДК 82-312.4
В48

ФАБУЛА
ВИДАВНИЧИЙ ДІМ

Опубліковано в авторській редакції

Винничук Юрій

В48 Вілла Деккера. Роман. — Харків : ВД «Фабула», 2021. — 304 с.
ISBN 978-617-522-001-6

Як і властиво Юрію Винничуку, «Вілла Деккера» віртуозно балансує на межі ретродетективу й політичного трилера — так само, як герої книжки балансують у невизначеному межичасі буквально за кілька днів до початку Другої світової. Вир драматичних подій та яскравий гумор, глибоке знання таємного життя передвоєнного Львова, соковита мова, кримінальні та любовні інтриги — усе це читач знайде в новому романі визнаного майстра.

УДК 82-312.4

ISBN 978-617-522-001-6

ГОЛОВНІ ДІЙОВІ ОСОБИ:

Марко Крилович, 37 років, автор популярних репортажів про кримінальний світ Львова в газеті «Новий Час», підписаних псевдонімом «Нічний репортер».

Роман Обух, 37 років, комісар львівської поліції. Давній товариш Марка. Ще гімназистами вони вступили до армії УНР і воювали проти більшовиків.

Владислав Ґождзєвскі, 52 роки, інспектор, комендант Львівського воєводства.

Герман Фінкельштейн, 67 років, комісар львівської поліції за часів Австрії.

Антек Радомський, 26 років, капрал.

Владислав Конарський, 52 роки, шеф штабу контррозвідки.

Роман Кисіль, 54 роки, займається контрабандою тютюну і цигарок, тримає підпільне казино.

Мирослава, 19 років, його донька.

Ірма Краузе, 32 роки, працівниця німецького консуляту у Львові.

Пйотр Зяблов, 51 рік, віцеконсул совєтського консуляту у Львові.

Алєксєй Воронін, 49 років, торговий аташе совєтського консуляту у Львові.

А також повії, танцівниці, батяри.

ВСТУП

12 серпня 1939 року, субота

В «Баґателі»[1] танці тривали допізна. Велика компанія Товариства коліярського[2] влаштувала собі бенкет з нагоди відходу на пенсію презеса пана Михальського, що був уже добре п'яненький, але все ще хапався за дівчат і тягнув їх до танцю, хоча ноги йому заплiталися і лика він не в'язав. Від презеса не відставали й решта коліярів, їм усе ще було мало гулянки.

Дівчата, які заробляли танцями з гостями, вже вибилися з сил і попросилися в директора відпустити їх додому. Директор дозволив чотирьом з них піти, а інших чотирьох змусив залишитися, обіцяючи премію.

Відпущені танцівниці хутко перевдягнулися і, поки директор не передумав, вибігли на безлюдну вулицю Рейтана. Незабаром дісталися до готелю «Жорж», де їхні шляхи розбіглися. Віцця пішла Академічною до Зиблікевича, де винаймала маленьку кімнатку на піддашші. Була втомлена й сонна.

Наближалася північ, у деяких помешкання ще світилося, і на хідник падали жовті плями світла. Накрапав легенький дощик. Процокотіла бруківкою дорожка[3] в напрямку центру, на козлах куняв дорожкар під напнутим дашком. За спиною у дівчини захурчав мотор. Віцця озирнулася й побачила авто, що пригальмувало біля неї.

---

[1] «Баґателя» — тепер театр ім. Леся Курбаса *(тут і далі прим. автора)*.

[2] Коліяр — залізничник *(гал.)*.

[3] Дорожка — фіакр, бричка *(гал.)*.

Незнайомець у класичному водійському кашкеті вихилився з вікна і запитав німецькою:

— Пробачте! Не підкажете, як проїхати на Полтвяну?

Вікця з німецької завше мала погані оцінки, але таке просте питання ще зрозуміла і стала щось пояснювати каліченою німецькою, а що слів бракувало, то допомагала собі жестами. Водій сказав, що йому так важко зорієнтуватися і чи не могла б панна сісти до нього в авто і показати. А потім він завезе її, куди треба.

— Зараз буде злива,— додав.— Куди вам?

— На Зиблікевича,— відповіла Вікця.

— Сідайте,— сказав чоловік.

Вікця роззирнулася, ніде не видно було живої душі, дощ набирав сили, босоніжки вже хлюпали. Водій був молодий і мав цілком привітний голос. Вікця підійшла до авта, чоловік відчинив їй дверцята, й вона сіла біля нього. Несміливо спідлоба зиркнула на незнайомця. Симпатичний. В ніздрі прокрався незнайомий запах, схожий на квіткову кольонську воду.

Авто виїхало з Академічної на Романовича і помчало по Зиблікевича, а Вікця з усіх сил кричала, що вона вже приїхала, намагалася на ходу відчинити дверцята, але вони не піддавалися. Водій задоволено усміхався. Ось вони вже мчали Полтвяною, розтраскуючи калюжі. І коли він промовив кілька страшних слів, вона не повірила своїм вухам.

РОЗДІЛ ПЕРШИЙ

14 серпня 1939 року, понеділок

1

Захопившись репортажами з нічного життя, я мимоволі загрузав усе глибше в кримінальний світ, а заразом і в роботу поліції. Уже не раз мені доводилося самому братися за розслідування, наражатися на небезпеку і виборсуватися з халепи теж самому. Але з часом я вже не міг без цього, поволі це перетворилося на зміст мого невпорядкованого життя. Я часто тинявся зачучвірілими кнайпами і мордовнями, спелюнками[1] і борделями, діставав по писку, а то й майхром[2] по животу, падав, обриганий, у рівчак, бо окрім як нахлятися з тими, хто хляв, іншого способу добути щось цікаве чи сенсаційне не було. Щоб увійти їм у довіру, я мусив говорити їхньою мовою, пити те, що й вони, лаятися, як вони, і реготати, як вони, вгощати в кнайпах повій, дозволяти їм гладити себе по голові, і не лише по голові, цілувати мене у вуха і шию, мусив курити опій в борделі, щоб і там щось вициганити для себе корисне, а потім, щоб те все не вивітрилося, виходив до дерев'яного кльозету на дворі і при тьмяному світлі жарівки занотовував ключові слова, сенс яких ніхто, окрім мене, не второпав би. А поволі вже так

[1] Мордовня — шинок, у якому часто б'ються; спелюнка — злодійський притон *(гал.)*.
[2] Майхер — ніж *(гал.)*.

втягнувся, що не треба було мені й компанії. Я сам собі став компанією — і це було найгірше.

Мені довелося займатися багатьма цікавими злочинами, розслідувати таємниці вбивств дуже поважних осіб, але жодна з тих справ не засіла так міцно в голові, як справа Цинамонового душія.

Львів того року налічував 318 186 мешканців, абонентів Львівського радіо було 51 024. З огляду радіофонізації Львів займав перше місце за кількістю радіоприймачів на 1000 мешканців — 160. І коли 13 серпня пролунала на радіо звістка про першу задушену дівчину, фордансерку[1] з «Баґателі», новина миттю розлетілася містом, а увага всіх львів'ян прикипіла до дій поліції. Душія нарекли Цинамоновим через те, що він притрусив очі задушеної дівчини цинамоном. Точніше — не очі, а очні ямки. Очі він акуратно вийняв і забрав із собою. Досі чогось подібного Львів не знав.

З фордансерками та кабаретовими танцюристками траплялися всілякі трагедії — час від часу вони труїлися або стрілялися, як от танцівниця з кабарету в Рівному. Бо здебільшого їхні кар'єри завершувалися спочатку ліжком директора ресторації чи кабарету, а потім уже любовною трагедією.

Мій давній товариш комісар Роман Обух відразу зайнявся цією справою, але мене вона спочатку настільки не зацікавила. Я працював у газеті «Новий Час», час від часу писав репортажі про підземний Львів, невидимий Львів, але який дуже цікавив моїх читачів. Я жив на Длуґоша*, і з вікон мого помешкання виднівся університетський ботанічний сад. Моє бюрко стояло біля вікна, і, коли думка починала гальмувати, я піднімав голову і дивився на той сад. Остання моя пасія Емілія врешті

---

[1] Фордансерка — танцівниця, яка заохочує до танців відвідувачів у рестораціях.

не витримала такого партнера, як я, і знайшла собі когось вигіднішого. Можливо, відчула, що я їй не довіряю, маючи відчуття, що то вона минулого року виманила свого коханця на віллу, де його почали вишукано допитувати. А вона за усім цим спокійно спостерігала і трощила цукерки, запиваючи шампаном, коли він кричав і ревів від страшного болю. Жити під одним дахом з дівчиною, що має такий твердий характер і готова стати співучасницею убивства, було незатишно, і я волів більше часу перебувати деінде, аніж вдома. Та й те сказати, писалося мені по knайпах не гірше.

Не зацікавив мене спочатку Цинамоновий душій ще й з тієї причини, що я якраз захопився іншою справою. І знову тут були замішані жінки. Почалося все з того, що я пополудні завітав до Обуха в комендатуру львівської поліції, коли задзеленчав телефон. Обух взяв слухавку.

— Комендатура поліції? — перепитав чийсь м'який вкрадливий голос.

— Так,— відповів Обух.

— Чи маю честь розмовляти з комісаром Обухом?

— Так. Слухаю.

— Хотів би-м з паном перекинутися кількома словами.

— Саме зі мною?

— Так. Але, звичайно, не в панськім бюрку.

— Добре. Тоді де?

— «Під мокрим рядном» за п'ять хвилин.

— Як я упізнаю вас?

— Сам підійду до пана.

Обух поклав слухавку і сказав:

— Можливо, щось цікаве, а можливо, пшик. Я вибіжу. Зачекаєш на мене?

— Ще чого! Піду з тобою. Не маю ніц проти філіжанки кави.

Офіційно такої кнайпи з такою назвою не існувало, була кнайпа пана Мокрого на Фредра, а хтось прозвав її

«Під мокрим рядном», і так то пристало, що ніхто її інакше й не називав, хоча вже й самого пана Мокрого не стало, а новий власник мав зовсім інакше прізвище. В knайпі не було людно — лише кілька відвідувачів. Ми сіли за столик, і щойно нам принесли каву, як з глибини приміщення випірнув низенький чоловічок років п'ятдесяти і подріботів до нас, тримаючи в руці горнятко. Він підсів до нашого столика і тихо промовив:

— Не сподівався, що побачу пана в товаристві...

— Це мій товариш Марко Крилович. Можливо, чули — нічний репортер.

— А-а! Ще б пак! — зрадів чоловічок.— Як не чути! Читаємо газети, слухаємо радіо. Мене звати Кароль Гловек. Адвокатська контора «Зайдель і К». Я в справі смерті такого собі добродія Альберта Коса.

— Альберт Кос? — Обух здивовано зиркнув на мене, чекаючи, що, можливо, я пригадаю хто це, але я похитав головою.— Наскільки мені відомо, жодна справа на таке ім'я не потрапляла до нашої комендатури.

— Та це й не дивно,— усміхнувся Кароль.— Альберт Кос помер учора вночі. Лікарі констатували смерть від надмірного вживання алкоголю. Чоловік, мовляв, перепив, а потім, наливаючи до лямпи гасу, хляпнув на себе і загорівся, спричинивши пожежу...

— Ну, що ж...— промовив Обух.— І таке буває.

— Я б навіть уточнив, що й не таке буває. Але у цьому всьому і криється таємниця. Щось у цій смерті нечисте.

— Що саме? Такий нещасний випадок цілком вірогідний. Не так давно на Замарстинові жінка палила листя, хлюпнула на нього гасу, полум'я охопило її гумового плаща, і вона загинула. Ви ж самі кажете, що спричинив пожежу алкоголь.

— Це не я кажу, а лікарі. А я вам кажу, що тут не все чисто. На жаль, разом із ним загинула дівчина.

— Вона теж перепила? — запитав я.

— Ні! Що ви! Але покійний Кос не вживав алкоголю.

— А ви звідки про це знаєте?

— Знаю, бо вже років зо двадцять я є… точніше, був його приятелем. Близьким приятелем. Зрештою, ми й працювали разом. Він ніколи не пив. Навіть пива не пив.

— І все це спричинила одна лямпа? — здивувався я.

— Справедливе запитання,— погодився Кароль.— Не одна лямпа. Адже він мусив мати якусь посудину, з якої наливав гас до лямпи. Альберт буцімто перекинув її на себе, потім випустив з рук, гас розтікся, і все довкола миттю вкрилося полум'ям.

— То в них що — електрики не було? — запитав комісар.

— Альберт купив невикінчену будову, все довів до ладу, якраз комісія мала прийняти і дати дозвіл на під'єднання струму.

— То який висновок зробила поліція?

— Та яка поліція! Спочатку там були пожежники, вони не помітили нічого особливого. Потім, коли пожежу погасили, прийшов жандарм, який з вуст лікаря списав протокол і постановив, що тут криміналу нема. От і все.

— Звідки взялася версія, що Кос був п'яним?

— Вони знайшли розтрощену пляшку горілки. Але її мусив хтось принести. Скажімо, той гість.

— А дівчина? — запитав Обух.— Хто вона?

— Я знаю лише, що познайомилися вони під час судового процесу,— продовжив Кароль.— Вона розлучалася зі своїм чоловіком і найняла Альберта. Процес розтягнувся, бо Іґнац Деккер нізащо не погоджувався розлучатися, а надто ділити майно. Отак вони й зійшлися.

— Деккер її чоловік?

— Так.

— Діти у них були?

— З Деккером? Ні.

— А з Косом?

— Та звідки? Вони не так давно зблизилися.

— Отже, ви не вірите, що то був нещасний випадок,— підсумував Обух.— Тоді що?

— Їх убили,— твердо промовив Кароль.

— Якщо їх убили, то це можна з'ясувати,— втрутився я.— Кулі, ножові рани…

— Навіщо аж так? Уявімо, що хтось прийшов до них. Хтось, кого вони добре знали. Допустимо, це був Деккер з пропозицією мирової угоди. Відбулася певна розмова, яка завершилася не так, як хотілося б гостеві. Тоді він схопив гасову лямпу й пошпурив нею в Альберта. А коли дівчина кинулася його гасити, облив і її.

— Чим облив? Гасом?

— Ну так! У них же ж електрики не було. Отже, мусив десь бути бутлик чи каністра з гасом. Або міг ту каністру і з собою принести в торбі.

— А каністру чи бутлик знайшли? — запитав я.

Кароль зітхнув, мовби розпачуючи над своєю добре збитою версією:

— Ні, не знайшли. Можливо, гас був у тій пляшці з-під горілки. Але вона розлетілася на друзки і так вигоріла, що довідатися про її вміст вже неможливо. А можливо, убивця забрав посудину з собою. Тобто в будинку її не було. Так що всі зійшлися на тому, що то нещасний випадок.

— Знаєте що,— промовив Обух.— Та дилема — пив він чи не пив — взагалі не має нічого до речі. Він міг необережно облитися гасом, і будучи цілковито тверезим. Далі випустив з рук лямпу і пляшку. В такій ситуації люди часто панікують і роблять багато зайвих рухів. Тому алкоголь не може бути єдиною причиною сумніву, що то не є нещасний випадок. Мусять бути якісь інші докази.

— Так,— зі смутком погодився Кароль.— Я розумію.

— Ми спробуємо перевірити алібі Деккера. Але, як по правді, то тут мало за що можна зачепитися.

— Чому мало? Гадаю, на його одязі мусять бути сліди гасу.

— Він міг той одяг випрати або й викинути. Крім того, де певність, що то був він? Міг когось найняти.

Кароль помітно скис.

— То страшний дрань…— промовив.— Він її лупцював, тягав за волосся. Бідна дівчина пішла спати в такому віці.

— Скільки їй було?

— Двадцять чотири чи двадцять п'ять.

— Чим той Деккер займається?

— О, в нього дуже прибутковий ґешефт. Помагає євреям вивезти готівку і коштовності до Палестини.

— Яким чином?

— Він має своїх людей в совєтському консуляті. Кожен, хто хоче врятувати своє добро, а вивезти його легально не може, депонує в консуляті скриньку з коштовностями і грошима з умовою, що у випадку його смерті скриньку відправлять до Бухаресту на ім'я його вигаданого брата. В еквадорському консуляті він отримує еквадорську візу і виїжджає з нею до Румунії, де нібито повинен сісти на корабель, який повезе його до Латинської Америки. Але… не сідає, а нагло «помирає». Відтак консулят посилає ту скриньку до Бухаресту на ім'я його брата, який і є тим самим євреєм. Відтак він у Констанці таки сідає на корабель і пливе до Палестини.

Обух неабияк здивувався:

— І досі ще ніхто цього шахрайства не розкрив?

Кароль засміявся і закурив:

— Пане комісар, навіть не пробуйте туди лізти, бо там такі високі пани мачають носа, що нарветеся на неприємності. Всі все знають. А з другого боку… Де тут кримінал? Людина вивозить власне майно, яке чесно чи нечесно заробила.

— Так, але мала би заплатити податок, пройти митний контроль.

— Митниця б не пропустила цілу скриньку коштовностей. Вважайте, що мито і податок було заплачено високим панам з воєводства. Тому з Деккером зачіпатися не просто. Ніхто не дозволить наплювати в кашу, яку він спритно заварив.

— А чим займається ваша контора?

— Чесно кажучи, всім. Мусимо перетинатися і з Деккером, бо готуємо для емігрантів папери, спродуємо їхню нерухомість і меблі, які вони залишають.

— За якою адресою мешкав ваш приятель? — запитав я.

— Круп'ярська, 4.

— Ну, що думаєш? — запитав Обух, коли ми вийшли з knайпи.

— Думаю, що варто було б потинятися біля того будинку. Може, якісь сліди виявляться.

— Чудова думка. Цим ти й займешся. Візьми моє авто.

— А ти забери з міської трупарні тіла, і хай твої хлопці зроблять розтин.

Він поплескав мене підбадьорливо по плечах і повернувся до комендатури. Себто це означало, що він не бачить поважних перспектив у цій справі. А я сів до авта і поїхав на Личаків. Круп'ярська була бічною і вела на Кайзервальд. Відшукати вигорілий будинок було просто — шиби повилітали, а стінами тягнулися чорні язики обсмаленого тиньку. Чувся сморід згорілого дерева, яке заливали водою з пожежних сикавок. Я штовхнув хвіртку, зайшов на подвір'я і відразу ж почув, що мене хтось кличе. З протилежного будинку вийшов літній чоловік.

— Прошу пана, а що ви там шукаєте?

— Я з поліції.

— Справді? — В його голосі вчувалося недовір'я.— А маєте леґітимацію?

Я показав йому не зовсім легальне посвідчення, яке мені колись видав Обух.

— Дивно,— сказав чоловік.— Бо казали, що справа зрозуміла і закрита.

— Це так, але є деякі питання. Ви тут живете?

— Через дорогу. Називаюся Вацяк. І пан жандарм просив мене позирати, чи хтось не навідається. Може, які злодюжки.

— А є там ще що красти?

— Ну, передпокій не згорів, і кабінет пана меценаса[1]. Та й кухня майже ціла. А знаєте, для декого й клямку з дверей викрутити і то хліб. Чи й двері з петель зняти. Тяжкий час.

— То ви маєте ключа до вхідних дверей?

— Ая, маю. Хочете зайти? Я б не радив. Там страшний сморід. Трупи вже забрали, але запах згорілої фарби, меблів…

— Я думаю, що крізь висаджені вікна він уже мав би вивітритися.

— Знаєте що? Зараз я вам винесу мокрого рушника, і ви прикладете собі до лиця. Хвильку.

Він швиденькою ходою пошкандибав до будинку навпроти. Що я сподівався там побачити? Невідомо. Хотілося просто мати перед собою всю картину трагедії.

Вацяк повернувся з мокрим рушником, піднявся на ґанок і відчинив двері.

— Я вас тут зачекаю,— сказав.

Я притулив рушника до обличчя і зайшов до передпокою. Він справді вцілів. На вішаку ще висіли плащі, в кутку стояло пудло для парасольок. Зверху на полиці над вішаком вишикувалися чотири фетрові капелюхи. Всі чоловічі.

Далі була вітальня, де розігралася вся сцена. Тут вигоріли всі меблі й поверхня підлоги, що була вся залита водою. Від вітальні в обидва боки йшли покої. Покій

---

[1] Меценас — адвокат *(гал.)*.

ліворуч був зачинений, лише двері вигоріли. Покій праворуч мав двері відчинені навстіж, він вигорів повністю разом із ліжком, яке тепер зяяло чорними пружинами.

Я відчинив двері ліворуч. То був, либонь, кабінет адвоката. Він уцілів, вигоріло лише трохи підлоги, заки наспіли пожежники. Я підійшов до письмового столу, на якому лежала ціла гора папок. На кожній папці красувалося чиєсь прізвище. Я перегорнув їх. Усі прізвища були єврейські. Мабуть, то й були папери емігрантів. За кілька хвилин я збагнув, що всі папки мають схожі бланки й документи, різниця лише в прізвищах і фотографіях. Я витягнув зі споду сухішу папку і сховав за пазуху. Потім узяв аркуш паперу й виписав прізвища, що були на папках.

Ставало все важче дихати. Я вийшов з будинку. Вацяк сидів на східцях, почувши, що я виходжу, схопився на ноги і замкнув двері на ключ. Я роззирнувся.

— А тут ще є підвал? — запитав я.

— Так. Вхід з боку саду. І туди хочете зазирнути?

— Здалося б.

— Добре, ходімо. Там нічого не горіло, то лишіть рушника тут, а я потім заберу.

Я повісив рушник на перилах, й ми обійшли будинок ззаду. Вацяк відчинив дерев'яні двері, помальовані зеленою фарбою, і пропустив мене вперед. Підвал мав два просторих приміщення. В одному був дерев'яний верстат, на стінах висіли столярські інструменти. В другому під стіною стояв злегка запилюжений стелаж зі слідами від слоїків.

— Що тут було? — кивнув я на стелаж.

Вацяк зашарівся і став щось бурмотіти невиразне.

— Тут були всілякі закрутки? Так? — запитав я.

Він несміливо кивнув.

— І ви їх забрали собі?

Він опустив очі.

— Прошу пана, а кому вони б ще здалися? І так пропали б. То я переніс до себе. Але якщо ви наполягаєте, ми зараз усе з дружиною попереносимо назад. Не хотілося б, щоб воно пропало. Ви ж мене не видасте?

Я подумав, що мені краще мати його по своєму боці.

— А що ще ви перенесли до себе?

— Пане комісар, бігме більше нічого. Ще тут був мішечок пророслої цибулі і такої ж пророслої бульби. Літо ж надворі. То я і їх забрав. Бульбу курам буду варив, а цибулю висаджу.

— А інструменти?

— Ні-ні. Навіть цвяшка не рушив.

— Гаразд. Але майте на увазі, що в небіжчиків бувають родичі. Будинок можна відремонтувати, і згодом хтось тут поселиться.

— Так-так, я розумію.

— Скажіть ще таке. Вчора увечері ви не чули звідси якогось галасу? Ніхто не кричав?

— Ні. То було вже пізно, як почалася пожежа. Ми лягли спати. А прокинулися, коли почули, як шиби лускають: пах! пах! пах!

— Ви тоді визирнули у вікно?

— Так.

— Не побачили часом, що хтось тікає? Може, авто яке?

— Ні, нічого такого. Але, бачите, втекти можна і садами. Зовсім не конче вибігати на вулицю.

Я погодився, оглядаючи просторий сад, який виходив на другу вулицю. Я потиснув йому руку.

— Гаразд, я ще сюди завітаю. Дякую, що помогли.

Після цього я пішов до редакції «Нового Часу» на Костюшка, 1а. Редакція працювала у вакаційному складі, більшість перебували на відпочинку в Карпатах, а тут ще й літо шкодило дисципліні, й журналісти воліли писати щось по кнайпах. Редактор Лев Чубатий[1] власне закінчив нараду. Він був старший за мене на років десять і встиг повоювати в січовому стрілецтві.

— Сервус,— привітався я.— Чи можна з вами перебалакати?

— А-а, Марко! Сервус, сервус… То має бути ціхо-ша?

— Бажано.

— То ходімо до кабінету.

Ми сіли на канапі, Левко простягнув мені цигарки, ми закурили.

— Ну, кажи,— підбадьорив мене, бо, як поправді, я не знав, з чого почати.

Врешті я розповів, що знав про загибель Коса і дівчини, і показав папку, яку поцупив зі згорілої хати. Левко погортав її і сказав:

— Чим це тебе зацікавило?

— Ще не знаю.

— Але ти хочеш в тому напрямку копати?

— Принаймні спробую. Я почув, що євреї, які емігрують до Палестини, депонують свої коштовності в совєтському консуляті. А потім консулят пересилає їхнє майно до Бухаресту.

— Так, і я таке чув. Те саме чинять і німці. Дві німецькі партійні організації на теренах Малопольщі — «Jungdeutsche Partei in Polen» та «Deutscher Volksverband» — займаються такою самою харитативною в лапках діяльністю. Складаються ці партії з польських німців. Перша заснована в 1931 році, керує нею Макс Вамбек. Друга існує з 1924-го, на чолі стоїть Людвік Вольф. Обидва нацисти і люті ненависники євреїв.

---

[1] Чубатий, Лев (1895–1966) — у передвоєнні часи директор видавництва «Українська преса», редактор газети «Новий Час», часопису «Комар» та інших львівських видань. У минулому — старшина УСС.

— Вас не дивує така діяльність?

— Ні. Усі хочуть не тільки євреїв позбутися, а ще й на них заробити. На початках нацисти конфісковували у тих, які намагалися виїхати, лише 25 відсотків від вартості їхнього майна і коштів. З кожним роком цей відсоток продовжував рости. І до 1938 року вже становив цілих 90 відсотків. Їх грабують до нитки. Навіть золоті зуби змушують залишати. Так що тих 10 відсотків, які їм зостаються,— то все особисті речі, нікому не потрібні лахи, родинні альбоми і таке інше.

— Отже, ті німецькі партійні організації якимсь чином пов'язані і з совєтським консулятом?

— То дуже розгалужена діяльність. Як бачиш, консулят Еквадору теж бере в цьому участь. Євреї у Польщі воліють про це не просторікувати. Тому в їхній пресі ти нічого цього не знайдеш. Все робиться доволі обережно.

— Тоді можна припустити, що Кос не тільки готував еміграційні папери, але й помагав депонувати коштовності в совєтському консуляті?

— Про нього нічого конкретного не знаю. Але не він один.

— Чи ви чули про такого собі Деккера, який теж цим займається?

— Деккер член «Deutscher Volksverband»[1]. Цим усе сказано. І скажи нарешті: коли наступний репортаж буде? Чи тобі вже грошей не треба?

---

[1] «Deutscher Volksverband» («Німецький народний союз») — організація, що діяла на території Польщі перед Другою світовою війною, об'єднуючи представників німецької меншини, які поділяли нацистські погляди. Підтримувала постійний таємний зв'язок із партійними органами гітлерівської Німеччини та органами розвідки — гестапо, абвером і SD. Зокрема, у 1937 році із приблизно 800 тис. німців, які мешкали в Польщі, близько 200 тис. були членами прогітлерівських організацій.

— Та чого не треба… Намагався щось писати, але дубль пусто. Голова вивітрена, як дзюраве відро. Може, до кінця тижня…

Він подивився на мене зі смутком і похитав головою.

2

Папку я приніс комісарові і переказав розмову з сусідом та редактором.

— Он воно що…— промовив він.— Цей Кос мене врешті зацікавив. Я наполіг на розтині, хоча наші вже хотіли віддати трупи родинам. Підеш зі мною до трупарні?

Не люблю я трупарень, а особливо того смороду, який гуляє в повітрі з розтятих животів і шлунків, з усіляких хімічних препаратів і навіть зі стін, що просякли наскрізь запахами трупів. Довгий коридор в підвалі комендатури привів нас до просторої зали, що мала уздовж стін великі шухляди, в яких зберігалися трупи. Тут панувала волога задуха і солодкавий запах формаліну. На двох довгих столах лежало два обвуглених і роздутих тіла з піднятими догори руками. Груди й животи їхні зяяли потворними нутрощами. Юзик Шнайдер сидів поміж тими столами на ослінчику й курив. Він окинув нас байдужим поглядом і лише кивнув на наше привітання. Видно було, що вже встиг хильнути, але ніхто йому того не боронив, бо така робота, як в нього, просто зобов'язувала похмелитися. Фотограф якраз завершив клацати фотоапаратом.

— Вже по всьому? — запитав Обух.

— Най го шляк трафит,— сказав Юзик.— Я думав раздва їх спекатися, а нє — не вийшло. Мушу писати протоколи, прикладати знимки… Ти скінчив? — запитав у фотографа.— Ну, то вимітайся.

— Ще чого! Я теж хочу послухати.

— І що? — запитав Обух.— То таки смерть не від вогню?

— Яке! — махнув рукою Юзик.— Почнімо з чоловіка. Його застрелили. Тридцять восьмий калібр. Дістав дві кулі в груди. В горлянці і легенях є сажа, отже, коли його облили гасом і підпалили, він ще дихав.

Фотограф свиснув.

— З чого стріляли? — запитав комісар.

— «Сміт Вессон» 38-го калібру. Така куля робить в тілі купу дзюрок і з трьох-чотирьох кроків прошиває наскрізь. Перша куля так і зробила — вилетіла з тіла. Її убивця забрав разом із лускою. А от друга залишилася в тілі…

— Бо він уже впав на підлогу,— сказав Обух.

— Власне, так. Вдруге стріляли згори і під кутом.

— А чому руки у них підняті? — запитав я.— Просили милосердя?

— Ні,— відказав Юзик.— Коли тіло горить, то корчиться, а шкіра стягується — руки й ноги можуть задиратися догори.

— Що з дівчиною? — запитав комісар.

— А з дівчиною, курва мать, проблема інша. Її злегка придушили. Потім зґвалтували, додушили і облили гасом. І вона також ще дихала. Спосіб убивства схожий на роботу Цинамонового душія, але очі на місці.

Ми подякували і піднялися нагору.

— Ну, видиш,— сказав Обух.— Маємо свіжу роботу.

Коли ми увійшли до його кабінету, нас уже чекав інспектор Владислав Ґождзєвскі[1].

— Куди ви ходили? До трупарні?

— Так,— відповів Обух.

---

[1] Владислав Ґождзєвскі (1887–1972) — перед Другою світовою війною був інспектором львівської поліції. Заарештований радянською владою, перебував у концтаборі до кінця липня 1941 року. Після звільнення приєднався до Польської армії в СРСР під командуванням генерала Владислава Андерса.

— І що?

— Їх обох убили. Чоловіка застрелили, а дівчину зґвалтували і задушили.

Інспектор сів у крісло, закинув ногу на ногу і закурив, похитуючи головою в задумі. Така його задума не віщувала нічого приємного. Ми стояли, спершись сідницями на стіл. Інспектор перевів погляд на мене, потім на Обуха і запитав, киваючи на мене:

— А його ти навіщо з собою волочиш? Він що, збирається про це писати?

— Ні,— відповів комісар.— Він нічого писати не буде. Але довідався дещо цікаве. Розкажи панові інспектору,— штурхнув мене ліктем.

Я розповів, що знав. Інспектор слухав, не перебиваючи. Відтак зітхнув:

— Ну, ви дуже не розганяйтесь. До нас уже їде ваш добрий знайомий — шеф контррозвідки Владислав Конарський. Той Альберт Кос чомусь його дуже зацікавив, хоч він ще не знає, що того було застрелено. Телефонували також мені з Міністерства Справ Закордонних і сказали, що до них звернувся віцеконсул з совєтського консуляту у Львові і просив вплинути на львівську комендатуру, щоб ми інформували його про хід розслідування. Запитали також, хто веде розслідування. Я сказав, що жодного розслідування ще нема. Там дуже здивувалися. Ну а тепер бачу, що розслідування таки є. Щось забагато клопоту, як на мою голову.

— Віцеконсул? — перепитав я.— То консула в них нема?

— Є, Єлісєєв… Але він застряг у Варшаві. Займається єврейськими біженцями з Чехословаччини. Тут його заміняє Пйотр Зяблов. Теж чекіст…— Інспектор затягнувся і видихнув дим, важко зітхаючи.— Я послав на ту хату Радомського, щоб зайняв напровсяк стійку. Покажіть мені ту папку, яку ви звідти забрали.

Я подав йому папку, він хвильку перекидав папери, світлини, потім віддав назад.

— Там їх було зо два десятки,— сказав я.— Я виписав прізвища тих людей.

— Зробіть мені копію. Але чує моя дупа, що Конарський не просто так фалює сюди. Певно, відбере у вас це діло. А я і впиратися не буду. Баба з воза — коням легше. У нас і так є чим зайнятися. Що з тим душієм? — звернувся він до Обуха.— Є зрушення?

— Ні, нема,— відповів комісар.— Ми дослідили контакти тієї дівчини, поки що жодної зачіпки нема. Скидається на те, що то був маніяк. Нормальний чоловік не виколупував би очей.

— Цього нам тільки бракувало! Якщо маніяк, то будуть ще й інші офіри, нє?

— Можливо.

— А ця дівчина, що згоріла… То не його робота?

— Не виглядає на те. Очі цілі, цинамону брак.

— До чого той цинамон?

— Гадаю, то такий спеціяльний знак. І він нам ще зустрінеться.

— О-ой, що нині за день! Від самого ранку жодної приємної новини.

Він піднявся і рушив до дверей. Його перепинив Обух:

— А що з тим віцеконсулом? Маємо йому подавати якісь звіти?

— Гівно йому на патичку, а не звіти. Я вмиваю руки. Нехай тим клопочеться Конарський. А ви займіться душієм. І ви теж,— кивнув мені,— у вас в парі це не зле виходить.

Він засміявся і вийшов. Ми перезирнулись. Обух пирснув сміхом:

— Тобі це ніц не нагадує?

— Чому ні? Справа Томашевича, як вилита. Знову той Конарський, і знову ми мусимо бути збоку.

Обух підняв указівного пальця:

— Нє-нє, то тільки я збоку. А ти маєш вільну руку. Зараз я черкну записку Радомському, щоб пустив тебе всередину. Забери ті папки, уважніше все обшукайте разом з Антеком. Все переверніть. Кажеш, там книжки? Кожну книжку витрусіть. Важливий будь-який папірчик.

3

Радомський сидів на ґанку і курив. Побачивши мене, вигукнув з подивом і не без роздратування:

— О, а ти що тут робиш? Не про пса ковбаса. Тут тобі не вдасться нічого винюхати.

— Та я вже й так багато чого винюхав. Бо був тут перед тобою.

— А-а, то був ти? А я думаю, хто ж то з поліції тут побував. А то ти косиш під поліцая? Вічно лізеш поперед батька в пекло. А тепер що?

— На, читай.— Я простягнув йому записку, він пробіг її очима і скривився.

— Курва! Таке гарне сонечко, так мені файно сиділося, а тепер мушу лізти в цю просмерджену дзюру? На ключа. Я докурю і приєднаюся.

— То ти ще не заходив досередини?

— Нє. Такого розпорядження не було.

Я відчинив двері. Сморід добряче вивітрився, перетяг гуляв хатою. Я попростував до кабінету і побачив, що на столі вже папок нема. Шухляди всі валялися на підлозі, як і книжки. Хтось тут уже побував і все, що його цікавило, повитрушував.

У цей момент я відчув чиюсь присутність. Хтось тут був ще. Я різко обернувся й встиг побачити, як мені в голову летить здоровенний кулачисько. Я миттю відхилив-

ся і заїдив нападника ногою в живіт. Здоровило скрутився рогаликом, а я загукав Радомського. Капрал прибіг, шлякаючи на ходу, й поміг мені чоловіка скрутити. Той усе ще стогнав.

— Як то я його не побачив? — дивувався капрал.

— Заліз через вікно з боку саду,— пояснив я.— Але дивно, що ти не чув, як він тут хазяйнує.

— Та я думав, то вітер віконницями хляпає.— Він копнув чоловіка і запитав: — Ну, кажи, курвий сину, хто тебе послав?

— Ніхто мене не послав,— заговорив невідомий по-батярському.— Я просто хтів шось взєти почитати,— прохрипів він.

— Брешеш,— сказав я.— Що ти шукав у книжках?

— Гроші. Шо ше? Ви з поліції?

— З поліції. Щось знайшов?

— Нє.

— А папки де?

— Ади-во! Відки мені знати? — обурився батяр.— Я жадних папок не видів. Прошу на мене тото не вішати!

— Що за папки? — запитав капрал.

— Еміграційні папери, які готував загиблий адвокат.

— То їх хтось вже після твоєї візити поцупив?

— Мабуть, що так. Як тебе звати? — штовхнув я бурмила.

— Кацяба.

— Ти з Личакова?

— Нє, з Замарстинова.

— Кого з тамтешніх батярів знаєш?

— Пурцеля, Прецля, Цєпу…

— Як поживає Пурцель?

— Був тиждень в кримінал і за бійку. Зараз на волі.

— В якій він knайпі любить сидіти?

— «Під соловейком».

Я кивнув — свій хлоп — і перетяв на ньому мотузки.

— Можеш іти.

Він звівся, крекчучи, на ноги, здивовано глипнув на нас і запитав:

— Шо? Зіправді?

— Зіправді. Але не забудь — ти мій боржник. Може, тебе колись потребуватиму з такими гирями.

Він задоволено глянув на свої руки, усміхнувся і вийшов.

— Я, звісно, не втручався,— промовив Радомський,— але можна було б його ще притримати.

— Навіщо? Звичайний батяр. Мене більше цікавить той, хто поцупив папки. Хоч вони для нас і не мають вартості, але той, хто їх забрав, виконував чиєсь завдання.

— А коли ти був тут раніше, то чого не забрав?

— Одну я взяв. Прізвища переписав. Але якби взяв усі, то сусід, який тобі дав ключа, відразу б зателефонував до комендатури. А я ще тоді не перебалакав з інспектором. І кримінальна справа не була відкрита. Ну, та бачу — нам тут вже нема чого робити. Вже все перетрушено. Хіба що…

Я звернув увагу на грубку із зелених кахель, що стояла в куті кімнати, і зазирнув у неї. Серед спалених паперів траплялися не повністю обгорілі клаптики. Я вийняв кілька і розклав їх на столі. Але й на обгорілих можна було щось прочитати, то я і їх обережно зібрав. Радомський приєднався до мене, і ми прочитали уривки прізвищ. Навпроти кожного прізвища були вписані по дві різні цифри. Наприклад, 2 і 100 або 4 і 300. Всі вони були перекреслені.

— Що б це могло означати? — дивувався капрал.

— Дідько знає,— відповів я.— Треба буде ще комусь показати.

Вцілілі клаптики я вклав до невеличкої книжки і сховав до кишені.

В цю хвилю в двері постукали. Ми з капралом вийняли зброю і підступили до дверей.

— Хто там? — запитав Радомський.

— То я, прошу пана, Вацяк,— пізнали ми голос сусіда.

Капрал вже хотів відчинити двері, але я спинив його, підійшов до вікна і визирнув — Вацяк був сам і тримав у руках макітру з паруючими пирогами. Я кивнув капралові, і він впустив старого.

— Вибачайте, що вас турбую, але моя стара якраз наліпила пирогів з сиром, то я подумав, що вам варто підкріпитися.

Ми подякували, взяли макітру і, сівши на ґанку, стали ласувати. Вацяк задоволено стежив за нами. Коли ми спорожнили макітру, я сказав:

— Пане Вацяк, ми щойно тут впіймали злодія. Але то був звичайний батяр, ми його випустили. Однак перед ним закрався був ще хтось і вкрав папки.

— Та ви що? — здивувався він.— Він, певно, зі саду заліз. Бо звідтам мені ніц не видно.

— Так, певно, воно й було,— заспокоїв я його.— Але розкажіть мені те, що ви не говорили поліцейському.

— Ой, та звідки вам спало на думку, що я щось приховав?

— Так мені подумалося,— сказав я, не зводячи з нього очей, а він мого гострого погляду якраз уникав.— Хто сюди приходив? Вам же ж з вікна усе видно.

Він потупцяв на місці, почухав голову і сказав:

— Я волію в такі справи не втручатися. Волію, знаєте, бути сліпим і глухим. Але я бачу, що ви порядні хлопаки, то скажу. Сюди частенько навідувалося авто з совєтського консуляту.

— Звідки ви знаєте, що то було саме воно?

— Коли я воював у стрілецькій бригаді, мені довелося потрапити до московського полону. Там я вивчив їхню мову. Я не раз чув, як пан Кос і хтось із консуляту розмовляли по-москальськи.

— І чули про що?

— Та то, видно, в хаті вони вже про все важливе перебалакали. А на вулиці, прощаючись, теревенили про небесні мiґдалки. Раз той з консуляту питав, чи пан Кос не бажає завітати до них на кіносеанс. Що то мало бути за кіно, я не пригадую. Іно жи на екрани він не вийде. Другий раз говорили про погоду. А третій, то панові Косу було обіцяно завезти зо два ящики шампана та кав'яр. Бо в нього мали бути уродини. Так що нічого цікавого.

— Добре, пане Вацяк, дуже дякуємо за пироги.

Старий пішов, а я сказав капралові:

— Темна справа. Хтось із консуляту, певно, й викрав ті папки. Або з контори «Зайдель і К°», де Кос працював.

Я зібрався йти.

— А мені що? — запитав капрал.— Довго тут ще нудитися?

— Тебе хтось замінить. Зараз зателефоную Обухові.

Не встиг я договорити, як біля будинку пригальмувало авто, з якого вийшов куций чоловічок в окулярах, з папкою під пахвою. За ним вилізло з авта двоє роботяг з інструментами.

— О, панове! Вітаю! — виголосив він свою радість.— Я Зайдель. Думаю, ви про мене чули. Дякуємо, що ви припильнували цю власність. З нинішнього дня вона на балансі в нашої контори, доки триватиме процес успадкування.

— І хто там спадкоємець? — запитав я.

— У Коса від першого шлюбу є донька. От вона і успадкує, коли все буде оформлено. А зараз ці спритні майстри позабивають дошками вікна, випрятають всередині все, що вдасться, і вам уже не треба тут нічого пильнувати.

— Ну так, коли все найцінніше викрадене, то що тут пильнувати,— сказав я.

— Що? — здивувався чоловічок.— Що саме викрадене?

— Папки з паперами на виїзд.

Майстри тим часом посунули в будинок, і за хвилю вже лунав звідти гуркіт. Чоловічок стурбовано потер чоло.

— А-а, папки… То не проблема. Ми маємо копії. Ну, дуже приємно було з вами побачитися. Піду до майстрів.

Він швиденько піднявся сходами і зник за дверима.

— Тобі пофортунило,— усміхнувся я до капрала.

— Не кажи. Підкинь мене до комендатури.

4

Вечоріло, коли я прийшов додому, а наш сторож пан Амброзяк, відчиняючи браму, повідомив, що для мене є записка від чарівної кралі.

— Що за краля? — здивувався я.— Ви вже її колинебудь бачили?

— Ні, та де. Я хоч уже й в літах, але такої б ніколи не забув.

Він попорпався в кишені і подав мені акуратно складену картку, на якій дрібним каліграфічним почерком було написано: «Пане Марку, у справі приватній дуже просила б вислухати мене сьогодні увечері. Чекатиму на вас в “Ґранді”».

— То, кажете, вона вродлива? — перепитав я в сторожа.

— Ой, не те слово! — не стримався він і зашарівся.— Коби тіко моя Стефа не почула.

— Я вас не видам,— підморгнув я йому, забіг до помешкання і перевдягнув сорочку.

Уздовж вулиці Леґіонів вишикувалися дорожкарі зі своїми бричками, одні дрімали, насунувши капелюхи на носа, інші щось жували. Біля ресторації крутилося кілька повій, одна з них гукнула:

— О, гляньте! Це той нічний репортер!

— Який душка! — озвалася друга.— Для вас у нас знижка!

— Добре,— відказав я.— Буду мати на увазі, коли потребуватиму наглі болячки чи сверблячки.

— О! Диви який! Ми чисті, як сльоза Богородиці! Показати медичну книжку?

Я обминув їх і зайшов до ресторації. «Ґранд» була однією з небагатьох кнайп, у якій не лише увечері, а й серед білого дня було гамірно від публіки. Цьому сприяло зручне розташування в приміщенні однойменного готелю. Хтось полагоджував інтереси, а хтось просто грав у карти в наріжній картярській залі. Вдень тут збиралися сіоністи, єврейська інтелігенція та люди інтересу, або, як їх називали, «чорна ґелда» — «чорна біржа», бо всі були вдягнені у чорне. Серед них було також чимало посередників, які займалися нелегальною діяльністю. Тут вирувало від чорного тлуму, одні заходили, інші виходили, рідко хто сідав за столики, а сівши, мало хто замовляв собі каву. З'являлися якісь нові типи, зазирали в кутки, шукаючи когось, і виходили.

Але вечорами люди інтересу зникали і в ресторації починали лунати штраусівські вальси, переплітаючись із джезбендом. Грошовиті відвідувачі, хляпнувши на вигідну глибоку канапу, відпочивали, попиваючи дорогі напої і ведучи неспішні ліниві розмови.

Всі столики були зайняті, грала тиха скрадлива музика. До мене підкотив кельнер:

— Пане репортер, маємо честь бачити вас у нашому закладі, та, на жаль, місць нема. Якби ви прийшли годину тому або наперед зателефонували…

— Нічого страшного. Я думаю, що мій столик зарезервовано.

Я роззирнувся залою й побачив чиюсь підняту руку, що махала мені. Я підійшов і справді побачив красуню з попелястим волоссям, що сиділа, закинувши ногу на

ногу. Була вбрана в темно-бордову сукню, з-під капелюшка з чорного фетру вибивалися вабливі кучері. Напівпрозору вуальку вона закинула на капелюшок і показала рукою на місце біля себе. Як на мене, не мала більше двадцяти років. На столику перед нею парувало горнятко з кавою.

— Мене звати Мирося, вдома кличуть Рося,— промовила мелодійним голосом.— Що будете пити?

— Ви хочете мене пригостити?

— Звичайно. Це ж я вас запросила.— Її усмішка з маленькими білими зубчиками мене зачарувала.

— У цій ресторації обслуговують самотніх панночок? — здивувався я, знаючи, що в поважних закладах панна без супроводу викличе негайну реакцію адміністрації.

— Ні, не обслуговують. Я прийшла сюди з охоронцем.

Я роззирнувся і не побачив поблизу нікого схожого на охоронця.

— І де він?

— Сидить біля бару. То як? Що п'ємо?

— В принципі, я не проти побути сьогодні альфонсом. Я б випив вина.

— Чудово, бо я теж. Я вже проглянула карту і пропоную чорногорський «Вранац».

— Ви як знали, що то моє улюблене вино.

— Це вино якраз для таких тихих літніх вечорів,— проказала вона і помахала рукою кельнерові.

Той швидко підбіг і записав замовлення — окрім вина ще мала бути тареля з різними сирами. Я не знав, що маю думати про цю дивну зустріч, і терпляче чекав, що дівчина казатиме далі, але вона розповідала, як їй цікаво читати мої репортажі і дивувалася, що мені не страшно бувати у тих шинках-мордовнях, де завиграшки можна дістати кухлем по голові. Нарешті принесли вино й закуску, і, коли кельнер відійшов, перед тим налившi нам вина, вона, скинувши капелюшок, промовила:

— Я сестра Каміли.

— Хто така Каміла? — здивувався я.

— Каміла жила з Альбертом Косом. Вона загинула під час пожежі разом із ним.

— Тепер зрозуміло. Співчуваю.

— Дякую. Я довідалася, що ви побували в тому будинку.

— Звідки?

— Сусіди розповіли. З цього я зробила висновок, що ви вирішили зайнятися підпалом.

— А ви певні, що то був підпал?

— Я не сумніваюся в цьому.

— Чому ви так вирішили?

— Ой, не бавтеся зі мною. Ви просто хочете вивідати, що знаю я? То так і скажіть.

— Ви вгадали. Я слухаю.

— Десь тиждень тому Каміла прийшла до мене дуже стурбована й налякана. Вона мимоволі стала свідком того, чим займався Кос. До нього часто приходив совєтський віцеконсул.

— Пйотр Зяблов.

— Так. Коли Зяблов приїжджав, обоє замикалися з Альбертом у кабінеті і про щось розмовляли. Спочатку Каміла мало тямила, у чому полягає їхня співпраця. Поволі зрозуміла, що все закручене на особах, які хочуть емігрувати. Майбутні емігранти здавали в консуляті свої коштовності і їхали до Бухареста. У випадку їхньої смерті ці коштовності консулят повинен був переправити у Бухарест на ім'я котрогось із родичів. І так тривало місяцями. Але одного разу Альберт зрозумів, що тут не все чисто. Не всі коштовності висилали до Бухареста і не всі євреї потрапляли до Палестини. Виходило так, що в консуляті їх конфісковували, обкрадаючи не лише власників, але й державну скарбницю Речі Посполитої, яка внаслідок таких махінацій не отримувала сплаченого

мита. Натомість ці коштовності були відправлені дипломатичною поштою до Москви. Ця остання новина потрясла Альберта.

— Як він про неї довідався?

— Ну, він же ж із ними інколи випивав. І от під час однієї такої п'янки на віллі Зяблова Альберт підслухав телефонну розмову віцеконсула із російським консулом, який перебуває зараз у Варшаві. Коли пролунав дзвінок і телеграфістка сповістила, що на дроті Варшава, Зяблов сказав, щоб вона з'єднала його через хвилину, поклав слухавку і піднявся на другий поверх. Альберт зачекав, теж підняв слухавку і почув усю розмову. На запитання «Що з нашими євреями?» консул відповів: «Усе в порядку. Вони вже в нас». Що це могло означати? Чому «в нас», якщо вони повинні були дістатися Палестини? Але те, що Зяблов прозвітував про коштовності, які днями має відправити до Москви, Альберта прибило. Почувши на сходах кроки, він обережно поклав слухавку, налив собі віскі і вдавав, що напився. Через кілька днів, коли Зяблов навідався до Коса, Альберт сказав йому, що від євреїв, які виїхали до Румунії, нема жодних звісток. Що це означає? Зяблов відповів, що його це не повинно хвилювати. Вони своє зробили, ощасливили людей, урятували їх перед нацистами. Отже, Альбертові треба пишатися. Але Альберт сказав, що більше не бажає займатися тими справами. Тоді відбулася сварка. І вони кричали одне на одного. Руский кричав на Коса: «Тільки попробуй! Відразу зіграєш в ящик!» Вона не зрозуміла, що це означає, хоча здогадалася, що то погроза. А я потім погортала словник і довідалася, що «зіграти в ящик» означає вмерти. Так виглядало, що Кос вирішив покинути те шахрайство, в яке його втягнув руский консулят. Після тієї сварки Кос був дуже пригнічений. Опісля Альберт сказав Камілі, що їм небезпечно залишатися у Львові. Бо, мовляв, він буде мати через ті всі махінації великий

гріх і що краще їм виїхати з Польщі. І тоді він запитав Камілу, чи поїде вона з ним. Того разу він уперше згадав про Америку. При цьому показав валізу, в якій були долари, золото і коштовності. Вона запитала, звідки це все. Він сказав, що це його чесно зароблені кошти. І ще сказав, аби вона винайняла помешкання, але щоб нікому про це не казала. І щоб перевезла валізу туди.

— Чому у вас ім'я українське, а в сестри польське?

— Бо наша мама полька і наполягла на такому імені. Так що ми навіть у різних гімназіях вчилися.

Я налив у келихи вина, і пляшка спорожніла, але Рося знову кивнула кельнерові, і той приніс наступну. Тямущий попався. Коли недавно почали звільняти усіх кельнерів, що були німцями, настали значні клопоти, бо 90 відсотків львівських кельнерів були саме німцями або австріяками. Новаки часто не давали ради — брали ж бо їх недосвідчених, молодих.

Вино пилося легко і мрійливо. Я думав над тим, що почув, однак все ще не розумів, до чого вона веде. Аж врешті вона сказала:

— А тепер ви… Що вдалося довідатися вам?

— Що їх було вбито.

— А я що казала!

— Ви казали про підпал. Підпал справді був, але після того, як їх застрелили.

Я не хотів розповідати їй про те, як поглумилися над її сестрою.

— Боже! — Вона закрила обличчя руками.— Бідна Каміла! Я їй казала, що добром все це не закінчиться… що він її рано чи пізно затовче.

— Хто?

— Деккер. Її чоловік.

— Гадаєте, він міг застрелити, а потім підпалити?

— Та він на все здатний. То чистий звір! — Вона перехилила келих і простягнула мені, щоб я налив. Потім

присунулася до мене ближче й притулилася.— Не дивуйтеся. Мене всю трусить. Я хочу ще випити,— прошепотіла вона.

— Вам не забагато?

— Ні. Інакше я не заспокоюсь.

Тепер уже я кивнув кельнерові. Він підійшов і сказав:

— Пробачте, але то було дві останні пляшки «Вранаца». Але є схоже іспанське вино.

— Несіть,— погодився я, а потім розлив вино і сказав: — Цю пляшку фундую я.

— Ні-ні, в жодному разі,— заперечила вона.— Фундую я. Бо хочу вас найняти.

— Мене? Найняти? Ви хочете, щоб я написав статтю про вас?

— Та ні. Як приватного детектива.

— Але я не приватний детектив.

— Це вам тільки так здається,— усміхнулася вона і поклала руку на мою ногу.— Я хочу, щоб ви зайнялися цим убивством. І я вам буду платити.

— Така юна дівчина, а вже має чим платити детективам?

— А знаєте, хто мій тато?

— Ні.

— Роман Кисіль.

Я не стримався й свиснув. Роман Кисіль — тип з-під темної зірки, контрабандист, що має цілу банду готових на все бовдурів. Кажуть, у нього є навіть підпільне казино, куди не кожен може потрапити. Отже, це батько, а не донька буде мені платити.

— І як таке ніжне створіння могло народитися в гнізді контрабандиста? — засміявся я.

— Не кажіть так. То мій тато. Я в його справи не лізу.

— То це він вас послав до мене?

Вона засміялася. Сміх її був дзвінкий.

— А що, як він? — відповіла грайливим тоном.

— Та ніц. Я й так тією справою вже зайнявся. То навіщо мені платити?

— Ні, ви не зрозуміли.— Вона провела теплою долонею по моєму обличчю.— Ми хочемо, щоб ви спочатку розповідали нам, а вже потім поліції.

— Он воно що! — Мені це ставало все цікавішим. Але обіцяти я можу все, що завгодно. А зайвий раз заробити копійчину не гріх. Надто що наші інтереси сходяться. Ба більше, мати таку підтримку — це теж важливо. Бо доведеться зіткнутися з дуже поганими і рішучими людьми.— Отже, татусько вирішив, що ви на мене справите краще враження, ніж він?

— Не кажи мені «ви»,— провуркотіла вона, ще тісніше прихилившись до мене.— Я тобі чесно признаюся, я хотіла з тобою зазнайомитися. Але все якось не вдавалося, хоча ми не раз пересікалися. Але то ти з якоюсь був, то я з якимсь. Дивися… ти називаєш свої щоденні витрати і отримуєш аванс на тиждень. Після того як все завершиться, отримаєш тисячу золотих.

— Так твій золотий татусьо сказав?

— Звісно, що він. Сьогодні він мені дав сотку, і ми можемо її пропити.

— Ого! То нам доведеться пити до ранку. А може, й до обіду.

— Не лише пити. Я хочу жерти. А ти?

— Ну, як гуляти, то гуляти, замовляй пляцки картопляні.

— Жартуєш? В такій ресторації? Покладися на мене.

— Поки що ти покладалася на мене.

Вона розсміялася, покликала кельнера і запитала:

— Що у вас є таке гаряче, щоб принесли вже?

— Свиняче запечене коліно,— випалив не задумуючись кельнер.— Це наш специял!

— Несіть,— рішуче замовила Рося.

— З тушкованою капустою?

— Що за питання?

— Вже біжу.

Вона провела його поглядом і запитала:

— Отже, ти згоден?

— Згоден.

— Тоді я попрошу тебе завтра пополудні прийти до нас у гості. Я познайомлю тебе з татом, розповіси йому про все, що знаєш. Правда...— Вона засміялася.— Ми при ньому будемо знову на «ви». Еге ж?

— Еге ж. Ти мені все більше подобаєшся.

— Хіба я тобі не сподобалася з першого погляду? — глянула на мене кокетливим поглядом.

— Ще б пак! Але тепер ще більше.

— Рада чути. Але я не піду до тебе. За мною приїде авто і забере.

— Татусько так моцно пильнує твою цноту?

— Я й сама її пильную,— хихикнула вона сп'яніло.— У нас тільки Каміла була поганою овечкою. Вийшла за того ідіота.

— Чому ж твій батько його не провчив?

— Чому не провчив? Дали йому по макітрі одного разу. То він так відігрався на Камілі, що вона врешті втекла від нього.

— Далі не розумію. Твій батько має людей, які для нього зроблять будь-що. Вони могли просто того Деккера вивезти в ліс і живцем закопати.

— Могли. Але за Деккером стоять інші сили. Він не такий простий. Він німець і член Німецького народного союзу.

— Так, я вже це чув.

— Від кого?

— Не важливо.

— Але важливо те, що сил мого тата замало, щоб воювати з ними. Надто напередодні війни.

— Гадаєш, буде війна?

— У тебе ще є сумніви? Раджу запастися крупами, смальцем, сірниками, вугіллям…

— І вином.

— Так-так… і вином. Скоро воно зникне.

— Звідки тобі це відомо?

— Мій тато має свої канали.

Принесли запечене до червоного коліно, обкладене смаженою бульбою і окрему миску з тушкованою капустою. А разом з ним і рахунок в гарній барвистій скриньці. Рося зазирнула в нього одним оком і поклала до скриньки кілька папірців. Відтак ми почали жерти. Зрештою, я виголоднів. Кілька хвилин ми мовчали, потім допили пляшку. Рося зиркнула на годинник і сказала:

— Ну все, мені час. І поки мій охоронець милується танцівницями, можеш мене поцілувати,— прощебетала вона і підставила щічку.

Я виконав її забаганку, хоча цей поцілунок тривав лише секунду. За мить вона полетіла на веселкових крилах, а я зостався сидіти і думати: випити ще чи вже йти додому? Потім згадав, що вдома в мене є ще пляшка вина, і таки пішов.

РОЗДІЛ ДРУГИЙ

15 серпня 1939 року, вівторок

1

В обід я подався до кнайпи Мусяловича на Академічній, взяв курячий росіл з клюсками і палюшки[1]. Після вчорашнього не хотілося м'яса. На касі сиділа незнайома дівчина.

Раніше тут працювала Ярина, з якою я лише одного разу мав здибанку. Ми тоді пішли до кіна, але потім вона мене приревнувала до подруги-бібліотекарки і навідріз відмовилася зустрічатися, хоча я з тією тілистою бібліотекаркою лише жартував. Але такі вже вони, жінки,— не прощають зради. Хоча, якби я мав тоді інакший настрій, то зумів би її переконати, що зради не було, але у мене був поганий настрій.

— А де поділася Ярина? — запитав я.

— О, то ви не чули? — здивувалася платнича[2] з маленьким делікатним носиком, але великим делікатним бюстом.— Вона вийшла заміж.

— Правда? За священника?

— О! Ви як знали!

---

[1] Росіл — курячий бульйон. Клюски — дрібні галушки з тіста. Палюшки — картопляні галушки.

[2] Платнича — касирка *(гал.)*.

— Я знав, що вона не проти була вийти за священника і поїхати на парафію до села.

— Так і є, поїхала,— зітхнула дівчина й поглянула на мене запитливо.— А ви Ярину добре знали?

— Та де. Отак, як вас.

Вона засміялася.

— Мене Людвікою звати.

— Люкс. Я Марко. Які ви кіна любите?

— Ой, ні-ні! Тіко не до кіна. Я на перше побачення до кіна більше не йду. А то пішла з одним, то він мене заволік на гальорку, а як у залі світло згасло, став притискатися. То я ледве втекла від нього. А такий був пристійний. Як оце пан.

— О, то я пристійний?

— А ніби не знаєте.— Вона хитро усміхнулася.

— А до опери?

— О господи! Аби я там задрімала? Може, ще мене на Личаківський цвинтар запросите?

Про оперу я, звісно, жартував, мене й самого б туди хіба вбивство примадонни змусило завітати. Розумовий рівень Людвіки, вочевидь, перебував на рівні середньостатичної платничі, кельнерки чи буфетової. Але її перса, що розпирали блюзку, мене заворожували. Я нахилився до неї і прошепотів:

— Я маю для тебе фест убранє.

Її очі спалахнули цікавістю. Вона роззирнулася і запитала пошепки:

— І шо?

— В тебе скоро обідня перерва. Я тебе чекатиму на Длуґоша.

Вона не сказала нічого, але її очі дали знати, що прийде. Емілія, покидаючи мене, залишила кілька суконь і блюзок. Викидати це добро якось не випадало, надто що воно було не заношене. То чому б і не подарувати комусь?

Власник крамнички «масло, цвяхи, мило, шварц, мастило» пан Покізяк сидів перед дверима на ослінчику і грів на сонці ноги.

— А шо, пане Марку? Когось чекаєте?

— Йо. Дав оголошення — хочу секретарку найняти. Має якраз підійти.

— О, то справи у вас пішли ліпше, як в мене. Бо мене на продавчиню ше не стати. Все мушу сам робити. Файно, файно. Тішуся за вас. А шо чути? Війна буде?

— Ви мене це щомісяця питаєте.

— Ну, бо то висит в повітрю. Я гадаю, шо буде. А ви як?

— Я волію про це не думати. Так спокійніше.

— Але готуватися треба. Я би вам радив купити в мене мішок борошна, різних круп, мила, сірників, солі… То таке добро, що ніколи зайвим не буде.

— Цікаво, якраз учора мені одна панна те саме радила.

— Бо маєте мудру панну. А я життям навчений.

— То підготуйте мені цей набір панікера. Воно й справді не пропаде, навіть якщо війни не буде.

— Файно є. Навіть найму для вас траґачів, аби до вас позаносили, бо я сам не подвигаю. Але зроблю для вас таньше[1], як де. Не пожалієте.

А ось і Людвіка — вже здалеку до мене всміхалася, злегка червоніючи.

— У мене небагато часу,— сповістила пошепки.

Секретарка перша кляса, потішив мене пан Покізяк.— Беріть і не думайте. У вільні години могли би сидіти замість мене на ослінчику і зваблювати покупців.

— Чудова ідея! — кинув я йому, і ми зникли в брамі.

Людвіка дихала, як ковальський міх, видно було, що йшла дуже швидко. Піднімаючись сходами, повідомила, що вона не така, як я собі думаю, що вона береже себе

[1] Таньше — дешевше *(гал.)*.

і з порядної родини, щонеділі ходить до церкви, а перед Великоднем сповідається.

Я лише підтакував і хвалив її. В помешканні вона уважно роззирнулася і відразу поцікавилася, яке то я маю убранє. Я відчинив шафу, і вона ахнула!

— То все мені?

— Звісно, що тобі. Якщо будеш до мене приходити.

— Я вже прийшла. Я беру цю сукню і цю блюзку. Йо?

— Йо.

Вона склала обидві речі і загорнула їх в газети, які підібрала в мене на столі. А потім почала роздягатися, і я побачив нарешті ці неймовірні перса з великими бордовими пиптиками, а потім і її всю — з тонкою талією і з випнутою дупцею. Людвіка хотіла лягти, але я не дозволив і кохав її ззаду, милуючись цим розкішним чудовим краєвидом, а рука моя пестила її повні перса, і це було так прекрасно, що закінчилося дуже швидко, хоч ми й застогнали водночас.

Аж тепер вона витягнулася на постелі і глянула на годинник.

— Ну, ще квадранс[1], і я побігла. Іди до мене, полеж.

Я слухняно ліг біля неї, вона гладила мене по голові і шептала чарівні дурниці.

— Ти маєш чуття до кобіт... Ти відразу відчув, що я можу бути твоя. Ти потребуєш секретарки? Я не проти. Я б тобі нарешті помила ці вікна. Дивися, які вони брудні. Випрала б фіранки і штори. Оно в тебе на підлозі все порозкидано — і шкарпетки, і книжки, і папери.

— Зате в мене у голові все поскладано,— відказав я, але вона продовжувала, не звертаючи увагу на мої слова:

— Я би поприбирала і напастувала паркет. Я вмію смачно варити. І я печу перекладенці, якраз такі, як ти любиш.

---

[1] Чверть години *(гал.)*.

— Звідки ти знаєш, що я люблю перекладенці?

— Всі чоловіки люблять пляцки, перекладені конфітурами і бакаліями[1], а жінки — торти з кремами.

— Терпіти не можу торти з кремами.

— От бачиш. Я ж знаю. В неділі ми зранку будемо ходити до церкви святого Онуфрія. Після церкви я наліплю пирогів з сиром, і ми пообідаємо. Потім підемо на спацер на Корсо*. Тобі буде приємно вести мене попід руку, бо всі будуть зглядатися. Я знаю, що ти в мене не залюблений. Це нічого. Любов взагалі шкідлива. Я буду потрібна тобі, а ти мені. Ці речі тобі залишила твоя дружина? Що з нею? Померла?

— Ні. Жива й здорова. Але не дружина. А колежанка.

— Ти любив її?

— Ні.

— От і добре. І мене тобі не обов'язково любити. Але я б хотіла домовитися, що після сьогоднішнього дня ані ти ні з ким, ані я. Домовились?

Я замислився. Щось забагато перспектив, як для парубка, який уже звик бути парубком. Але чого не зробиш задля хвилі щастя, я сказав «так» і спробував лягти на неї, бо був добряче виголоднілий, але вона зімкнула ноги і сказала:

— Нє, не так. Піди помийся.

Я пішов до лазнички, помився, здогадуючись, як вона збирається мене потішити, і не помилився. А потім вона затуляючи долонею вуста, і сама побігла до лазнички, а я чув, як полоще рота. За хвилю вийшла і кинулася вдягатися. Робила це, час від часу кидаючи на мене грайливі погляди. Підхопила пакунок і вже в дверях запитала:

— А хочеш, я прийду увечері?

— На жаль, мене не буде. Мушу одну річ залагодити,— відказав я.

---

[1] Бакалії — родзинки, фіґи, горішки, цукати і т. п. *(гал.)*.

— Шкода,— повідомила вона і зникла.

Я вже був у такому віці, що ці її фантазійні плани щодо нашого співжиття мене не лякали, хоча замолоду, коли панна після першої нашої розпашілої ночі, прокинувшись вранці, стала у своїх мареннях перепланововувати меблі в моїх покоях, міняти штори, шклити шафи з книжками, щоб не осідала на них пилюка, я думав: «Ого! Гостро вона за мене взялася!» — і більше її не бачив. Хоча потім шкодував.

А було, з іншою навпаки. Це я прокинувся в неї в хаті і, розглядаючи бездарні мальовидла на стінах, які вона купила за два золотих на Кракідалах*, сказав, що я це сміття радше б повикидав. А вона знаєте, що відповіла? Не повірите: «Ну й повикидай. Тепер ти тут господар».

І від цієї я втік, як колобок. Бо був такий час, що я волів тікати. Але зараз я вже спокійно собі можу слухати всі ці теревені, які мало що означають і нічого не варті.

Я поглянув на годинника — наближалася четверта. Пора, мабуть, до Киселя вибиратися.

2

Кисіль мешкав на маленькій вуличці, що називалася Розкіш і бокувала від Кривчицької дороги. Кисілева кам'яниця, пофарбована на світло-каштанову барву, ховалася за високим цегляним парканом. Довкола буяв сад. На брамі білів ґудзик дзвінка, а поруч звисав масивний важіль на ланцюжку. Рося мене попередила, щоб я смикав саме його, а не тиснув дзвоника. Пролунав гавкіт пса, потім чийсь грубий голос скомандував: «До буди!», а важкі кроки захрумтіли гравієм. Прозірка на брамі відкрилася, і мене оглянуло пильне око.

— То ви будете нічний репортер? — запитав невідомий.

Я підтвердив. Брама відчинилася, я ступив на подвір'я. З буди за мною уважно стежив великий чорний пес. Чоловік, що мав плечі траґача, а руки як лопати, сказав:

— Не звертайте уваги на пса. Без команди він не рушить з місця. Ідіть за мною.

Здається, то й був учорашній Росин охоронець. З-за пояса у нього стирчав самозарядний пістолет «Sauer» найновішої моделі. Ми йшли доріжкою, посипаною битою цеглою, до масивних дубових дверей, а далі — до просторої вітальні, одна стіна якої була повністю шкляна і виходила в сад. На стінах висіли картини, вочевидь, не за два золоті, на кредексі й шафках стояли розмаїті статуетки, порцелянові фігурки та інші звабні дурнички. Уздовж стін височіли вазонки з орхідеями, від дверей до сходів і по сходах стелився весь у строкатих квітах ворсистий килим.

Чоловік вийшов, кинувши мені: «Сідайте». Я хляпнув у фотель і закурив. Незабаром згори долинули голоси, і до вітальні увійшов господар, а за ним і Рося.

— Я Кисіль,— промовив огрядний чоловік з товстими губами і вузенькими чорними вусиками, наче намальованими чорним олівцем.— А мою доньку ви знаєте. Що будете пити?

— В таку спеку хочеться чогось зимного.

— І я так думаю. Зеню! — гукнув, обернувшись до дверей.— Принеси пива.

— А мені лимонади! — додала Рося, усім виглядом удаючи, що ми ледве знайомі.

Той самий Зеньо, який впустив мене, приніс дві пляшки пива й пляшку лимонади і відкоркував. Ми зробили по ковтку, і Кисіль промовив:

— Мені Рося переказала все, що ви їй оповіли. А я гадаю, що ви здогадуєтеся, чому я вас закликав. Я хочу вас найняти…

— Мене вже вчора найняла ваша донька.

Він засміявся.

— А! То спритна зозулька. Найняла за мої гроші. Ну, най буде, що вона вас найняла. А платити буду я.

— Я й так помагаю поліції розслідувати це вбивство. Але виглядає на те, що у нас цю справу забере контррозвідка.

— І не здивуюся. Все логічно. Бо ці вбивства не прості. Я підозрюю, що з тою документацією для емігрантів до Палестини не все чисто. Щось там не грає. Обидві місцеві німецькі організації дуже жваво взялися за цю прибуткову діяльність. Чимось вона їх привабила. Не думаю, що вони такі добрі самаритяни. Але мене цікавить ще одна річ. Мій колишній зять Деккер десь пропав. Підозрюю, що після вбивства Коса він ховається. Пропала і його коханка. А я б хотів його знайти і перебалакати з ним.

— Мирослава сказала, що він для вас доволі небезпечний і що сил у вас замало, щоб воювати з ним.

Кисіль усміхнувся.

— Рося трішки перебільшила. На відкриту війну я б не пішов, але існують інші способи. В кожному разі мені спочатку треба його знайти. Я не знаю, чи він убивця, але він мені потрібен ще й з інших міркувань. Ну, і з чогось варто починати.

— Де його шукати? Вам відоме коло його друзів?

— Не маю зеленої уяви. Ми давно не бачилися. Але знаю, що з ним спілкувався совєтський віцеконсул. Якби ви зійшлися з ним по-дружньому, то, може б, щось і рознюхали.

— Де би я міг з ним зійтися?

— Тут, нагорі, я маю казино, яке приймає вечорами вибрану публіку. З нагоди візиту дуже поважного гостя в п’ятницю буде особливе прийняття, на якому обов’язково буде Зяблов. Отже, приходьте, о дев’ятій вечора вас впустять. А далі я вам поможу ненав’язливо познайоми-

тися з віцеконсулом. Мій чоловік спробує витягти в нього гроші, ви його впіймаєте за руку і дасте ляпаса. А варта викине його за двері. Гарний спосіб знайомства?

— Непоганий. А хто цей ваш чоловік?

— Це доволі темний тип, але мені вірний. Сутенер. Знаю, що він крутиться вечорами в «Брістолі». Називається Бронко Квіцінський. Перебалакайте з ним, він буде попереджений. Я б хотів, щоб усе виглядало природно. Крім того, можете його використати, коли будете потребувати фізичної допомоги. Це добрий боєць. Сміливий і не тугодум. І ще… Зазирніть до синагоги «Золота Роза». Там поруч має помешкання ребе Барух. Скажете, що від мене. І нехай вам розповість те, що мені.

— А що він вам розповідав?

— Хе-хе, послухайте з перших вуст. Я ж кажу, що там діло нечисте. Ось вам п'ятсот золотих на дрібні видатки і гасло, яке скажете завтра на брамі. Ще тисячу отримаєте, як знайдете Деккера. Бажано живого. Але як ні, то буде, як буде.

Рося провела мене до брами.

— Знаєш, що мені хочеться? — проказала вона мрійливо.

— Навіть не здогадуюсь.

— Я хочу, щоб ти мене сьогодні повів до цукерні, а потому прогуляємося Корсом.

У неї були такі гарні очі, що ними можна було б милуватися все життя, як і дрібними веснянками на носику та щоках. Мені хотілося, щоб вона притулилася до мене так само, як і вчора, але з порогу будинку не зводив з нас очей чолов'яга, який відчиняв мені браму.

— Гаразд,— сказав я.— Вважай, що мені теж цього хочеться.

3

Коли я постукав до помешкання ребе, двері відчинив високий, спортивного вигляду хлопець. Він мав міцну щелепу і деформований ніс, вочевидь, займався боксом.

— Ви до кого? — запитав, оцінюючи мене з ніг до голови.

— До ребе.

— Що вам від нього потрібно?

— Багато будеш знати, спухнеш. Скажи йому, що я від Киселя.

Хлопець з ображеною міною зник, а за хвилю вигулькнув знову і кивнув мені, щоб я заходив. Ребе, вже літній чоловік, сидів за столом. Перед ним на столі парувало горнятко з молоком. Він подивився на мене привітними очима і сказав, показуючи на крісло біля себе:

— Заходьте. Знайомі Киселя завше радо вітані в моїй хаті.

Я сів і зиркнув на хлопця, що стовбичив на порозі.

— Можеш іти,— сказав йому ребе.

Я запитав:

— Кисіль для вас зробив якусь послугу?

— У вісімнадцятому, коли поляки влаштували погром, він урятував мою родину. А що вас привело до мене?

— Кисіль сказав, що ви мені можете розповісти те, що і йому розповідали.

Ребе усміхнувся і вийняв з шухляди кілька списаних аркушів.

— Знаєте, що то є? То є листи з Констанци від наших людей, які виїхали до Палестини. Я розумію, що ви ідишу не знаєте, але повірте на слово, що зміст у цих листах ідентичний — за винятком привітань для родичів, які зосталися тут. Всі вони повідомляють, що прибули щасливо до Констанци, забрали в Бухаресті відіслані скриньки з гро-

шима і коштовностями і сидять в готелі, чекають на корабель. А потім як відрізало. Більше жодних листів родичі не отримали. Спроби розшукати наших емігрантів у Палестині не увінчалися успіхом. На пароплав до Палестини ніхто з них не сідав. Останній їхній пункт — Констанца.

— І що це може означати?

— Я не знаю.

— А що з почерком? Родичі упізнали його?

— Так. Упізнали. Ці листи наче кимось подиктовані. І лише в кінці є кілька речень, в яких перечислено імена родичів. Тепер скажіть мені, чим займаєтеся ви і чому ця справа вас цікавить.

— Я працюю в газеті, але також помагаю комісарові поліції Обуху в розслідуванні вбивства однієї пари.

— Арнольда Коса і доньки Кисіля?

— Саме так. Окрім того, розшукую Деккера, який, так виглядає, відправляв ваших людей до Палестини.

— Не тільки він. Там ціла організація. Надалі ми стримуємо наших людей від таких необачних кроків, доки не з'ясується, куди поділися ті, що вже встигли виїхати. Зараз чиняться страшні речі. 8 травня цього року з Німеччини було вигнано до Польщі десять тисяч євреїв, які мали польське громадянство. А торік наприкінці жовтня нацисти силоміць вигнали з Німеччини на терен польсько-німецького кордону аж 17 тисяч євреїв. Через відмову польської влади прийняти їх вигнанці опинились в украй важкому становищі. Їм довелося жити в наметах. Опинившись у скруті, вони легко піддалися на брехливі пропозиції виїхати до Палестини.

Я вийняв з кишені книжечку, в яку посклала клаптики вцілілого документу.

— Гляньте, ребе. Що це може бути?

Він вбрав окуляри, придивився і закивав головою:

— Упізнаю окремі прізвища. Це ті, що власне виїхали. Звідки ви то взяли?

— Це все, що вдалося витягнути з грубки в хаті Альберта Коса. А ці цифри? Що вони означають?

— Та менша — безперечно, кількість членів родини, а більша — гонорар, який вони платили чи то Косу чи його фірмі.

— А у вас є своя версія?

— Є. І вона мені не подобається. Я думаю, що цих людей вже нема на світі. Їх пограбовано і вбито.

— А можливо, є інший варіянт. Можливо, вони сіли на корабель, але не до Палестини.

— В будь-якому разі вони повинні були б зголоситися до родичів.

— Яку тут роль може грати совєтський консулят, з яким дуже тісно співпрацював Кос?

— Відомо яку: вони депонували кошти емігрантів. Мабуть, щось у них пішло не так, як планувалося.

— Ну що ж, дякую вам. В будинку Коса я натрапив на папки з документами на еміграцію. Усі прізвища я переписав. Залишу вам копію. Ці люди ще не виїхали. То, можливо, вдасться їх врятувати.

— Добре, дякую. Шмулику, проведи пана репортера.

Я вийшов з будинку і в брамі зіткнувся з Ґіпсом. Позаторік ми з ним і його нерозлучним кумплем[1] Швелєром незле погуляли на Левандівці, помстившись за побиту дівчину.

— О, Марку! А ти чого до ребе ходив? Ти шо, може, перейшов у нашу віру?

— Нє, мав справу. А ти чого йдеш до нього?

— Та, курди молі, Швелєр пропав.

— Як пропав?

---

[1] Старольвівське слово, що означає «товариш», «колєга». Слово було поширене серед міських батярів — авантюристів та гульвіс.

— А во, дурний, зібравсі до Палєстини, поділилисмо наші гроші, які вклали в крамницю, він то всьо комусь здав, а відтак тото мали му доправити до Бухаресту. З Бухаресту я від него листа дістав. Писав, жи всьо в порядку. Потім прийшов лист з Констанци…

— Що він сидить в готелі і чекає на корабель?

— Йо! А ти відки знаєш?

— Ребе показав мені такі самі листи від інших, хто виїхав.

— Ов! То може бути якась каламація[1] з ним?

— Не лише з ним. Але піди з ребе перебалакай. Маєш ті листи?

— Маю. Власне хочу му показати. А ти чуєш — як треба помогти… ну, знаєш… комусь писка напуцувати, то дайсі чути.

— Йо.

— Ну, то ґіт[2]!

4

Вся Академічна від пам'ятника Фредрові аж до Оперного театру називається в народі Корсом, як, зрештою, і в деяких інших містах, що перебували під берлом бабусі Австрії. Корсо — прогулянковий терен, який роїться від перехожих щовечора в будні, а в неділю — по службі Божій аж до пізнього вечора. Корсом не ходять, Корсом гуляють вільним кроком у двох зустрічних керунках, що дозволяє побачити чимало знайомих і вклонитися одне одному — звичай, який прийшов до нас із Венеції. В неділю тут збираються найбільші тлуми, які, зробивши два-

[1] Каламація — клопіт, негаразди *(гал.)*.
[2] Ґіт — добре *(ідиш)*.

три кола, зникають у цукернях та каварнях, а закропивши душу, розбрідаються по хатах на обід. Тут можна побачити безліч людей, починаючи від гімназисток останніх двох років гімназії, яким уже можна дефілювати й показувати свої принади, і завершуючи поважними панами й панями, які показують свої вбрання.

Разом з тим Корсо не однорідне, а ділиться на окремі відтинки. Відтинок від Оперного до Ягеллонської* облюбувала єврейська еліта. Наступний відтинок до Марійської площі привабив представників усіх націй і різного віку, так само, як і від Марійської до Фредра з тим, що цьому відтинку надавали перевагу гімназисти і студенти, хоча також і професори, які то поблажливо-усміхнено, то насуплено зустрічалися очима зі своїми учнями.

На Корсо панували свої правила ввічливості, ніхто ні за ким не озирався, навіть за самотніми паннами, ніхто не піднімав голосу, всі розмовляли упівголоса, а то й пошепки, не зупинялися, побачивши знайомого, а швиденько домовлялися про зустріч у кнайпі.

Корсо — то такий суцільний полонез людей, розбитих на пари, людей, що прагнуть не лише показати себе, а й побачити інших і зробити свої глибокодумні висновки. Очевидно, якісь свої висновки робили й ті, що бачили мене з Росею попід руку. Не знаю, чому для неї було так важливо прогулятися в цьому тлумі, але вона врешті сама й пояснила:

— Я ще малою дуже хотіла тут прогулятися. Сама. Але діти могли гуляти лише в супроводі батьків. Ми тоді мали помешкання на Коперника. Одного разу, коли мені виповнилося чотирнадцять, а батьки вибралися до кіна, я взула мамині мешти на високих обцасах, які були на два номери більші. Мені вдалося вислизнути з дому і прогулятися Корсом. Я була така щаслива! І план мій був би вдалим, якби не те, що я раптом зустріла своїх батьків. Вони йшли напроти мене, а я не мала куди сховатися. І коли вони

поглянули на мене нажаханими очима, я згоріла на місці. Не сказали ні слова. Але я чимдуж поквапилася додому. Вони повернулися відразу за мною, і тоді я вислухала від мами про дуже сумнівне майбутнє панянок, які полюбляють вечірні прогулянки насамоті. Пізніше я не раз гуляла Корсом, але завше з батьками. І ніколи з кимось під руку.

— Дивно, як тебе відпустили зараз саму.

— А я не сама. На тому боці прогулюється Зеньо.

Я кинув оком на протилежний бік, де ніхто не гуляв, лише сновигали окремі перехожі, і побачив уже знайомого здорового бевзя.

— Він тебе не видасть?

— Зеньо? Він мені вірний навіки. Знає мене змалку. Тоді, коли він мене не впильнував і я вирвалася в маминих мештах на Корсо, його звільнили. Але я влаштувала такі ридання і навіть голодування, що перепросили і взяли назад.

Лагідне надвечір'я обволікувало теплом, легенький вітерець пролітав Академічною, коли ми вийшли з цукерні Залевського. Рося почастувалася тістечками, а я морозивом, скропленим ромом. Ми прогулялися до Марійської площі і назад, а тоді Рося запропонувала піти до кнайпи.

— До якої? — поцікавився я.

— До будь-якої, де я ще не була. А не була я в більшості кнайп.

— Ось ми якраз дійшли до «Шкоцької». Відразу попереджу, що їдження там не надто вишукане, зате величезний вибір напоїв. Що скажеш?

— Ходімо.

В кнайпі було людно, відвідувачі сиділи круг столиків з білого мармуру, на яких громадилися стоси шклянок і келишків. Кельнери спритно протискалися поміж ними, несучи над головами повні таці. Під стінами променіли радісним виблиском оббиті шкірою канапи, і такий самий радісний блиск відбивався на обличчях кельнерів,

випрасуваних і виґлянцуваних. Але, роззирнувшись, ми не побачили вільних місць, і довелося нам податися до ресторації в готелі «Жорж». Зрештою, Рося й там ще ніколи не була.

Ресторація не була заповнена, і ми швидко знайшли затишне місце. Стіни тут були викладені мармуром, підлога покрита товстим килимом, зграбні столики і фотелики, стільці і стільчики — все в голубих тонах, тоді як сусідня зала — в помаранчевих, а на столах — срібне накриття і сервізи, порцеляна і блискуче скло. В кутку тихо пригравала капела знаменитого скрипаля Зиґмунта Шатца.

Ми пили вино, а Рося випитувала мене про безліч деталей з мого буремного життя. Її добряче здивувало, що я навіть встиг повоювати, бороначи від москалів Замостя, а потім беручи участь у битві на Німані. Про свої походеньки нічними закладами я волів не пащталакати. Однак намагався розпитати більше про її сестру, щоб довідатися щось таке, що виведе мене на слід Деккера або підкаже справжню причину її загибелі разом із Альбертом Косом.

РОЗДІЛ ТРЕТІЙ

17 серпня 1939 року, четвер

1

Зранку я писав, а по обіді забіг до Обуха в комендатуру. Він відразу привітав мене з тим, що Конарський вже всю справу, пов'язану із вбивством Коса й Каміли, забрав собі.

— То що, він сам і буде розслідувати?

— Нє. Привіз з собою якихось двох пуриців[1]. Він іно буде керувати. Знаєш, як вони вміють. А ти що?

Я переповів розмову з Росею, Кисілем і ребе. Обух похитав головою.

— Так виглядає, що тут ціла шайка працює. Гадаю, нам не варто приховувати цю інформацію від Конарського. Але що тебе найняв Кисіль, не кажи. Лише передай розмову з ребе. Я йому, що знав, розповів. Він був злий, що ми відразу не виставили біля згорілого будинку охорону.

— Ти нічого не чув про Деккера?

— Ні. Конарський теж ним цікавився.

— Де він сидить?

— Через двоє дверей. Тільки не вривайся, а делікатно постукай.

— Гаразд.

Я чемно постукав, з-за дверей пролунало «Прошу!».

---

1 Пуриць — фраєр, людина, яка намагається здаватися важливою персоною *(ідиш)*.

— Ага, то знову ви? — усміхнувся не надто радісно Конарський, але потиснув мені руку і запросив сідати.— Комісар мені розповів, що знав, а ви мені розкажіть про те, що вдалося довідатися вам.

Я розповідав, а він нотував, час від часу перепитував, кивав головою. Опісля сказав:

— Я дав розпорядження стежити за совєтським віцеконсулом. Я вже був у еквадорському консуляті і попередив їх, щоб більше тих липових віз нікому не видавали.

— А як же їм виїхати?

— Нехай звертаються до англійського консуляту, який відповідає за еміграцію до Палестини.

— Та ви ж чудово знаєте, що після того, як араби підняли повстання з вимогою заборонити євреям поселятися в Палестині, і після доповіді міністра колоній Великої Британії Малкольма Макдональда, їм не так просто отримати візу. Тепер там діє квота на кількість тих, хто може в'їхати. Залишається лише нелегальний спосіб.

— Слухайте, Марку, ви розмовляєте зараз із державним чиновником. Я вважаю, що все повинно відбуватися за законом. Я закону порушувати не збираюся. Тому всі ці махінації з фальшивими візами будуть припинені. Або еквадорського консуляту більше у Львові не буде. І не переживайте так дуже за євреїв. Вони собі раду дадуть.

— Так, як у Рейху?

— Мене не цікавить, що там у Рейху. Мене цікавить, що тут у нас. Тому я б просив вас ділитися зі мною інформацією, яку ви здобули.

Я кивнув і підвівся. Він простягнув мені руку і додав:

— Мене також цікавить душій. Якщо ви й тут щось довідаєтеся, буду радий почути. Але прошу про одне: нічого поки що в пресу не зливайте.

— Про задушену вже було в пресі.

— Так, але без деталей. Мені паніка не потрібна. Навіщо він це робить? Виймає очі і притрушує цинамоном?

— Він хоче слави і щоб ми знали, що то він.

— Ну, самі бачите, він якраз мріє, щоб усі газети писали про Цинамонового душія.

— Однак застерегти тих, хто з'являється на вулицях пізно вночі, варто було б.

— Чи не здається вам, що вони самі вибрали свій спосіб життя? Там завше є ризик. Трапляються й сексуальні маніяки, які луплять їх по обличчю, шмагають різками чи батогом, запихають в «ціпку» огірки, пляшки і таке інше. І вони терплять, бо за таке отримують більший гонорар.

— Була задушена фордансерка, яка не займалася проституцією.

— Ви вірите в нічних танцівниць, які за добрі гроші не ляжуть з вами до ліжка?

Курча! Я вже не вірю навіть у касирок. Але змовчав, і на цьому ми розпрощалися.

Я вже хотів іти, коли побачив, як капрал Радомський з агентом Рачеком привели до кабінету комісара дивну парочку — обоє молоді, гарно вбрані, інтелігентний вигляд, руки в молодика були сковані кайданками за спиною, а в жінки спереду. В обох зацькований вираз на обличчі. Мені стало цікаво, хто це, і я увійшов услід за ними.

— Попалися! — втішено повідомив Радомський.— Там, де ми й зробили засідку.

— Це неправда! — верескнула молодичка.— То була провокація! Ми будемо судитися!

— Чудово,— усміхнувся комісар.— Докази зібрали?

— Аякже! — тішився капрал.— У них вдома був цілий склад того добра.

— Веди їх на допит. У різні кабінети.

Коли вони вийшли, я запитав:

— Що то за одні?

— Шахраї. Казімєж Хмєлєвіч і його жона Ріта. Вчащали до лікарських кабінетів. Жінка вдавала, що має хворе серце. Лікар її оглядав, а вона за хвилю хапалася

за серце і просила води. Поки лікар вибігав по воду, вони крали рецептурні бланки, а потім вписували на них морфій і йшли до аптеки. А вечорами той Хмелєвіч, озброївшись шприцом і пляшечками з наркотиком, обходив вулиці Рейтана, Коперника, Різницьку, Джерельну і пляц Бернардинський, де збираються повії, пропонуючи давку морфію за певну оплату. Заштрики робив сам в погодинних готеликах або в брамах. Ми зробили засідки в кількох докторів, і так вони попалися.

Раптом в комендатурі затраскали двері, затупотіли черевики. Обух теж схопився, вкладаючи до кобури пістолет.

— Що сталося? — здивувався я.— Куди так нагло?

— Облава! — кинув лише одне слово і поквапився до виходу.

Я ніколи не був свідком облав ізсередини, хоч і описував їх у репортажах, але при цьому залишаючись збоку, не беручи безпосередньої участі. Зараз я міг приєднатися до поліції і вирішив піти з Обухом.

Облави, які час від часу влаштовує поліція у Львові, завше захопливе видовище. Львів, як і кожне велике місто, повне таємничих закамарків, загублених від людського ока в мороку кам'яниць, слугує чудовим сховком для всіляких шахраїв та кримінальних злочинців. Схопити злочинця, який після виконаної «роботи» загубився у міському лабіринті, потребує надто багато зусиль. Якщо мова про «грубу рибу», рецидивіста або «кримінальника нотованого»[1], то рано чи пізно поліція його вистежить або в його знайомих, або у колєжанки, бо всі колєжанки теж дбайливо «нотовані». Гірше з меншими «рибками». Хлопчина, що вириває жінці з рук торбинку, злодій, що витягає на ринку або в трамваї гаманця з кишені, злочинець, що прокрадається вночі до помешкання або пере-

[1] Злочинця, який перебуває в розшуку *(гал.)*.

слідуваний розшуковими оголошеннями провінційний бандит від моменту, як зникне у великоміській джунглі, випадає на довший час з поліційного горизонту.

Раптова облава — один з найуспішніших методів арешту дрібних злочинців. Як рибалка, закидаючи сіть у море, сподівається багатого полову, так і поліція, оточивши якусь місцину, знає, що серед багатьох затриманих осіб знайде тих, кого віддавна шукає.

Львів, розташований у долині Полтви, оточений з усіх боків безлюдними вертепами, ярами, лісами і узгір'ями, які становлять чудову криївку для типів, що не бажають з тої чи іншої причини зустрічатися з представниками влади. Влітку прочісування такого величезного терену вимагає чималих зусиль. Майже неможливо докладно перешукати усі ті яри, пагорби й ліси, аби хтось не уник очей облавників. Куди легше взимку, коли мороз і сніг виганяють підозрілих типів з готелів «під зоряним небом». Тоді їхньою криївкою стають покинуті взимку цегельні, якісь шопи, що пустують за містом, або склади, погано пильновані сторожами.

Поліція частенько влаштовує облави на базарах. Особливою популярністю користуються Кракідали і торговиця досить підозрілого типу на площі Сольській*, на якій громадиться величезна кількість покупців і продавців. Але серед них також сновигають ті, що з гендлем не мають нічого спільного. Кожного злодія оточує група пасерів — скупників краденого. Вкрадені речі йдуть до великого коша, а потім відбувається блискавичний аукціон. Злодій швидко ховає гроші і йде до найближчого шинку поділитися зі спільниками.

На таку облаву збирають щонайменше сотню мундурових[1] і тайняків, чи то пак агентів. Я приєднався до

---

[1] Мундуровий — вбраний у форму *(гал.)*. Львівська поліція мала мундири ґранатового кольору.

останніх. Власне, з них усе й починається, бо спочатку на площу просочуються саме вони — люди в цивільному — і набитим оком фіксують підозрілих типів. Моє не набите око теж помічає особливий тип злочинців, який вирізняється від решти тлуму,— вони лише вдають, що шукають щось для купівлі. Перша їхня ознака — це торбинка під лівим раменом, попід яку вони засовують руку і мацають чиїсь нагрудні кишені. Перед ними завше тупцяє зо два таких, що чинять тісняву. Раптом різко зупиняються і, стримуючи всіх за собою, розпитують продавця, скільки там що-небудь коштує. А ззаду напирають на обрану жертву інші, і в тому тлумі працює злодій з торбинкою.

Очі у них зіркі й підозрілі, тут треба пильнувати, щоб їх не сполохати. Всі агенти справно грають свою ролю, намагаються не звертати на себе уваги, ходять або поодинці, або удвох, не більше. Поліціянти сходяться на площу бічними вуличками теж по одному, по два. Злодії вирізняються неабиякою чуйністю, і поява більшої групки ґранатових мундурів викликала б миттєву паніку, тоді вони тільки їм відомими переходами й брамами потрафлять за кілька секунд зникнути.

Поліція нарешті перекрила усі вулиці настільки щільно, що проскочити непомітно не вдасться нікому. Тепер почалося вилапування «риб». Таємні агенти сортують публіку на площі: порядних залишають у спокої, підозрілих спроваджують до складу старих театральних декорацій, який розмістився поруч. Тут відбувається попередній допит. Осіб, що мають папери в порядку, відразу звільняють, у кого нема документів, відправляють до комендатури, де почнеться копітка, часом кількаденна процедура з'ясування особи.

Я бачу, як підозрілі типи нервово метушаться, виймають гроші, щось швидко купують, ховають в черевики, в рубчики, щось комусь передають.

— Що відбувається? — запитую в Обуха.

— Зазвичай на кожній такій облаві вдається виловити розшукуваних злодіїв,— пояснює комісар.— Знаючи наперед, що їх далі чекає, вони на всі гроші, що мають при собі, закуповують папіроси і ховають у всіх можливих закамарках одягу. Брак тютюну для них — найтяжча мука під час довгих днів ув'язнення.

Облава завершена, агенти й поліція зникають, базар заспокоюється і вирує вже спокійно, без нервів. А ми з комісаром йдемо на пиво. На Ринку під парасольками сідаємо за столик, і Обух каже:

— Коли-небудь прихоплю тебе на облаву в Пасаж Миколяша. Але то восени, коли негода вилюднює базари. Там у нас значно легше завдання. В дощову пору пасаж збирає під своїм зашкленим дахом чималу зграю злодіїв та шахраїв, але на облаву туди вибираються заледве кілька поліціянтів. Вони перекривають обидва виходи з Коперника і з Крутої*, а потім починається перевірка документів.

— А як відбуваються облави взимку? — запитав я, старанно нотуючи оповідь Романа до записника.

— Узимку ми влаштовуємо облави на приміських цегельнях. То улюблене місце всіх бездомних і розшукуваних. У так званих люфтах, нішах, до яких вкладають цеглу для випалювання, досить багато місця. Там вони не тільки живуть, але й роблять склади краденого. Всі цегельні розташовані обіч колії, і часто саме там зберігаються викрадені у потягах речі. Тому, щойно трапляється якась більша колійова крадіж, поліція відразу вирушає до тих криївок, і вкрадені товари часто встигають повернутися до своїх господарів. Цегельня працює цілодобово, отже, заселяють її тільки взимку. Інша річ закинуті цегельні. О, там життя буяє цілий рік. А люфти поділені на загальні й окремі. В загальних сплять чоловіки, в окремих — закохані пари. Інколи звичайні подружжя.

Слова комісара під моїм пером набирають дещо пафосного звучання, але мої читачі таке люблять, репортаж не повинен викликати огиди, а подекуди навіть має схиляти до співчуття: «Одних вигнала на узбіччя нужда й безробіття, інших — конфлікт з параграфами карного кодексу. І ті й ті мають поважні причини, аби при появі поліції зашитися в найтемніший кут нашвидкуруч зімпровізованих леговищ, і навіть ще там закривати дбайливо обличчя: одні з сорому, а інші, остерігаючись розпізнання. Допіру там, у протухлій атмосфері бруду, нужди і безнадійного ранку, є змога наочно переконання, як виглядає деморалізація. Ті самі постаті, яких бачиш при світлі дня на вулицях міста, не роблять такого гнітючого враження, бо навіть і в тому безпретензійному світку зобов'язують певні засади перед виходом у широкий світ. Вони миються і чистять вбрання та взуття. Але там свої серед своїх не завдають собі жодної зайвої праці. Тільки там побачити можна трагічний образ падіння людської гідності, який на понурому тлі розвалин цегельні стає особливо приголомшливим».

2

«Брістоль» на Легіонів пульсував неоновими вогнями й манив голосною музикою. Я увійшов і відразу потрапив у середовище публіки, яка реготала, танцювала і пила з таким запалом, наче то було святкування Нового року.

Я підійшов до бару і запитав про Бронка.

— Оно в карти грає,— кивнув бармен на столик, до якого не сягало світло жирандолі.

За столом сиділо троє, всі в капелюхах, у кожного з писка стирчала папіроса.

— Той в картатій маринарці? — запитав я.

— Нє,— сказав бармен.— Той у сорочці з закасаними рукавами. Коли в Бронка рукави не закасані, з ним ніхто грати не сяде.

Бронко виглядав так, мовби зійшов з кіноекрана — типовий підкорювач удовиних сердець: прилизане і змащене бріоліном блискуче волосся, тоненькі вусики і золотий сиґнет на пальці. Помітивши мене біля столу, Бронко підняв голову. Я підморгнув йому. Він поклав карти на стіл і сказав:

— Всьо, хлопаки, фалюйте. Маю справу на мільйон.

Ті двоє не надто приязно зиркнули на мене, але слухняно вшилися.

— Сідай коло мене, бо, коли музики заграють, не будемо одне одного чути,— сказав Бронко.— Шо будеш пив?

— Коньяк.

Він похитав головою:

— Я би ті не радив. Вони закалапуцькають якусь холєру і скажут, жи то коньяк. Але я ті вгоджу чимось ліпшим.— Він покликав кельнера і сказав: — Принеси моєї.

— Скільки? — поцікавився кельнер.

— Чвертку. А до того чорний хліб і шкварки.

— І що то за напій? — запитав я.

— А во спробуєш. Перша кляса. Мій кумпель жене з пшениці і ячмінного солоду, а потім витримує в дубових висмалених діжках. Старовинний шкоцький рецепт.

— І вони цим напоєм тут торгують? — здивувався я.

— Для своїх.

— І як він у них називається?

— У'іскі!

Я засміявся. Кельнер приніс замовлене і поставив на столику. «У'іскі» налите було в прозору карафку і мало приємний світло-каштановий колір. Кельнер налив нам

у чарки і відійшов. Я взяв свою й понюхав. Пахло цілком пристойно.

— Га? — кивнув Бронко на карафку.— Перша кляса.

Я випив. Авжеж, це й справді був добрий напій.

— Так, ти не збрехав,— погодився я.— Перша кляса.

Ми закусили хлібом зі шкварками, і Бронко промовив:

— Дивисі. Заки ти туди прийдеш, я вже там буду крутився. Ти за мною позирай. Я виберу такий момент, жиби віцеконсул сів біля грального столу, а не стояв. І вдам п'яного. Перечеплюся ніби і звалюся на него. А в руках у мене вже буде гаманець. Ну, ти тоді й підскочиш. Тіко не вали мене моцно по писку. Бо я теж можу.

— Ти забув, що будеш п'яний,— засміявся я.

— Нічо-нічо, коли мене б'ють по писку, я скоро тверезію.

— А ти в своєму житті вже крав чужі гаманці?

— А чо ти питаєш?

— Ну, бо хочеться знати, наскільки ти це вправно робиш.

— Хочеш знати? — усміхнувся він.— Ти вже це знаєш.

— А то ж як?

— А помацай кишені.

— Курва! — здивувався я, запхавши руки в кишені.— Ти витяг в мене сотку.

Бронко простягнув мені банкноту, тримаючи між вказівним і середульшим.

— Ти так двома пальцями й витягнув? — запитав я.

— Йо. Не носиш гаманців?

— Мені все здавалося, що так безпечніше. Та й ніколи я не ношу з собою більшої суми.

— Ну, то вип'ємо за знайомство. Кисіль казав, що ти репортер. Але там, в казині, ліпше тобі прикидатися кимось іншим.

— На жаль, багато хто мене знає. Може, й віцеконсул пізнати.

— Тоді моя тобі порада. І то забездурно. Не хвалися працею в газеті перед тими, хто тебе ще не знає.

Дорогою додому я зазирнув до кнайпи Мусяловича. Людвіка була в суконці Емілії. Я поволік її до себе. Вранці я сказав, аби забрала собі всі ті сукні. А вона відповіла:

— А нащо? Най в тебе будуть. Все одно я збираюся до тебе переїхати.

Я вдав, що не почув.

3

Дівчина вийшла з ресторації добряче підхмелена. Її похитувало, вона відчувала втому, протанцювавши кілька годин. Кавалер чекав на вулиці й курив. Йому вдалося її вмовити, щоб повела до себе. Та й чому б ні? За десять золотих! То не щодня така пропозиція. Давно вже вирішила, що за малі гроші ні з ким не піде й до себе не поведе. А цей має. Вгощав і її, й інших дівчат.

Йшли мовчки. Тепла погідна ніч звучала сюркотом стрикоників з парку Костюшка, рехканням жаб у ставку і писком кажанів. Вони йшли вулицею Третього Мая, а на розі Словацького вона попрохала:

— Дай закурити.

Чоловік вийняв цигарничку, відчинив і простягнув. Його теж похитувало від випитого. Дівчина взяла папіросу, а він припалив.

— Гроші наперед,— сказала вона.

— Ще чого! — обурився він.— Ми ще не дійшли до твоєї хати.

— Вже близько.

— В хаті дам.

— Нє. Я винна шимоновій[1],— збрехала вона.

Насправді не була винна, але домовилася, що буде віддавати їй зарібок на зберігання після того, як один клієнт спочатку дав їй гроші, а потім, по всьому, забрав та ще й по писку траснув. Послугами альфонса вона воліла не користуватися, бо вона ж не повія. Вона не лазить вулицями, як ті… Ні, вона ніколи так низько не опуститься.

— Шо мені до твоєї шимонової? — буркнув клієнт, але поліз у кишеню і простягнув п'ять золотих.— Решту потім.

— Нє,— захитала вона головою і відвела його руку набік.— Так не піде. Мене не здуриш.

— Я не збираюся тебе дурити. А ти можеш.

— Я? — Вона щиро обурилася.— Іди ти під три чорти! Забирайся! Я передумала!

Він намагався її заспокоїти, але вона відштовхнула його і, спотикаючись на високих обцасах, пішла в напрямку вулиці Крашевського попри парк. Чоловік ще хвильку дивився їй услід, потім сплюнув і поплуганився до центру.

Дівчина йшла, відчуваючи, як хміль її все дужче й дужче пробирає. Раптом її охопила тривога. Вона стала озиратися, поглядаючи на парк, звідки долинали шелест і шемріт, мовби хтось таємничий нашіптував щось невиразне. Їй хотілося бігти, але була дуже натомлена. Лунко цокотіли кроки. Врешті скинула мешти і далі йшла боса. Йти стало легше.

Темрява заволоклась туманом. До її будинку зоставалося метрів сто, коли почула хурчання авта, яке під'їхало до парку. Світло фар протяло світляним стилетом вулицю і згасло. Біля входу до парку машина зупинилася.

---

[1] Шимон — сторож, що мав помешкання в партері (зараз це перший поверх), зачиняв і відчиняв браму та прибирав довкола будинку. Шимонова — жінка сторожа *(гал.)*.

Траснули дверцята. Нарешті жива душа, заспокоювала вона себе. Напевно, закохана парочка. Незабаром почула за собою приглушені кроки. «То, певно, той...— подумала.— Передумав?» Озирнулася. Нікого не було видно, але вона відчувала, що хтось за нею йде. Хтось скрадається, бо кроки то чути, то не чути.

— А що? — гукнула в туман.— Передумав? Добре... Пішли... Дідько з тобою.

Той не відповів. Але нарешті кроки залунали гучніше, впевненіше і стали наближатися. Дівчина зупинилася.

— Чого мовчиш? Я не люблю мовчунів.

За мить з загуслої оливної темряви виплив високий незнайомець у білій сорочці. За ним виднілася темна тінь чи постать ще когось, нижчого зростом. Дівчина припала спиною до муру. Її нудило. Незнайомець зупинився і придивився до неї.

— То не він...— зітхнула вона.— Чого ви мене роздивляєтеся?

— Хочу тебе підвезти,— промовив чоловік каліченою німецькою.

— Нема потреби. Я вже під хатою.— Вона рушила вперед, але він її догнав і припер до муру.— Що таке? — зойкнула.— Я буду кричати.— Намагалася відбиватись, але вмить замовкла, коли їй до обличчя приклали губку з ефіром, а шию стиснули, наче обценьками.

Тепер вона лише стогнала, за мить випустила з рук мешти, її ослаблене тіло опало на руки незнайомця, а потім її поволокли до парку і кинули на траву. Вона була без пам'яті, коли з темряви вийшов той, другий, і став її роздягати. Робив це швидко, нервово. Легенькі майточки розірвав одним рухом, а тоді навалився на неї.

Певної хвилі вона все ж отямилася, відчула на собі важке тіло і спробувала закричати, але тільки захрипіла. Її голосові зв'язки були пошкоджені. Ґвалтівник ще кілька разів сіпнувся і застогнав від насолоди, відтак став

на коліна і, вхопивши її за шию, додушив. З його вуст лунало тихе вдоволене хихотіння.

Потім він вийняв з кишені ложку і обережно вийняв у дівчини очі. Його напарник простягнув йому слоїка, душій опустив туди одне око за другим. Напарник сховав слоїк до кишені і зачекав, коли душій притрусить цинамоном очодоли і опорядиться, перш ніж вони рушать до авта.

РОЗДІЛ ЧЕТВЕРТИЙ

18 серпня 1939 року, п’ятниця

1

Ім’я другої жертви мене схвилювало.

— Є вже друга. Вбивця той самий,— сповістив мене Обух телефоном пополудні.— Ти й далі будеш відсиджувати дупу?

— Друга? — повторив я.— Хто вона?

— Ти її знаєш.

— Господи! — вжахнувся я, перебираючи в пам’яті всіх дівчат, яких знав.

— Аґнєшка,— повідомив Обух, і я захлинувся повітрям.

Аґнєшка, моя знайома фордансерка з ресторації «Варшава». Бідне дівчисько, яке намагалося будь-якою ціною вижити в цьому світі, працюючи танцюристкою в кнайпі, а зо два роки тому я зустрів її зимової ночі на левандівському мосту — вона намагалася скочити з нього під потяг, бо її покинув кавалер, а вона не мала чим оплачувати помешкання. Я врятував її і влаштував на роботу в ресторацію. Потім вона знайшла собі заможного опікуна, але його вбили. Давненько я її не бачив. А однак довелося побачити ще раз.

Обух закликав мене до себе і знову повів до трупарні. З нами пішов і капрал Радомський, замріяно жвакуляючи щойно купленого пампуха, але перед дверима трупарні він зупинився, щоб дожувати, а вже відтак увійшов. Юзик

Шнайдер був на місці. Аґнешка теж. Я ніколи не бачив її голою. Тепер побачив. Гарна фігура, невеликі перса з почорнілими пиптиками і темні пруги на шиї.

— Що скажеш? — запитав Обух Юзика.

— Задушена, як і тамта,— промовив той, закурюючи простягнуту Обухом цигарку.

— І зґвалтована? — запитав Обух.

— І зґвалтована. Спочатку він її придушив лише злегка. Потім роздягнув, насолодився і додушив.

Комісар оглянув шию дівчини.

— Подряпин не бачу. Душив у рукавицях.

— Він собі не зраджує.

— Можеш визначити час смерті?

— Між двадцять третьою вечора і першою ночі.

— Де її знайшли? — запитав я.

— В парку Костюшка,— відповів Обух.

— Чого би вона в такий час швендяла парком? — здивувався я.

— Нє, її схопили і заволокли туди. Ми оглянули місцину і знайшли її мешти метрів за двадцять від того місця, де лежав…— мабуть, хотів сказати «труп», але поправився: — де лежало тіло. Марку, може б, ти пішов у «Варшаву» та перебалакав з дівчатами? Тобі це гарно вдається. А ти, Радомський, знайдеш її родичів і повідомиш про біду.

— О! Знову я! Нє, щоб мене у «Варшаву» послати! — буркнув капрал.

Раптом щось мене зачепило в мертвій дівчині. Щось тут було не те. Я уважніше придивився до її обличчя.

— Що ти там побачив? — запитав Обух.

— Очі,— відповів я.— Це не її очі.

— Що ти таке кажеш? — Він теж нахилився до її голови, а за ним і Юзик, і капрал.

— Це не її очі,— повторив я.— Минув рік, коли я востаннє бачив її, тому не відразу це помітив.

Юзик узяв пінцет, підважив одне око і легко його вийняв. На нас глянула темна яма очодолу, притрушена цинамоном.

— Так, він вставив їй чужі очі,— сказав він.— А ці вийняв у когось доволі акуратно, ніде не пошкодив. Мабуть, вибирав ложкою.

— То це були очі тамтої? — вигукнув комісар.

— Якої тамтої? — не зрозумів я.

— Першої,— пояснив Юзик.— Перша жертва була без очей. Мабуть, це її очі.

2

За дня кам'яницями совгаються сонячні зблиски, притлумлені одностайною сіризною мурів і порохами, а коли починає спадати ліловий сумерк, місто прокидається до нічного життя. Спалахують кінкети вуличних ліхтарів, неонові реклами ряхтять червоними, зеленими, блакитними, жовтими зблисками. Нічні ресторації заповнюються, особливо танцювальні заклади, миготять чорні чоловічі костюми, барвисті сукні яскраво мальованих жінок, лунають звуки галасливої оркестри і шепіт солодкий «будь моєю…», а у відповідь — дзвінкий сміх.

На батярських околицях теж починає буяти життя в душних задимлених спелюнках при звуках гармонії, тут теж бавляться, хоч і по-своєму. Але тут не знають компромісів, тому не раз закінчується любовна драма криваво: за зраду куля в чоло або ніж у серце приятеля чи коханки…

Чотири тисячі повій, явних і потаємних, вражаюча армія жінок, які продають своє тіло і свій гонор. Час від часу арештовують гендлярів живим товаром, та це нікого не зупиняє.

Повії тепер дешеві та невибагливі. Ті, що чекають нагоди під дверима шинку або неподалік двірця, коштують півтора золотих — стільки ж, як п'ять оселедців або п'ятнадцять кіл цибулі чи картоплі, або півтора кіла телятини, або кіло свинини, або п'ять хлібин, або два з половиною десятки папірос уроздріб, або півтора літри сметани. За півтора золотих можна переночувати у приватному притулку або з'їсти два обіди в пані Теличкової, а три — у шинку на околиці. Але з тих півтора золотих, що клієнт сплачував за послугу, вулична дівчина мусила один золотий віддати господині, яка здавала їй кімнату для любощів. Взамін, окрім ліжка, клієнт отримував дешеве пійло. Виживати в таких умовах повіям було непросто.

Краще ведеться прихованим повіям, які не волочаться вулицями, знаючи, що для багатьох чоловіків жінка з офіційною маркою повії має найнижчу цінність. Тому вона намагається замаскувати таке враження і виходить до міста, перевдягнена за служницю, з кошиком в руці, до якого задля більшого ефекту кладе дешеву зеленину. В такому маскараді сідає переважно на лавці в Єзуїтському парку, нібито перепочити. Помітивши на лавці самотню дівчину, яка при цьому ще й зальотно всміхається, спокусившись на дешеву здобич, чоловік присідає до неї і по короткій розмові робить їй еротичну пропозицію, яку вона охоче приймає.

Повія інтелігентніша, маючи на меті заробити якомога більше, виходить на лови, як «вдова в жалобі». Зодягнена в товстий креп, обличчя затулене непрозорою вуалькою, сідає зазвичай на лавці в Стрийському парку, а побачивши прогульковича, який їй здається достатньо заможним і достатньо дурним, починає сердечно плакати і, витираючи сльози хусточкою, кидає з-під вуальки кокетливий погляд на свою жертву. Треба бути циніком і мати тверде, як камінь, серце, щоб не відчути зворушення від

сліз удови в жалобі. Наївний обиватель, звісно, спалахує співчуттям і сміливо сідає біля неї, питаючи: «Чому пані добродійка плаче? Чи не міг би я бути для вас чимось корисним?»

На такий жалобний фортель і сльози не раз клюють навіть бувалі кавалери. Стати опікуном і розрадником молодої, вабливої вдовички — надто спокуслива перспектива, щоб їй опертися.

Більшу оплату за любовні послуги отримували кельнерки, касирки, танцівниці, акторки, бо не вважалися офіційними повіями. А ще більшу оплату отримували елітні куртизанки, які не тинялися вулицями і приїжджали до клієнта лише за викликом.

В багатьох вечірніх дансингах фахові танцюристи, чи то пак фордансери часто зваблюють багатих заміжніх пань, аби потім їх шантажувати, а ті, переживаючи за свою честь і опінію, боячись скандалу, відкуповуються коштовностями за мовчання пройдисвітів.

Газети раз по раз описують нові афери, облави на нові будинки розпусти. Просто в центрі міста в чудово облаштованих апартаментах було організовано дім зустрічей, який відвідували так звані пані з товариства, що своїм тілом допомагали рідним чоловікам у битві за добробут. А власник однієї з найвідоміших аптек виявився ватагом банди торговців наркотиками. Днями викрито палярню опію. Така хроніка щоденного життя королівського міста.

В ресторації «Варшава» не було того вечора людно. Велика червоно-золота заля, притемнені світла, гомін безлічі голосів, випари алкоголю, нікотину і звуки джазбенду. На овальному паркеті кільканадцять пар ритмічно рухаються в такт екзотичній мелодії. А за окремим столиком сидять фордансерки — фахові танцюристки і дівчата, які готові скрасити будь-яке товариство,— високі і низькі, тлусті і худі, білявки, рудавки і чорнявки, Мані, Стасі,

Ясі чи претензійно Віолєтти, Юлітти і Йолянти, дбайливо зачесані, яскраво намальовані і вбрані з перебільшеною витонченістю.

Ніби такі різні, а такі подібні. Вони пильно оком озирають залу, оцінюють гостей, обговорюють їх, вгадуючи, що можна чекати від того чи іншого, і чекають, коли їх запросять до товариства, де вони зможуть вдосталь наїстися і напитися, добре забавитися і «зробити рахунок» для дирекції закладу. Запросини до товариства відбуваються по-різному. Одні відвідувачі запрошують спочатку танцівниць до танцю, потім самі провадять їх до свого столика, інші пишуть білетики, які посилають через кельнера облюбованій дівчині, переважно танцівниць замовляють у кельнера так само, як закуски і напої.

Ось їхні очі зблиснули, вони випросталися і випірнули з задуми, бо їхню увагу прикувала поява нових гостей. Компанія елеґантних старших панів зайняла великий столик навпроти дівчат. Директор вітає їх з пошануванням, кельнери згинаються в уклонах, заклопотані обличчя танцівниць роз'яснює усміх. Нарешті зараз почнеться забава.

Я сів на стілець біля бару і замовив коньяк. За хвилю до мене підсіла дівиця з копицею темного волосся і цигаркою в немилосердно напацьканих вустах.

— Котику,— просюркотіла вона прокуреним голосом,— вгостиш і мене? Я Магда.

Я зміряв її уважним поглядом і запитав:

— А не скажеш, де Аґнєшка?

— Аґнєшка? — вирячилася вона на мене.— Ти з дуба впав? Нічого не чув?

— А що я мав чути?

— Та закатрупили її.

— Справді? — Я вдав неабияке здивування.— Шкода. Гарна була дівчина.

— У нас гарних багато. То як? Вгостиш?

Я кивнув барменові, й він налив їй коньяк. Ми цокнулися й випили.

— У неї була подруга...— промовив я.— Як же її...

— Сабіна.

— А-а, так-так... Сабіна. Де вона?

— А ти її знаєш?

— Нє, просто Аґнєшка розповідала щось про неї.

— Оно танцює... Бачиш — з тим грубасом?

— Йо, бачу. А розкажи мені, як загинула Аґнєшка.

Далі я почув усе те, що знав, крім одного: вона не йшла додому сама. Хтось її чекав перед виходом і хтось її проводжав. Магда його не бачила.

Тим часом музика вмовкла. Сабіна підплила до бару. Була розпашіла, а волосся прилипло до спітнілого чола. Її погляд упав на нас. Магда сказала:

— Він питав про Аґнєшку.

Сабіна спохмурніла.

— Ви не бачили, хто її проводжав? — запитав я.

— А ви шо, з поліції?

— Нє.

— То чого питаєте?

— Ми з Аґнєшкою товаришували.

— Як вас звати?

— Марко.

— А-а, то, може, ви не дали їй з мосту під потяг зіскочити?

— Йо.

— Ну, так би й казав. Вгостиш мене?

Магду забрали до танцю. Бармен налив нам по чарці, й ми випили.

— То був такий невиразний клієнт, розумієш? — казала вона.— Є такі типи, що потім неможливо ніц пригадати. Я б навіть, якби його ще раз побачила, не впізнала б. Хіба би був убраний в то саме.

— А як він був убраний?

— Та як… Світлі штани, біла сорочка, сіра блюзка і сірий капелюх. Мав тоненькі вусики. Невисокий, але моцно збитий.

— На писку були якісь ознаки?

— Я його зблизька не бачила. Він затанцював тут трохи, потім вони умовилися, він вийшов і чекав її надворі.

— Він був сам?

— Так. Сидів сам за столом. Згадала, у нього був ніс бараболькою. Так гейби перебитий.

— Куди вони могли піти?

— Звідки мені знати? Може, до готелю.

— Отже, інколи ваші дівчата йдуть до готелю з гостями?

Вона глянула на мене здивованим поглядом:

— А шо тут такого? І не конче до готелю. В кнайпах є окремі кабінети…

— Ті, які дискретно[1] називають «боксами»?

— Так. Там обслуговують клієнта вже на місці. А як виживати? Гадаєш, я за свою цілонічну працю отримую достатню винагороду? Дуже помиляєшся. Ні я, ні жодна з нас. Хіба скромну вечерю. То дівчата, що працюють в більших ресторацiях, щось отримують, та й то зазвичай дуже мало — п'ять золотих за ніч. Але цього не вистачає на вбрання, на фризієра[2], на косметику. Ми мусимо мати багато суконь, від цього залежить наш успіх. Інколи за вечір я міняю три-чотири сукні. А ми ж, утримуючи себе, помагаємо ще й родині. А є такі, що мають малу дитину, яку віддали на село. Дівчата з «Баґателі» мені розповідали, що там не тільки їм не платять, а ще й гроші у них дирекція «позичає» і не віддає. І ще агенція, яка є посередником в укладанні контракту з кабаретовими артистами, бере десять відсотків від їхньої оплати протягом всього

---

[1] Делікатно *(гал.)*.

[2] Фризієр — перукар *(гал.)*.

ангажементу. Але з танцівницями ніхто контрактів не укладає. Ми не маємо забезпечення ані від хвороби, ані від безробіття, тому нас можна звільняти будь-коли, залежно від фантазії власника закладу. Або навіть на жадання якогось підпилого гостя, якому не вдалося схилити дівчину на ніч.

— Гаразд,— сказав я,— контракту нема, а якусь угоду ви з дирекцією укладаєте?

— Хіба усну. Але хто б її дотримувався! Щодня з шостої вечора, часто до ранку, треба танцювати, фліртувати, молоти язиком. А за угодою мали б ми перебувати в кнайпі лише до другої ночі, але саме о цій порі починається найбільша забава. Ніколи не забракне двох чи трьох відвідувачів, які за пляшкою прагнуть забути про сірі дні. Добре, якщо досить лише танцювати з ними і випивати, але часто директор вимагав ще раз і ще раз повторити номер з задиранням ніжок для грошовитих гостей. А такі виступи — то не просто танці, бо мусять містити в собі бодай кілька акробатичних фігур, які часто залишали на тілі дівчат болючі синці.

— За які ж ви кошти виживаєте?

— Ми отримуємо оплату від гостей за танець і за товариство коло столика. Але ця оплата не є обов'язкова, тому рідко хто платить. Та й то щось дрібне. Більшість вважає, що, зафундувавши нам вечерю, вже розрахувався. Більше нам перепадає лише в таких випадках, коли танцівниця вже після закриття ресторації перебуває на жадання гостей і далі в їхньому товаристві. Щоправда, виконує функції, які не входять до її фахових обов'язків. А ще інколи дирекція платить невеликий відсоток від рахунку за випиті гостями трунки. І це заохочує дівчат, щоб розкрутити гостей. Дирекція цінить найбільше таких, що уміють натягувати гостей на дорогі закуски і напої. Так що, коли хочеш продовжувати молоти язиком, то «роби рахунок».

— Ще коньяку? — запитав я.

— Хочеш мене споїти? — підморгнула Сабіна.— Візьми ще мені пляцок з ябками.

Я замовив коньяк і пляцок. Я вирішив детальніше розпитати дівчину про тутешнє нічне життя, щоб по змозі вирахувати типи відвідувачів. Серед них міг бути і вбивця. Хоча він міг собі мандрувати різними кнайпами і не з'являтися там, де вже раз засвітився.

— Коли якусь дівчину запрошують до столу, вона звертає увагу на того, хто запрошує? — запитав я.— Чи буває таке, що гість їй не до вподоби?

— Ні, до столу йдемо з будь-ким. До готелю — то вже інша річ. А так посидіти, випити, потанцювати, то чому ні? Немає значення інтелігенція гостя, його виховання, врода. Має значення лише його готівка. Вульгарний різник зі щітковидними вусами, але з набитим гаманцем, миліший нам від скромного інтелігента. Кожна танцівниця прагне забави в товаристві фукса.

— Фукс? Що це таке?

— Фуксом ми називаємо небуденного гостя. Головні його риси — гойність, наївність і легковірність. Це чоловік, який дозволяє себе натягати і набирати: посилає щедру винагороду оркестрі, купує для танцівниці в барі прив'ялі квіти, платить за сукню, яку вона навмисне поплямила нібито через нього. А ще такий тип не перевіряє рахунку і платить за страви, яких не куштував, і за напої, які не пив. То, власне, і є фукс. А ще є паталахи.

— Цікаво. А це що за тип?

— О, вони поводяться інакше, ніж фукси. Ці сидять не раз до білого ранку за склянкою гербати чи за малою чорною, обтанцьовують з запалом усіх краль на залі, а коли виходять, платячи дрібний рахунок, голосно обурюються, що їх набрали. Що й казати… Нелегке в нас життя. Танцівниця платить всім у ресторації, щоб заслужити дружнє ставлення до себе. Швейцарові за те, що відчиняє перед

нею двері, шатнярові за те, що подає плащ, кльозетовій бабці за те, що дозволяє користати з кльозету, кельнерів частує папіросами. Танцівниця, яка, заробляючи сама, не дає іншим заробити, викликає у персоналу вороже ставлення. Її рано чи пізно просто з'їдять.

— Але кожна з вас марить якщо не про кар'єру фільмової зірки, то про те, що якоїсь хмільної ночі, просяклої димом і алкоголем, нарешті з'явиться «він» — витязь із казки, який висмикне її з цього набридлого метушливого світу і поведе в інші сфери, де кралі в розкішних сукнях і пани у фраках?

— Ти вгадав.— Вона зі смутком усміхнулася.

— Слухай,— сказав я,— коли ще тут з'явиться той, що пішов з Аґнєшкою, зателефонуй мені.— Я дав їй свій номер і Обуха.— Гаразд?

— А шо то аж два номери?

— Той другий мого товариша.— Я не хотів казати, що вона буде телефонувати до поліції.

— Добре. Ти файний хлоп. Шо нині робиш?

— Ніц.

— Можу піти до тебе.

— Нині в мене вже є гостя,— усміхнувся я.— Але буду про тебе пам'ятати.

— Ти мене збуджуєш. Справді збуджуєш,— залопотіла вона, пригортаючись.

— Я знаю, ти це кажеш кожному. Але мені не мусиш. Я не ловлюся на такі штучки.

— Які штучки? Я щиро!.. Ти свиня. Але задля Аґнєшки я тобі пробачаю. Хоча… Вона клієнтам себе називала Анже-ліка! Ми всі тут трішки дурнуваті. Ну, чао-какао!

3

В мороку ночі ховає Львів світ нічних птахів, життя яких плине затаєним нуртом в спелюнках і криївках, неприступних для людей з іншого кола. До такого світу мороку належать і таємні доми гри, бувальці яких можуть походити з різних суспільних верств, але їх єднає одне: всі вони залежні від гри і не здатні позбутися нестримного бажання грати, наче наркомани. Демон гри опутав їхні думки і вчинки, підкорив їх собі, газард не відпускає їх зі своїх мацаків. Для них ніч, проведена за забороненою грою в рулетку чи в карти в законспірованому помешканні,— це те, без чого вони вже обійтися не можуть і задля чого посвячують все: дім, родину, маєток, службу.

Багато з них забувають про все настільки, що поза грою не мають жодного заняття, і вся їхня увага прикована лише до гри і до вигадування нових способів гри. Вони сплять до полудня, потім вештаються knайпами, а як смеркне, сходяться до визначеного на той день будинку, куди доступ мають лише свої, озвучивши гасло. Гра триває до світанку, а потім втомлені, обібрані до нитки або й з вигрою вертають додому.

Ті помешкання, де відбувається гра час від часу міняються. Організатор отримує оплату і організовує буфет, а зисками ділиться з господарем. Він також вербує грачів і повідомляє щоразу адресу й нове гасло.

Але казино Кисіля, хоч і діяло підпільно, залишалося на місці, все в тому ж будинку. Високе поліційне начальство, звісно, про нього знало, але мусило прижмурювати очі, використовуючи його як дуже вигідний плацдарм для спостереження за кримінальним світом і усілякими аферистами, шулерами, шпигунами, дипломатами і чиновниками. Крім того, Кисілеве лігво газарду офіційно

називалося «Kasyno ziemian galicyjskich», але означало це «Клуб галицьких поміщиків», бо слово *kasyno* має два значення: казино і клуб. Таких клубів у Львові було багато, але в жодному з них не було казина. Тільки в Кисіля на Кривчицях. У всі ці клуби могли приходити лише їхні члени зі своїми кралями, а до Кисілевого «клубу» лише утаємничені в гасло, яке щодня мінялося.

Починалася та вечірня година, коли передмістя прокидалося для бурхливого товариського життя. Чути було співи, гру гармонії і веселі крики та регіт. Я на такі вилазки без зброї не ходжу, під маринаркою в мене дрімав у кобурі «люґер». Сутінки застеляли простір сизою поволокою. Я натиснув дзвінок двічі коротко, раз довго, втретє коротко, а після того смикнув за важіль. Прозірка на брамі відкрилася, і мене пильно обстежили. Далі захриплий вольовий голос промовив:

— Нині в нас день жалоби.

Я відповів не менш безглуздо:

— Буде зле, якщо я з ним не попрощаюся.

Браму прочинили. Я побачив перед собою здорового бевзя, в якому упізнав Росиного охоронця Зеня, і рушив до дверей.

— Поволютку, мій когутку,— прохрипів він, цитуючи назву еротичного фільму, який, видно, припав до його чутливої душі.

Я зачекав, він мене обійшов і вже в дверях, що вели в будинок, натиснув кілька разів дзвінок. Щойно тоді ми увійшли до просторого коридору. Цього разу нас впустила мила дівчина в рожевій сукеночці і з голими колінами. Вона ввічливо усміхалася, водночас окидаючи мене пронизливим поглядом з ніг до голови.

— Прошу пана за мною…— промуркотіла вона, демонструючи рівні, дещо повненькі ніжки.

Вона повела мене сходами нагору, вихляючи сідничкою просто перед моїм носом. Нагорі зупинилася і оки-

нула мене здивованим поглядом — мабуть, я був перший, хто стримався і не вщипнув.

— Сюди,— сказала панна і відчинила переді мною лаковані двері.

Я вирішив вирости в її очах, обняв її за талію і запитав:

— А що, якби ми так…

— Тільки з відома пана Киселя,— обірвала вона мене і, крутнувшись на обцасах, пострибала додолу.

Переступивши поріг, я відразу опинився в просторій залі, де в повітрі висіли тютюновий дим і жвавий гомін. Ляскали карти по столу, крутилися рулетка, хтось час від часу щось вигукував, чоловічі голоси мішалися з жіночими.

Кельнер підніс мені на таці шампана. Бронко не звертав на мене уваги, зате звернув увагу віцеконсул. Він стояв біля столу, де четверо осіб грало в покер, курив, щось коментував. Я впізнав його за описом Киселя і Бронка. То був опецькуватий рухливий чоловік, який, вочевидь, звик бути завше в центрі уваги. Він сипав жартами, з усіма був за панібрата, говорив то німецькою, то польською. Поки що не грав, курив, випивав і спілкувався з різними людьми. Він лише раз глипнув на мене, коли я увійшов, і відразу відвів очі вбік. Я вдав, що цього не помітив, і з зацікавленням обстежував публіку. Серед грачів у рулетку були жінки переважно старшого віку. Видно, що то були багатійки, для яких не було трагедії в прогрі сотні-двох золотих.

— Сервус,— почув я біля себе голос Росі.— А я думаю, з ким мені випити.

Я відклав порожній келих і запитав:

— Самій нудно?

— Звісно.— Вона поманила кельнера, і ми взяли по келиху.— Можеш поки що насолоджуватися моїм товариством.

— Тільки поки що?

— Ну, бо коли Зяблов сяде за карти, тобі доведеться перебувати біля нього, щоб вчасно зреагувати на вибрик Бронка. А відтак уже увійти з ним в тісніший контакт.

— При умові, що він виявить до мене зацікавлення.

— Ну, ти ж бачиш, який він балакун. Такий без ключика в душу залізе. А разом з тим темний тип. Ну що? Ти натрапив на сліди Деккера?

— Ні. Хтозна, де він може бути. Можливо, вже кудись виїхав.

— Шерше ля фам. Знаєш таку приказку?

— І що це мені дає?

— У нього була нова пасія. От що дає. Я, на жаль, не знаю, хто вона. Один лише раз бачила на вулиці, як вони обоє сідали до авта. Білявка років так двадцять чотири — двадцять шість, вродлива, бездоганна фігура. Роздивитися її уважніше не вдалося.

— Коли то було?

— Може, місяць тому.

— Чому ти мені про це все раніше не сказала?

— Бо забула.

— Отже, він може переховуватися в тої кралі?

— Може.

Я відчув, що вона щось поклала мені в кишеню маринарки, і намацав ключ.

— Що це? — здивувався я.

— Ключ від Деккерового будинку.

— Ти про нього теж забула?

— Уяви собі. Робила порядки в кімнаті сестри і знайшла. Вона частенько бувала в нас і навіть ночувала, коли вже аж надто їй Деккер докучав.

— Ти впевнена, що то ключ саме від його помешкання?

— Ні, не впевнена.

— Я так зрозумів, що твій тато вже там побував?

— Так.

— І нічого цікавого не знайшов?

— Нічого. Деккер усе, що могло б вивести на його слід, забрав чи знищив.

— Тоді що мені там робити? Що я можу там знайти?

— Те, чого не шукав мій батько. Шерше ля фам.— Вона засміялася.— Може, якусь бодай найменшу підказку.

— Яка там адреса?

— Вона теж у тебе в кишені.

— Ти неймовірно передбачлива.

— Що є, то є.— Вона знову засміялася, а за хвилю шепнула: — Ну все. Твій час настав.

Я глянув на віцеконсула. Він якраз сів грати в покер. Ліворуч від себе поставив келих з напоєм, а праворуч книжку в чорній обкладинці. Бронко допив вино і відклав келих на підвіконня. Потім, похитуючись, вклав собі до рота папіросу, але не запалював, а кружляв довкола картярського столу. Я підійшов ближче і став неподалік віцеконсула. Писок його не замикався, він і далі жартував. Напроти нього сидів чоловік років за п'ятдесят з вольовим обличчям і похмурим, зосередженим поглядом, він спілкувався винятково німецькою. Цікаво, хто то? Спитати не було в кого: Рося далеченько, а до Бронка я наближатися не міг. Поруч з німцем сиділа фантазійна рудавка років тридцяти з великими очима і курила папіроску на довгому мундштуку. Вона теж розмовляла переважно німецькою. Я помітив, що вона двічі зиркала на мене спідлоба, чомусь намагаючись це приховати. Її довге руде волосся хвилями спадало на червоний жакетик. Невідомо, чому вона мене зацікавила.

Тим часом Бронко, мовби намагаючись утримати рівновагу, змахнув руками, вдаючи, що перечепився, зачепив боком віцеконсула, враз випростався, вибачаючись, і зиркнув на мене вдавано п'яним поглядом. Я не помітив, як він це зробив, але не мав сумніву, що йому вдалося.

І я вже готовий був кинутися на нього, щоб відібрати гаманець, коли встиг побачити, як Бронко хитнув головою і дав знак губами, що нічого не вийшло. Я завмер на місці, вагаючись, чи правильно відчитав його знаки. Бронко тим часом, хилитаючись, відчалив до буфету і, опершись на нього ліктями, дивився у мій бік. Віцеконсул якраз завершив гру, вихилив келих, розгорнув книжку, вийняв з неї п'ятдесят золотих і виклав на стіл. Бронко дивився на цю сцену з виряченими очима. Він ніколи, мабуть, і уявити собі не міг, що хтось триматиме гроші в книжці. В Зяблова гаманця не було.

— Все, більше не граю,— сказав Зяблов, встаючи з-за столу.— Досить програвати.

Німець сказав, що ще продовжить гру. Коли Зяблов зробив кілька кроків від столу, то наштовхнувся на мене. Він усміхнувся і промовив дещо хмільним голосом:

— А ось і ви! — Помітивши моє здивування, додав: — Ви ж знаменитий нічний репортер? Я вас упізнав. Чого вже там. Не думав, що можна побачити вас у такому закладі.

— Чому? Недарма ж мене прозвали нічним репортером.

— Бо про цей заклад ви точно не напишете. Я маю рацію?

— Про цей ні,— погодився я.

— Ну, от бачите. Я хочу вас пригостити. Ви не проти? — І не чекаючи моєї згоди, гукнув: — Кельнер! — Тоді до мене: — Що вип'ємо? Я пропоную шкоцьке[1] віскі.

Я пригадав напій, яким пригощав мене Бронко,— чи й тут подають трунок за «старовинним шкоцьким рецептом»?

Ми відійшли набік, ближче до широкого вікна, що виходило в сад, і сіли за столик. Зяблов поклав біля себе

---

[1] Шотландське *(гал.)*.

книжку. Цього разу лицевим боком — «Майн кампф», та ще й на металевій клямрі.

Я усміхнувся:

— Вивчаєте ворога?

— Чому ворога? Ще невідомо, хто кому друг, а хто ворог.

Кельнер приніс нам напій. Як і варто було сподіватися, то був самогон від Бронка. Але цілком добрий.

— Чому консул, призначений до Львова, досі у Варшаві? — поцікавився я.

— А ви добре поінформовані. Звідки? Адже в газетах про це не писали.

— Доводиться вишпортувати інформацію з різних джерел.

— Ви запитали тому, що зайнялися вбивством Коса?

— Чому ви вирішили, що то було вбивство?

Він зблиснув очима.

— Якби то був нещасний випадок, ви б там не нишпорили,— усміхнувся він.

— О, бачу, що й ви добре поінформовані. Хтось там побував ще переді мною.

— Точніше, перед другим вашим візитом. Ви там випадково нічого не прихопили?

Він мене пронизував яструбиним поглядом.

— А що? Забракло вам однієї папки? — тепер усміхнувся я.

Він похитав головою і сказав:

— Я так і думав.

— Ви про папки? Чому ви їх забрали? Який стосунок маєте до тих людей, які зібралися емігрувати?

— Ми їм помагаємо. Консул Єлісєєв, власне, цим і займається у Варшаві. Переправляє сюди євреїв-утікачів з Чехословаччини.

— І у цьому полягав ваш контакт з Деккером і Косом?

— Ви так одразу хочете багато довідатися? А який мені інтерес посвячувати вас у наші справи?

— Інтерес може з'явитися.

— Так, звісно... Може. Що б ви сказали, якби я вас найняв як детектива?

— То залежить, що ви маєте на увазі.

— Знайти Деккера. Отримаєте тисячу золотих.

Не зле, подумалося мені. Це вже третя особа, яка мене наймає в одній і тій самій справі.

— Я можу погодитися. Але хотів би, щоб ви від мене нічого не приховували.

— Скажімо так, я не приховуватиму того, що стосується Деккера.

— І Коса теж.

— Гаразд. Але і ви не повинні ділитися ні з ким своїми знахідками, не повідомивши передусім мене. Домовились?

Я вдав, що погоджуюсь, і відповів:

— Я на поліцію не працюю.

— Але з комісаром товаришуєте?

— Це давня дружба. Я помагаю йому розслідувати зґвалтування і загибель дівчат від рук маніяка. Які причини були в Деккера зникнути?

— Думаю, він злякався долі Коса. Той, хто вбив Коса і доньку Киселя, міг мати такі ж плани і щодо самого Деккера.

— Тобто ви не допускаєте, що вбити їх міг Деккер?

— Чому ні? Цілком допускаю. Вони працювали в одному напрямку і були конкурентами.

— А якщо все ж не Деккер убивця? Кого він міг би боятися?

— Ну, наприклад, того ж Киселя. Або... євреїв. Він не був чистим на руку. Гроші, мабуть, взяв, а документи на виїзд не оформив.

— Скажіть, а ті депозити, які залишали у вас євреї, що виїхали... Вони всі потрапили в руки їхніх власників?

— Ми всім відправили їхні пакунки. Це наш обов'язок. Захланна буржуазна Польща вирішила бідолах пограбувати. А ми знайшли чудовий спосіб, як помогти людям.

— Однак місцева єврейська громада запідозрила, що тут діло нечисте. Бо ті, що виїхали, досі не дали про себе вістки.

Віцеконсул похмуро похитав головою.

— Ви вже й з єврейською громадою поспілкувалися? За нашою інформацією, вони всі сіли в Констанці на корабель. Однак ви ж знаєте цей хитрий народ. Куди вони поїхали — це одному Богу відомо. І вони правильно роблять, що не сповіщають свої родини. Бо це нікому не вигідно. Головне, що вони будуть урятовані від нацистів. Ось.— Він присунув до себе книжку, відстібнув клямру і розгорнув, середина книжки була акуратно вирізана за розміром банкнотів і набита сотками, віцеконсул добув звідти три папірці і простягнув мені.— Це вам завдаток. Збирався ще на них грати, але вчасно зупинився.

— Оригінально,— промовив я.— Книжка в ролі гаманця. А я вже думав, що ви Адольфа читаєте.

— Я прочитав його раніше. Коли відшукаєте Деккера, не пошкодуєте. Совєтські люди вміють бути вдячними.

— У Деккера була коханка,— згадав я.— Не знаєте, хто вона?

— Ні. Він з нею ніколи не з'являвся.

— І останнє запитання. Навіщо вам Деккер? Чому ви його хочете знайти?

— Бо не хочу, щоб він скінчив, як Кос. Хочу його знайти раніше за...— Він замовк.

— Раніше за кого?

— Я вже казав. Раніше за Киселя і єврейських бойовиків.

— А що у вас було з Косом? Чому ви йому погрожували?

Зяблов спалахнув.

— Це що? Покійниця вам на спіритичному сеансі повідомила?

— Ні. Вона ще за життя встигла декому розповісти про вашу сварку.

Зяблов нервово завовтузився.

— Я його попередив, щоб не надумав шахрувати, як Деккер. Бо я помітив, що він таки маніпулює. Подає до посольства Еквадору більше подань на візу, ніж депонує у нас коштів майбутніх емігрантів. Отже, почав грати в свою гру. А це небезпечно.

— Тому ви погрожували йому смертю?

— Якою, в біса, смертю?

— Ну, це ж ваша погроза, що він зіграє в ящик.

— А-а,— відмахнувся Зяблов.— Я не погрожував, а попереджав, що коли єврейська організація довідається про його махінації, то йому буде гаплик. Якщо він вирішив сам депонувати майно емігрантів, то де гарантії, що воно потрапить до Бухареста? А претензії будуть до нас.

— То Кос таки сам депонував те майно?

— В кількох випадках так, наскільки мені відомо. Точніше, це робила його фірма «Зайдель і К°». Але прикривалися совєтським посольством.

— І чим це закінчилося?

— Він обіцяв більше не шахрувати.

— Вернімося до Деккера. Далі не розумію, чим він для вас такий дорогий.

— Можливо, навіть не для мене.

По тих словах він підвівся й потис мені руку. Однак я його стримав.

— То для кого ж?

Він кивнув у бік покерового столу і сказав приглушеним голосом:

— Там сидить знаєте хто? Недавній посол Рейху у Варшаві Ганс Адольф Гельмут Людвіґ Ердманн Вальдемар фон Мольтке[1].

— Ого! І як вам вдалося все це запам'ятати?

— Така наша робота. Пам'ятати геть усе. Для мене дрібничка, а йому приємно.

— І що він тут робить?

— Те саме.

— Теж у пошуках Деккера?

— Авжеж. Тільки сам він не шукає. У Львові є люди з німецької контррозвідки. Кілька днів тому Ріббентроп відізвав Мольтке з Варшави, бо він узявся покращувати стосунки з Польщею. А це зараз німцям небажано.

— Ви з ним співпрацюєте?

— У цьому питанні так. Деккер — насамперед їхня людина. Він, правда, грав на два боки.

— А дівчина поруч з послом? Хто вона?

— Ви теж кинули на неї оком? — підморгнув він.

— На таку вроду неможливо не кинути оком.

— Авжеж… Її звати Ірма. Грачка з неї феноменальна. Вже тричі обібрала Мольтке. Та й мене двічі. Якщо це вас цікавить, вона прийшла не з Мольтке. А зараз дозвольте відкланятися.

Він відійшов до грачів і зупинився біля крісла Мольтке. Чи не посол і передав Зяблову цю захопливу книжку?

Я роззирнувся залою. Кисіля ніде не було видно. Бронко все ще крутився біля буфету.

— І що? — запитав він.— Бачу, все вдалося і без мого втручання. Хто б подумав: гроші в книжці! І багато там того добра?

— Багато. Так, на око — зо дві тисячі.

---

[1] Ганс Адольф фон Мольтке (1884–1943) — німецький дипломат, представник старовинного дворянського роду.

— Гм,— замислився він.— Я б радо таку книжку взяв почитати.

Помітивши, як загорілися його очі, я сказав:

— Навіть і не думай. Кисілеві це не сподобається. Тому вгамуй свій газард.

— А той німець? Шо за їден?

— Колишній посол Німеччини у Варшаві.

Бронко присвиснув.

— Курва мать! А може б так… я його трохи помацав?

— Слухай, ти спочатку радься з Кисілем, а не зі мною. Бо вскочиш у халепу. Ліпше забудь про них обох. Кисілеві ж доведеться віддавати.

Він зітхнув.

— Ну так, маєш рацію. Піду я на Вали*. Ти зі мною?

— Ні, ще покручуся тут.

— Як тобі треба буде моєї допомоги, знаєш, де мене шукати. Я там кручуся весь день, а як десь відходжу, то бармен знає куди.

Ми попрощалися. За вікном знявся вітер, по шибах вдарили гілки і заморосив дощ.

4

Кельнер підніс мені келих шампана, я взяв і в задумі оглядав грачів. Зяблов з Мольтке покинули покер і, розташувавшись у кутку за столом, щось обговорювали. Рудавка теж встала з-за столу, була худа і фігурова. Коли вона минала мене гойдливою ходою, я спритно вихопив з таці кельнера ще один келих і запропонував їй.

— О-о,— здивувалася вона.— З вашого боку це дуже мило. Ірма.

Її голос мене просто зачарував, як і вишукана варшавська вимова, якої тут, у Львові, не почуєш.

— Марко. Мені здається, чи ми справді десь уже бачились?

— Ні. Не думаю. Я недавно у Львові.

— А до цього де були?

— В Сопоті.

— Дайте вгадаю: ви працювали там у казино? Щоправда, не в підпільному, а легальному?

Вона зашарілася.

— Ви небезпечний,— прошепотіла.— І я б не хотіла, щоби хтось тут про це довідався.

— Не бійтеся. Я як мур.

— Тоді я вас хотіла б пригостити. Я сьогодні з вигрою. Продовжимо пити шампан чи волієте щось міцніше?

— Як ви дивитеся на добре червоне вино?

— Позитивно. Але вибирати не вмію.

— Тоді дозвольте вибрати мені.

Я запитав у кельнера, які в них іспанські вина, вибрав червоне терпке з регіону Ріоха і повів дівчину за столик. Весь час, поки я з нею спілкувався, мене не покидало відчуття, що наша зустріч відбулася невипадково, що вона була кимось спланована. Але ким? Кого я настільки цікавив?

З вином я не помилився, Ірма мрійливо попивала його, і її білі зубки набирали червоної барви, як і вуста, в які так і баглося впитися жагучим поцілунком.

— Чим ви, Марку, займаєтеся? — запитала вона, запаливши цигарку.

— Працюю в газеті «Новий Час». Пишу про нічне життя міста.

— Це, мабуть, доволі цікаво. Але про життя цього будинку ви ж не збираєтеся писати?

— Ні. Я з Кисілем в дружніх стосунках.

— Ви знайомі з Кисілем?

— Недавно познайомився. Як ви сюди потрапили?

— Хочете знати, хто мене привів? — кинула на мене кокетливий погляд.

— Ну, не могли ж ви самі проникнути в таке місце.

— Так. Мене привела тета. Оно вона бавиться в рулетку.

Дама в темно-синій сукні виглядала років на сорок і була вся, від кінчиків пальців і до самого кінчика цигарки, яку тримала в руці, поглинута грою.

— І як? Теж виграє?

— Перестаньте.— Ірма махнула рукою.— Це не те, що ви думаєте. Я, звісно, навчила її деяких хитрощів, але це не завжди помагає. Вона відома світська левиця, яка звикла завше перемагати.

— Ви оселилися в неї?

— Так. Розкажіть краще, яке ваше враження від російського віцеконсула?

— Важко сказати. Ми з ним перебалакали про одну річ, яка мене цікавить. То була ділова розмова.

— Однак… я помітила, що він вам вручив гроші.

— Ви неймовірно спостережлива, при тому що мусили ще й пильнувати за картами,— здивувався я.

— Це сталося ненароком, повірте. Я справді стежила за картами, але в один момент підняла очі і… тут таке…

— Тут нічого аж такого нема. Я обіцяв дещо з'ясувати для нього. Я інколи граю ще роль приватного детектива.

— О! Як цікаво. Ви повинні когось розшукати? Може, того маніяка, який уже убив двох дівчат?

— Не зовсім. Але маніяк мене теж цікавить.

— Тоді, можливо, я буду для вас корисна.

— Як? — здивувався я.— Яким чином?

— Сталося це вчора. Вечоріло. Я йшла Хорунщиною до будинку тети, яка мешкає на Фредра. Десь за спиною в мене прохурчав і вимкнувся мотор. Я не озиралася. Але почула, що мене кличуть.

— На ім'я?

— Так, на моє друге ім'я — Анастасія. Невідомий сказав, що має до мене важливу справу.

— Якою мовою?

— Німецькою, але доволі дивною. Я не мала жодного бажання спілкуватися з незнайомцем і не зупинилася. А за мить відчула на обличчі мокру шмату, яку мені тулили до носа і до вуст. Запах ефіру я впізнала відразу. Я різко вдарила його ліктем в дихало, потім рубонула ребром долоні по носі. Недарма мене вчили всьому цьому. Він заюшився, захарчав і відстав, а я побігла. Коли вибігла на Академічну й озирнулася, вже ані його, ані авта не побачила.

Я з цікавістю вислухав її пригоду і запитав:

— Чи не чули ви особливий запах?

Вона здивувалася:

— Запах? Ну... був запах цигарок... а більше нічого.

— Я мав на увазі запах цинамону.

— Он ви про що! — Вона усміхнулася.— Ні, не чула. Щоправда, був запах якоїсь гидотної кольонської води. Але я не здатна його описати.

— Що ж, тоді вам залишається тільки усе це повторити моєму товаришу, комісарові Обуху. Ви ж не проти?

— Ой, поліція! Ще тільки цього мені бракувало.

— Вам нема чого боятися. До вас нема жодних претензій. Але ви важливий свідок.

Вино пішло так легко, що ми замовили другу пляшку, але заплатив уже я.

— Скажіть,— звернувся я до дівчини,— ви були в Сопоті, то, може, чули, який там настрій? Гітлер готується до війни на Сході?

Вона розсміялася:

— Ви теж боїтеся Гітлера? В казино крутилося чимало німецьких офіцерів, але в жодного з них я не помітила бодай натяку на те, що ви кажете. А вони ж бували й добряче п'яні, то язика на припоні не тримали. Гітлер робить Польщі дуже привабливі пропозиції. Навіщо йому війна?

— Ви знаєте, які саме пропозиції?

Ірма глянула на мене з загадковою усмішкою і сказала:

— Знаю. Але не скажу.

— Я здогадуюся. Вони торгуються про Ґданськ. А що може обіцяти Гітлер Польщі? Те, що хоче Польща,— вихід до Чорного моря. Тобто всю Україну, а не лише Галичину.

— Фу, з вами нецікаво,— надула вона губки.— Ви все знаєте. Я думала, вас ошелешу.

— Ви забули, з ким спілкуєтеся. Я ж газетяр. Вмію читати між рядків.

— Ви читаєте між рядків лише те, що надруковане? Чи також те, що промовлене? — прискалила вона око.

— Інколи й це.

— І що ви прочитали поміж моїх усних рядків?

Я подивився їй в очі і сказав:

— Що ви хочете піти звідси. Зі мною.

Ірма усміхнулася.

— То вже договорюйте. Куди?

— Світ за очі,— пожартував я.

— Ну ні, аж так — ні. Ходімо до нічної ресторації. Я хочу танцювати.

Я підійшов до бармена і запитав, чи може він викликати таксі. Бармен сказав, що одне таксі й зараз вільне і чекає на вулиці. Виходячи, я побачив, що Зяблов і Мольтке вже ледь не обнімаються за пляшкою віскі.

5

Ми виїхали на Легіонів і зайшли в «Ґранд», тицьнувши швейцарові двадцять грошів. Тут і справді гулянка була в розпалі. До нас поквапився адміністратор і запровадив

за вільний столик. Відтак підбіг кельнер, схожий на циркуль, і проторохтів, що кухня вже не працює, але холодні закуски ще є.

— Це чудово,— промовила Ірма.— Я добряче зголодніла.

— Я теж.

Ми замовили набір різних сирів, червоний кав'яр, чорний хліб і кропикове масло.

— Що таке кропикове масло? — здивувалася Ірма.

— Звикле масло, перетерте з зеленим кропом.

— А-а, таке я люблю. А вино іспанське у вас є?

— Звісно,— з готовністю відповів циркуль.— Є «Ріоха» і «Пріорат».

— «Ріоху». Червону, терпку,— скомандувала Ірма.

— Вже біжу,— повідомив циркуль і зник.

— Ох, як я давно отак не била байдики! — Ірма з насолодою потягнулася, випроставши довгі витончені руки.

— А що ж так? В Сопоті не вдавалося?

— Уявіть собі, що ні. Я там ледь з ніг не валилася. Працювала цілу ніч. Вдень спала. Нарешті втекла до Львова. Але тут я нікого не знаю. Ось нарешті вас зустріла.

— Але ж ви не вперше в Киселя?

— Ні, не вперше. Моя тета там постійний гість. Ну, і я вже за компанію.

— Отже, ви вже мусили зав'язати якісь знайомства.

— З ким? З російським віцеконсулом чи з Мольтке? Ви ж бачили, який там чоловічий контингент. Там хіба кельнери пристойні. В сто разів мудріші за всіх гостей.

— Чому ви так думаєте?

— Я не думаю. Я знаю. То ж студенти. Одного я зловила на тому, що він читав Марселя Пруста за буфетом. Уявляєте? Пруста!

Це ім'я мені не говорило нічого. Я знав Болєслава Пруса і навіть прочитав занудного «Фараона». Бо ним захоплювалася дівчина, в яку я був закоханий. Але Пруст?

Проте я вдав розумний вигляд і кивнув. Але Ірма не вгавала:

— Він, щоправда, читав лише перший том «В пошуках втраченого часу». А там же ж цілих сім томів! Я їх читала років два підряд, якщо не збрехати.

Я відчув паніку. Невже я сиджу біля дівчина, яка прочитала сім томів одного роману? Мені захотілося доторкнутися до неї. Такі дівчата мені ще не зустрічалися. Мені переважно зустрічалися дівчата, для яких було легше підлогу помити, аніж сторінку прочитати. Я взяв її за руку і погладив ці ніжні тендітні пальчики. Вона поглянула на мене зі співчуттям. Мабуть, здогадуючись про мій безнадійний інтелектуальний рівень. Але і це її не зупинило, і вона добила мене:

— У конґеніяльному перекладі Тадеуша Бой-Желенського.

Ну ні, про Бой-Желенського я чув. Він теж публікував статті. Щоправда, читати їх мені було нецікаво. От якби він писав кримінальну хроніку… Але я був настільки делікатним, що і тут змовчав, а тільки побожно погладжував цю ручку, яка гортала сторінки всіх семи томів замість того, щоб пекти пляцки.

— А тепер вип'ємо,— нарешті бовкнув я, коли нам розлили вино.

— Вип'ємо,— погодилася вона,— і перейдемо на «ти».

— Тоді на брудершафт? — з надією промовив я.

Вона зблиснула очками і сказала:

— На брудершафт!

Ми переплели руки, вихилили келихи до дна і поцілувалися. Поцілунок не тривав довго, бо ж то було публічне місце, хоч ми й сиділи в закутку, але я відчув усю пристрасть, якою пашіло її тіло, і готовий був перейти до поважнішої атаки. Але ж не тут.

В танці вона так тісно прилягала до мене, як накривка до баняка, бо я таки був проти неї баняком. Але це мені

не заважало. Я відчував під руками тепле й пружне тіло, з усіма його вигинами і заглибинами, з усіма пругами від майточок, бретельок і бюстоноша[1], та вона не помічала, чи вдавала, що не помічає, мої дослідження, а замріяно щось муркотіла в такт меланхолійній мелодії.

Потім знову ми сиділи за столом, пили і їли. Я намащував канапки маслом та кав'яром і підносив їй до вуст, вона відкушувала і жувала, не зводячи з мене очей. Я відчував, як починаю наливатися полум'ям кохання. Воно вже палахкотіло й гуло в мені, як у кратері.

О другій публіка стала розходитися. Вийшли й ми. Обоє були під хмелем, і обом не хотілося розлучатися. Без жодної надії на згоду я запропонував піти до мене, а вона не відмовилася. Шимон відчинив нам браму і так витріщив очі, що я замість звиклих десяти грошів дав двадцять.

Ще не діставшись до дверей мого помешкання, ми злилися в хапливому пристрасному поцілунку, від якого моя голова закрутилася так, що я ледве втримав рівновагу. Любощі в ліжку тривали недовго. Ми були перемучені і миттєво заснули.

---

[1] Бюстгальтера *(пол.)*.

РОЗДІЛ П'ЯТИЙ

19 серпня 1939 року, субота

1

Його починало дратувати, що преса обмежується дуже короткими повідомленнями про жертв Цинамонового душія. Навіть не вживає цього вислову. Нічого не каже про видовбані очі. Просто ще одна задушена дівка. Мовчить і нічний репортер. Хоча до репортера він підібрався доволі близько.

Жертви він вибирав старанно й обдумано. Перша, Вікця, привернула увагу, коли танцювала запальний шалений танець, що їй спідниця догори злітала, демонструючи стрункі ноги. Прекрасне було тіло.

Непогана була й Аґнєшка. Бачив її колись із багатим коханцем. Але тоді ще не мав такого нестримного тваринного потягу душити. Були випадки, що пробував це робити жартома, переконуючись, що насолода тоді була неймовірна. Але ніколи не завершував справи. При перших звуках хрипоти забирав руки, терпляче витримував обурену лайку і ляпаси, звісно, доплачував, вибачався… А згодом уже не міг без цього жити.

Дівчина, яку побачив з нічним репортером, захопила насамперед тому, що була з ним, з цим шибайголовою, який лізе в усі темні діри, нехтуючи небезпекою. Щось їх обох єднало. Зокрема, маніякальна нестриманість і цілеспрямована відданість своєму захопленню. «Невже він і цього разу нічого про мене не напише? Ні, мусить

написати. Він знає про мене найбільше від усіх інших репортерів. Він крутиться з комісаром. Певно, відвідує і трупарню і слухає висновки після розтину. Це буде моє чергове послання для нього».

У п'ятницю він вирішив познайомитися з нею ближче. Довідався, що дівчина працює до одинадцятої, і почав стежити. Робив це фахово. Дівчина нічого не помітила. Коли вона поверталася з Длуґоша в глибокій задумі, авто з відкидним верхом котилося за нею майже безгучно, час від часу пригальмовувало і знову котилося, аж доки вона не вийшла на безлюдну вуличку Зиморовича*. Тут він вийшов з авта і простягнув їй букетик.

— Дозвольте вас привітати.

Все це дуже ввічливо, з усмішкою і легеньким поклоном. Вона здивувалася, побачивши перед собою елеґантного пана, і запитала:

— З чим?

— З вашим святом. З днем ангела.

— Господи, то ж тільки завтра.

— Ні...— Він глянув на годинника.— Всього лише через дванадцять хвилин. О, вже через одинадцять!

Вона мала зіпсований настрій, тому, не вагаючись, взяла букетик і подякувала. Та відразу ж насторожилася:

— А звідки ви знаєте про мене?

Він вийняв з кишені світлину й простягнув їй. Було темно, й вона нічого на тій світлині не могла розібрати. Чийсь силует... ніби дівочий... Вона піднесла світлину до очей, а в цей час їй на обличчя лягла мокра губка, чиясь груба рука оплела її шию ззаду і міцно притиснула. Вона засіпалася і відчула, як їй підгинаються ноги.

А за хвилю вона вже лежала в авті. Верх опустився, і жодна жива душа не побачила, що там відбулося.

2

Я прокинувся біля дев'ятої і не застав біля себе Ірми. В лазничці її теж не було. На столі в кухні лежала записка: «Марцю, вибач. Я мусила повернутися перед тетою». Вона також написала свій телефон. Я набрав номер і почув знову її ніжний голос.

— І що? Вдалося? — запитав я.

— Не могло не вдатися,— засміялася вона.— Тета раніше восьмої ніколи з казино не вертається. Тепер спить і похропує.

— А ти?

— А я лежу в гарячій ванні.

— Змиваєш пам'ять про мене?

— Чомусь не змивається,— відповіла зі сміхом.— Те, що ти мені шептав на вушко, правда?

Забийте мене на місці — я не згадаю, що шептав. Але що я міг шептати, окрім любовних слів? І я хотів уже сказати, що так, правда, але схаменувся. Адже я міг ще й запропонувати одружитися. Тому я видобув з вуст лише невиразне: е-е-е-е…

— Так я і думала,— зітхнула Ірма.— Брехун.

— Що я збрехав?

— Ти вже й не пригадуєш?

— Так багато всього говорилося… Нагадай.

— Сам нагадай. А я зараз вилізу з ванни і піду відсипатися. Па-па.

Вона поклала слухавку, а я важко зітхнув. Потім помився в душі, з'їв два варених яйця, запив кавою і пробував писати статтю про фордансерок, але йшло мені важкувато. У двері постукали.

— Пане Марку! — почув я голос пана Амброзяка і відчинив. А він продовжив: — Вчора я не міг вам того вповісти, бо були-сьте зі сьлічною панною. Але пізно ввечері

приходила до вас теж сьлічна панна з таким теньґим[1] бюстом, жи аж мені, старому, слина потекла. То та, гейби ваша секретарка. Питала за вами. А вас не було ще. Казала, щоб я її пустив до вас, що зачекає на вас. Але я подумав, що як ви мені таких вказівок не давали, то чого би я мав когось пускати до вас. Нє?

— Святі слова, пане Амброзяк.

— Просила, жиби я вам переказав, що була Людвіка. То було по десятій. Але за годину вона знову приходила. Ну а потім вже не приходила. І була дуже сумна. Так шо підіт, пане Марцю, потіште бідну дівчину, бо таких сьлічньоток треба шанувати.

Я подякував і подумав, що справді варто б потішити Людвіку. Але вирішив писати далі. Пополудні зателефонував Обух.

— Ти коли виповзаєш зі своєї барлоги?

— Та от збираюся.

— То не забудь провідати мене.

— А що там?

— Приходь, побачиш.

Чого б то відразу не сказати? А отак, аби я всю дорогу тільки й думав, що там сталося. А видно таки щось сталося, бо Обух знервовано курив і крокував з кута в кут, коли я прийшов, не звертаючи на мене уваги.

— Сервус,— сказав я голосно. Він зиркнув на мене, але ходити не перестав.— Щось трапилося?

— Третя. Цієї ночі.

— І знову танцівниця?

— Ні. Платнича.

Гаряча хвиля вдарила мені в груди, я завмер і чекав, що він скаже далі. Але Обух вийняв з шафки пляшку коньяку, налив у дві шклянки й одну простягнув мені. Свою порцію він випив одним махом, я ж цідив поволі, бо

[1] Теньґий — огрядний, великий *(гал.)*.

з голови ще вчорашній хміль не вивітрився. Потім я поставив шклянку на стіл і сказав:

— Тільки не кажи, що її звати Людвіка і працювала вона в кнайпі Мусяловича.

— Курва! — вибухнув він.— То вже друга твоя знайома!

— А що з її очима?

— Те саме. Він її очі вибрав, а натомість вставив чужі. Мабуть, Аґнєшчині.

Мені це не вкладалося в голову. Навіщо аж так знущатися?

— Де її знайшли? — запитав я пригнобленим голосом.

Тут комісар поглянув на мене, примруживши очі, і сказав:

— Знаєш, якби я тебе не знав стільки літ… То, курва, ти б зараз сидів у цюпі і щоранку виносив відерко зі своїми сцяками до кльозету.

— Тільки тому, що я її знав?

— Нє. Не тільки тому. Бо знайшли її на світанку на святого Марка. А це за кільканадцять метрів від твого помешкання на Длуґоша. І що ти на це?

Тепер і я скрикнув «Курва!», бо загинула вона через мене.

— Налий мені ще,— попросив я.— Ти розумієш… Вона чекала на мене. Двічі приходила. Просилася в шимона до мого помешкання. Той відмовив. Коли її було вбито?

— Між північчю і другою ночі. В Мусяловича підтвердили, що вона перед десятою вибігала, прохаючи її замінити. Очевидно, вибігала де тебе. Потім повернулася, а об одинадцятій попрощалася й пішла додому.

— Отже, він її перехопив, коли вона мене не застала вдруге.

— А ти коли приперся?

— Після другої ночі.

— І, звісно, не сам.

— Ні, не сам. Але з панною, яка, очевидно, мала контакт з душієм.

— То чого ж ти мені голову морочиш? — Обух налив мені шклянку.— Пий скоро. Я покличу наших, і ти розповіси.

Він вискочив з кабінету. Я випив і сховав шклянку до шафки. За хвилю зійшлася мало не вся комендатура разом з інспектором, а я розповів пригоду Ірми.

— Треба, щоб вона прийшла до нас,— сказав інспектор.— Це перше свідчення дівчини, яка вирвалася з його рук.

— Ще є свідчення фордансерки з «Варшави»,— додав я.— Вона бачила, з ким пішла Аґнєшка.

— Як її звати?

— Сабіна.— Я кількома словами описав підозрюваного.— Вона повинна зателефонувати мені або комісарові, коли той з'явиться знову.

— То вже щось…— кивнув головою інспектор і звернувся до Обуха.— Візьми, Романе, телефон тої Ірми і запиши її свідчення. З якої години фордансерки у «Варшаві» працюють?

— З шостої,— відповів я.

— Радомський! З шостої години сиди в кабінеті комісара. Бо той,— кивнув на мене,— весь час десь волочиться, то хто до нього додзвониться?

— І доки я маю сидіти? — запитав капрал не надто радісним тоном.

— До Другого пришестя або Страшного суду. Маєш тут канапу, можеш і задрімати. Сидиш і чекаєш на дзвінок.

— Мушу уточнити,— сказав я.— Дівчина не буде знати, що телефонує на поліцію. Тому бажано не мельдуватися «Головна комендатура поліції. Капрал Радомський слухає».

Поліцейські розсміялися.

— І ще одне,— сказав інспектор.— До тої Ірми треба вчепити «хвоста». З історії, яку оповів Марко, наш душій буде мати на неї зуб. Хтозна, чи не захоче помститися. Увечері зробите рейд кнайпами. Звертати увагу на всіх з перебитим носом. Усі вільні, окрім Радомського. А ви, Марку, дзенькніть Ірмі. Запитайте, коли вона зможе до нас завітати.

— Е-е...— промимрив я.— Зараз їй телефонувати марно. Бо вона спить.

Інспектор і комісар витріщилися на мене здивованими очима.

— Так-так-та-ак...— покивав головою інспектор.— І як ви тільки встигаєте... А до речі... Та Людвіка, що її задушили вночі, вам часом не знайома? Її знайшли біля вашого дому.

— Та чого ж не знайома! — втрутився Радомський.— Не раз він до Мусяловича заходив і не раз її брав з собою до хати. Я щойно допитав шимона. Каже, що дівчина двічі пізно ввечері приходила до нашого нічного репортера.

Інспектор сів на столі, вийняв дзигарничку, поклав собі папіросу до вуст і закурив, не зводячи з мене очей. Обух відійшов до вікна, тамуючи сміх. Радомський з задоволеною міною тішився з мого ошелешеного вигляду. Я не знав, як маю все пояснювати.

— Отже,— тягнув інспектор,— то вже друга жертва, з якою ви були знайомі. Обидві бували у вас вдома. А тепер розкажіть, де ви були з півночі до другої ночі.

— В «Ґранді» я був до другої.

— З ким?

— З дівчиною... Ірмою.

— Тою самою! А потім?

— Потім пішли до мене.

— Коли саме?

Це вже мене почало дратувати, і я бовкнув:

— Нехай капрал скаже, він же ж допитав шимона.

Радомський скривився і пробурчав:

— По другій вони прийшли.

— І тота Ірма теж усе це підтвердить? — не вгавав інспектор, але я змовчав.— Де ви зазнайомилися з Ірмою?

Я кинув оком на Обуха. Він ледь помітно хитнув головою. Кисілеве казино, мабуть, краще не згадувати.

— В «Ромі» на каві.

— Коли?

— Кілька днів тому.

— Точніше?

— Мммм… Минулої неділі.

— І так відразу у вас зародилися теплі, зворушливі стосунки? Вона хто? Теж танцівниця?

— Ні. Вона з вищої сфери.

— Наскільки вищої?

— Вона живе в тети. Тета світська левиця.

— Пане інспектор,— втрутився Обух.— Я знаю Марка безліч років…

— Я знаю, що ви знаєте,— обірвав його Ґождзєвскі.— Мене турбує лише те, що завше якимось чином його довгий ніс опиняється швидше за ваші носи там, де насправді його ніс і не повинен опинитися. Ще одне питання, Марку. З Людвікою у вас були такі ж теплі стосунки?

Я кивнув.

— Ото франца[1]! — не стримався Радомський.— Треба ще ту Ірму перевірити. Що воно за пташка.

— Ірму допитає комісар,— відказав твердо інспектор.— Додзвоніться до неї… Коли відіспиться. Ходімо, капрале.

Коли за ними зачинилися двері, Обух пирснув сміхом.

— Але ж ти зашкварився! То де ти Ірму підчепив?

— Та де ж, як не в Киселя.

---

[1] Пройдисвіт *(гал.)*.

— Треба її попередити, щоб її свідчення не відбігали від твоїх. А тепер мені розповідж детально про свої розмови в казино.

3

О другій ми вийшли з комісаром до «Шкоцької» і пообідали. Потім я з його кабінету зателефонував Ірмі. Вона вже встала і вуркотливим голосом повідомила, що мене вибачає. Я не второпав, за що вона може мене вибачати, але напровсяк подякував.

— Зозулько, як я тебе й попереджав, з тобою хоче перебалакати комісар поліції.— Вона зітхнула.— Це мій давній товариш. Він тобі сподобається.

Вона зітхнула вдруге.

Обух, слухаючи мене, усміхнувся і підкрутив вуса.

— Ти справді хочеш, щоб він мені сподобався? — запитала ображеним тоном Ірма.

— Як людина,— пояснив я.— Але ти не повинна згадувати казино. Ми з тобою познайомилися минулої неділі в «Ромі».

— В «Ромі»? Але я ще там ніколи не була…

— То нічого.

— Як нічого? А коли мене запитають, які там столики — круглі чи квадратові? А які там мальовидла на стінах?

— Ти вже забула, що я тобі перед тим сказав? То мій товариш. Ніхто до тебе доколупуватися не буде. А хоча… Коли ти будеш готова?

— За пів години.

— Гаразд. Чекатиму тебе в «Ромі».

— А де та «Рома»?

— Просто на розі Фредра і Академічної.

— Так би й відразу. Цьом.

Я поклав слухавку. Обух похитав головою.

— Ті баби тебе колись доведуть до біди.

— Хто б казав?

— А що? Я так не волочуся, як ти. І взагалі я женюся.

— Ти? Ну нарешті! І хто ця неймовірно щаслива панна?

— З порядної родини. Донька священника. Пече такі смаковиті пляцки, що можна забути про все на світі.

— Де пече?

— Та де? Вдома в себе. В Рудному. Що за питання?

— Я думав, що вона в тебе вдома пече. Бо знаєш, траплялися мені такі панни, які теж ніби в себе вдома пекли, а насправді то пекли їхні матусі або дещо шкарадніші сестри. А коли вони опинялися в моїй хаті, то не годні були навіть яйця всмажити, аби не пригоріло.

— Ох ти ж вибредний! Не біда, якщо тестьова буде пекти. А вона навчиться.

— Що ж, тоді вітаю тебе.

4

«Рома» славилася тим, що тут можна було оглянути всі найважливіші місцеві і німецькі, французькі та англійські газети. Тому публіка сюди приходила вишукана. Тільки в «Ромі» подавали всі відтінки кави-капуцина — «Shale Gold», «Shale Nuss», «Nuss-braun», «Braun», «Capo», аж до найтемнішої «Schwarzer gespritzt».

Недарма про цю каварню гадав австрієць Йозеф Рот, провідавши Львів: «Є літературна каварня, що називається "Roma". Сюди навідуються добропорядні обивателі, і тут стираються межі між бюрґерством і богемою. Тут засиджуються і син відомого адвоката, і режисер, і літератор. За сусіднім столиком можуть сидіти їхні родичі.

Всі грані невиразні, ледь помітні». Кажуть, що той Рот ще й письменник, але руки мої до нього не доходили.

Я сів за столик біля вікна, замовив каву і став чекати. За більшістю столиків сиділи самотні завсідники, які ревниво дотримуються усіх своїх призвичаєнь. Від найдавніших літ з'являються вони завше пунктуально о котрійсь годині, сідають за свій неодмінний столик під лицарським щитом і, п'ючи незмінну чорну каву, переглядають газети в роками усталеній черговості. З регулярністю військової варти переходить із рук в руки газетний стіл, як і столики з шахами.

Ірма вбралася як на прийняття, а не на допит в комендатуру. На її обличчі грала знадлива посмішка.

— Ти кудись іще зібралася, окрім поліцейської комендатури? — поцікавився я.

— Тета мене тягне до філармонії. Приїхав італійський тенор.

— О! Ти таке любиш?

— Люблю. Але без тети. А ти? Куди нині поволочишся?

— Піду до хати дописувати репортаж.

— Про кого?

— Про фордансерок.

— А котрась із них буде присутня? — запитала вона з усміхом.

— Ще чого! Будеш каву?

— Ні. Вже випила. Можливо, я забіжу перевірити, як ти працюєш. Якщо вдасться вирватися від тети.

— Ти так навмисне сказала, щоб я був насторожі?

— А ти собі думай, що я мала на увазі.

— Гаразд, подумаю. Слухай, коли ти виходила вранці… Там ліворуч від мого будинку не бачила поліцейських?

— Бачила. Поруч іще медична машина стояла. Але я не стала з'ясовувати, що там сталося, бо квапилася додому. А що трапилося?

— Маніяк задушив дівчину. Платничу з ресторації Мусяловича.

— Господи! То вже третя!

— Так. Тому пильнуйся і не швендяй ніде насамоті. Він на тебе має злість. І, можливо, буде вистежувати. Ти не проти, якщо за тобою буде «хвіст»?

— Який ще такий хвіст?

— Таємний агент буде непомітно стежити за тобою на відстані. Може, якраз той душій знову випливе. Це ж усе задля твоєї безпеки.

— Не дуже приємне відчуття опинитися під чиєюсь обсервацією.

Вона роззирнулася по стінах і запитала:

— Чому «Рома»? Бо «всі шляхи ведуть до Риму»?

— Мені більше подобається інша версія, що назва пов'язана з корчмою «Рим» з легенди про пана Твардовського. Легендарний чорнокнижник намагався обдурити чорта, пообіцявши віддати йому свою душу в Римі. Чорт мусив довго чекати на обіцяне, бо Твардовський і не збирався вирушати до Риму. Але якось загуляв у корчмі, і там його нечистий допав. Бо корчма, власне, «Рим» і називалася.

Ірма розсміялася.

Раптом з-за одного столу, де сиділо четверо молодиків у цивільному, пролунало:

— Артилєрія платить!

— Не бачу там жодного військового,— здивувалася Ірма.— До чого тут артилерія?

— «Рома» належить до рідкісних каварень у Львові, що зберігають вірність навіть деяким застарілим традиціям. За Австрії за тим столом завше сиділи австрійські артилеристи, і коли вони збиралися йти, то кельнер гукав платничого словами «Артилєрія платить!». А тепер це вже такий жарт. Кожен, хто знає цю історію, послуговується таким гаслом, хоч «артилерії» ані духу.

— Ну що ж,— сказала Ірма.— Мені пора. Думаю, мене там не довго будуть мучити.

— Ні. Розповіси лише те саме, що й мені. А що увечері? Будеш вільна?

— Мабуть, ні. Тета наклала на мене свою дбайливу лапку. Можливо, завтра. Я тобі зранку зателефоную. Або ти мені. Але до полудня.

— Чому саме до полудня?

— Бо тета тоді ще спить. Вона лягає дуже пізно. Ну, па.— Вона роззирнулася і прошептала: — Я б поцілувала тебе, але артилерія витріщилася.

Справді, вся чвірка вибалушила очі на Ірму.

Ірма не здурила, таки завітала до мене, і мій репортаж накрився її майточками.

РОЗДІЛ ШОСТИЙ

21 серпня 1939 року, понеділок

1

Неділю ми провели удвох аж до вечора. Наступного дня зранку я взявся до роботи, передчуваючи, що редактор мене буде шпетити, якщо не принесу репортаж про фордансерок, який уже був розрекламований. Однак я потребував на нього більше часу. Натомість викінчив статтю про поліцейські облави на цегельнях. Надвечір задзеленчав телефон.

— Марку, коли будеш у нас? — підозріло миролюбним тоном запитав редактор.

— Ну, та я, власне, збираюся,— збрехав я.

— Тобі тут краля телефонує.

— І що каже?

— Та що каже? Тебе хоче.— Він засміявся.— Дати твій номер?

— Нє. Скажи, що скоро буду.

— І приходь не з порожніми руками.— Тут його тон вже не звучав так дружелюбно.— Скільки можна рекламувати те, чого нема?

До редакції мені не було аж так квапно, бо якщо навіть нині свою писанину занесу, то все одно надрукують післязавтра. Але мене інтригувала таємнича краля.

— О, нарешті! — вигукнув редактор, побачивши мене в дверях.— То правда, що вчора бідолашну платничу знайшли неподалік твого дому?

— Правда.

— І ти її знав!

— Ну знав.

У нього враз загорілися очі.

— То сідай і пиши, курча беля!

— Що пиши?

— Все, що ти про неї знав. Щоправда, ти й ту фордансерку знав. То пиши про обох.

— Нє, конкретно про них поки що не можу. Інспектор не дозволяє. Ось маєш репортаж про злодійські схованки на цегельнях.

— Ти знущаєшся? Де обіцяні фордансерки?

— Завтра! Кров з носа! А хто мені телефонував?

— Та бог його зна. Котрась уже разів шість тебе добивалася.

— Не лишила свого телефону?

— Ні. Сказала, що буде телефонувати рівно о кожній наступній годині. Де ти їх знаходиш?

— Ну, цю я точно не знайшов і не знаю, хто вона.

— Зараз за десять вісімнадцята. То вже ніде не рипайся, чекай. Бо вже забембала.

Хто ж то міг бути? Я слухняно сидів і чекав. Рівно о вісімнадцятій телефон задеренчав. Я підхопив слухавку. Мелодійний жіночий голос проспівав:

— Чи можу говорити з Марком Криловичем?

— Так. Це я.

— О! — Було враження, що вона захлинулася від щастя.— Я вас пів дня шукаю.

— Слухаю вас.

— Ми мусимо зустрітися.

— Це вам карти сказали?

— Не жартуйте. Справа поважна.

— Добре. Але яка справа?

— Та, що вас цікавить.

— Господи, мене стільки всього цікавить…

— Тоді одне тільки слово: Каміла.

Я свиснув.

— І що?

— Чекаю вас на Чарнецького*, 28. Перший поверх, помешкання шосте. Запишіть собі.

— Я ще не такий старий, щоб не запам'ятати. Що сказати сторожу, як буде питати?

— Просто назвете помешкання. Коли будете?

— За пів години.

— В двері треба буде постукати.

— Дзвінок не працює?

— Працює. Але ви постукаєте. Швидко тричі. Потім зробите павзу. Тоді двічі. Знову павза. І — раз.

Це вже мене починало смішити.

— Та-ак, зачекайте. Оце я таки мушу записати,— сказав я, душачись зо сміху.

Вона терпляче повторила. Я поклав слухавку й побачив, що за мною стежить кільканадцять пар очей. Вочевидь, усім було цікаво, хто ж то так за мною видзвонює. Я помахав перед ними папірчиком з записаними стуками та адресою і покинув редакцію зі словами:

— Якщо мене більше не побачите, заповідаю некролога Гординському[1].

Поет Святослав Гординський недочував, тож і мене не почув, але, помітивши, що хлопці на мою репліку вибухнули сміхом, став допитуватися, що я сказав. Мій жарт полягав у тому, що коли Гординському доручили колись написати некролога, він приніс цілу плахту. То більше й не доручали.

В спину мені летіли слова редактора:

— А то шельма!

---

[1] Святослав Гординський (1906–1993) — поет, мистецтвознавець, художник. По війні оселився у США.

Я міг би відразу йти на Чарнецького, але мені з біса сподобався голос тої кобіти. Я зайшов до крамниці й купив велику чоколяду фірми «Фортуна Нова» і шампан. А потім неспішно почимчикував на поклик її стурбованого серця.

Шимон у брамі зміряв мене, як кравець або трунар, і запитав:

— До кого, прошу пана?

— В шосте помешкання.

— Так-так… Мене попередили. Вас звати…

— Марко.

— Перепрошую, цього замало.

— Може, нічний репортер?

— Йо. Прошу.

Я піднявся і зупинився перед масивними дверима. Постукав спочатку тричі, потім двічі і нарешті раз після павз. Очко на дверях піднялося. Опустилося. Заскреготав ключ. Шурхнув засув. Двері відчинилися, і я побачив миловиду дівчину років двадцяти п'яти. Була вбрана в квітчастий шовковий халат і мала розпущене по плечах русяве волосся. Витончені риси обличчя і вологі вуста справили на мене відповідне враження.

— Прошу, проходьте.

Я пройшов до вітальні, де перед канапою стояв журнальний столик, поставив на нього пакунок і вийняв пляшку з чоколядою.

— Ой, навіщо ви це? — зашарілася дівчина.— У мене все є.

— Не сумніваюся, але перша здибанка…

Вона засміялася.

— Не кепкуйте. Яка здибанка?

Я помітив, що вона виразно нервує і не знає, що зробити зі своїми руками.

Я сів на канапі. Вона принесла келихи і тарілку, на яку поклала чоколяду. Я відкоркував шампан і розлив по келихах. Вона сказала дещо похмурим тоном:

— Може, ви не захочете зі мною пити шампан, коли почуєте, хто я.

А я, все ще перебуваючи в грайливому настрої, запитав:

— І хто ж ви?

І тут вона мене просто прибила.

— Я — Каміла.

Ого! З ду́хами ще мене Бозя милувала, не мав я такої змоги з ними спілкуватися.

— Ви сестра Росі? — не вірив я своїм вухам і очам.— Тобто Миросі?

— Так. Я сестра Росі. Бачу, ви вже з нею зазнайомилися.

— Але ж Каміла загинула…

— Ні. Вона жива і перед вами. Загинула інша дівчина.

— Хто вона?

— Одна з клієнток Альберта Коса.

— А ви… Де ви пропали?

— Я наразі ховаюся. Ніхто не повинен знати, що я жива. Я довірилася вам, бо… бо… я не маю кому більше довіритися.

— Ви не сказали про себе ні батькові, ні матері, ні сестрі?

— Всі повинні думати, що я загинула. Мої близькі, не хотячи, можуть мене зрадити. І тоді мені кінець.

Я видихнув застояне в моїх грудях повітря і випив. Вона випила теж.

— Добре,— кивнув я.— Готовий слухати.

— Кілька місяців тому я пішла від Ігнаца… тобто Деккера… І жила спочатку в батьків. Але згодом зійшлася з Альбертом, який був моїм адвокатом… Ми думали взяти шлюб. Але Деккер не погоджувався. Ну, і тоді нам довелося жити на віру. Альберт займався адвокатськими справами, я йому помагала — друкувала на машинці, впорядковувала все. Потім в Альберта відбувся конфлікт зі совєтським консулом…

— Віцеконсулом…

— Ой, я їх не розрізняю. Ну, і Альберт мені наказав винайняти помешкання і сидіти тихо, як мишка. А він до мене приєднається. А потім виїдемо кудись.

— До Америки?

— Звідки ви знаєте?

— Я багато чого знаю. А що з валізою?

Каміла струснула волоссям:

— З якою валізою?

— З тією, яку він вам показував… А ви повинні були забрати її сюди.

Вона не могла загамувати здивування:

— Ви справді багато знаєте. Але я не встигла її забрати.

— Коли ви переселилися сюди?

— Якраз того дня, коли його вбили. Він сказав, що прийде до мене пізно ввечері. Надвечір я йому телефонувала. Він сказав, що чекає на клієнтку. Дівчину, чиї батьки виїхали до Румунії і не відгукуються. Але ані того вечора, ані вночі він не прийшов. А з пополудневої преси я довідалася про пожежу. Я не мала сумніву, що то було вбивство. А що показала експертиза?

— Їх було застрелено, а потім спалено.

— Бідолашна дівчина…

— Ви знали її?

— Ривку? Знала. Вона й раніше приходила. Ніяк не могла заспокоїтися.

Я наповнив келихи.

— Кого боявся Альберт, коли сказав, що вам треба переховатися?

— Тих з консуляту.

— Не Деккера?

— Може, й Деккера. А може, і єврейських бойовиків. Брат Ривки, який служить охоронцем у ребе, вже йому погрожував. Казав, якщо найближчим часом батьки не зголосяться, то буде дуже поважна розмова. Тут з усіх боків була напасть.

— Стривайте… Брат Ривки не знав, що вона пішла до адвоката?

— Ні. Він надто нарваний. Вона вже знала про його погрози. Вона зателефонувала Альбертові, і вони домовилися про зустріч. Ривка сказала, що принесе якісь листи з Бухареста. Альберт казав мені, що збирається розповісти дівчині правду.

— Чому ви тоді ж не повідомили про все це батькові?

— Альберт просив зачекати, сказав, що зможу все розказати своїм, коли будемо готові для виїзду.

Я уявив собі здивування Обуха. Але наразі я нічого йому не зможу повідомити, щоб не видати Камілу. Та й ребе не повинен поки що нічого довідатися про бідну Ривку. Замкнене коло.

— Ви не зрадите мене? — запитала вона схвильованим голосом.

— Ні,— похитав я головою.

Дівчина встала, пішла до креденса, взяла другу пляшку шампана і дала, щоб я розкоркував. Потім увімкнула радіо, кімнатою полинула тиха блюзова мелодія. Ми пили і з хвилину мовчали.

— Отже, ви перебуваєте тут весь час? — запитав я.— Нікуди не виходите?

— Ні. Я заплатила шимону, він мені купує все, що потребую.

— І що ви йому пояснили?

— Що ховаюся від жорстокого чоловіка. Що, в принципі, не далеке від правди.

— А чим займався ваш чоловік?

— Тим самим. Він «помагав» євреям через німецькі організації, які водночас пов'язані були з совєтським консулятом. Але й співпрацював із Зябловим. Деккер має зв'язки всюди. До нього не раз зверталися з німецької контррозвідки.

— І де він може ховатися?

— Думаю, в Брюховичах.

— Ви знаєте адресу? — пожвавився я.

— Ні. Я там ніколи не бувала. Він навесні купив віллу в одного купця. Ну… як купив… Той зібрався виїжджати і звернувся до Ігнаца, щоб поміг її продати, а кошти покласти на депозиту російському консуляті. Але Ігнац підсунув купцеві фальшиві документи продажу вілли на підставну особу, а також розписку ніби від Зяблова про те, що кошти лежать на депозиті. Купець з родиною виїхав до Бухареста. А Ігнац ту віллу привласнив. Зяблову нічого не розповів. А не так давно вістка про ту оборудку дійшла до Зяблова. Одного вечора на Ігнаца напали, побили, заштовхали до авта і кудись повезли. Йому дорогою вдалося вирватися. Відтоді він ховається.

— Звідки вам про це відомо?

— Від Альберта. Зяблов йому скаржився на Ігнаца. Але він не знав деталей. Все, що йому було відомо, що за допомогою Ігнаца була продана парцеля[1], а гроші привласнені. Ні що то за будівля, ні де вона, в консуляті не знають. Інакше б уже самі його знайшли.

— А хіба віллу не можна знайти за прізвищем власника?

— Деккера? Ні, він її зареєстрував не на себе. Кажу ж, там була підставна особа. А хто вона — я не знаю. Я мала світлину тої вілли.

— Справді? Вона б мені згодилася.

— Нам згодилася б,— усміхнулася вона.— Я хочу теж його відшукати.

— Навіщо він вам?

— Щоб нарешті дав згоду на розлучення. А то я ні вдова, ні дівка.

Каміла виразно захмеліла, але рішуче встала, принесла ще одну пляшку шампана і вручила мені.

---

[1] Парцеля — земельна ділянка із забудовою *(гал.)*.

— Ого! — здивувався я.— Шимон вами не зле заопікувався.

— Я втішилася нагоді, що можу з кимось трохи розвіятися. Інакше б здуріла. Тому й телефонувала саме до вас. Мені хочеться вам вірити. Вам можна вірити?

Вона це говорила, стоячи переді мною і демонструючи досконалу фігуру. Я сказав:

— Я на вашому боці.

— А що Рося?

— Не зрозумів.

— Вам вона сподобалася?

— Хіба вона може комусь не сподобатися?

— Я так і думала,— гмукнула вона і відійшла до лазнички.

Я розкоркував шампан і розлив у келихи. За вікном смеркло. Чого я тут засидівся? Я напружив мозок. Ага! Вілла Деккера! Світлина! Треба її в неї вициганити.

Каміла вийшла з лазнички, поправляючи на собі халат, і наблизилась повільно до мене, похитуючи звабно стегнами. На вустах її грала дивна усмішка, мовби ховала якусь несподіванку. Вона сіла поруч і взяла келих.

— Чи можу я глянути на ту світлину? — запитав я.

— Ні, Ігнац потім забрав її.

— Що було на тій світлині?

— То була кольорова знимка, на якій виднілася напівмурована-напівдерев'яна вілла під червоною черепицею і з гострими шпилями. Вона стояла в обрамленні сосон.

— Віллу було знято спереду чи збоку?

— Спереду. Видно було ґанок, невеликий садок, доріжку гравієву…

— Що ще?

— Та ніби нічого.

— Будинок… сосни… Може, ліхтарний стовп? Може, дорога? Дроти?

— Зараз… сосни були… понад соснами за віллою визирало щось дерев'яне… може, дзвіниця?

— Хреста не було?

— Ні. Виднівся лише вершок, та й то напівзатулений гілками. А на звороті листівки було написано «Наше гніздечко!».

— Коли він це писав, ви ще не були посварені?

— Я не пригадую, коли ми не були посварені. Хотів мене так задобрити. Але ви туди без мене не поїдете. Домовились?

— Ви ж казали, що й носа звідси не потикаєте.

— Не потикаю. Ви маєте авто? Чудово. Під'їдете під саму браму, й поїдемо в Брюховичі. Мені самій було б страшно… але з вами…

Тут вона взяла мене під руку, мовби ми були зараз на проході, а не сиділи на канапі. Вона була звабна й до біса апетитна. Я відчував її тепло, гарячий подих і п'янкий запах. Досить було тільки повернути у її бік голову, як вуста наші зустрілися, і я вже стримуватися не міг. Як і вона. Ми поскидали вбрання на підлогу і сплелися в шалених обіймах, шепчучи одне одному всі ті безглуздя, які самі некеровано вилітають з вуст, про які не замислюєшся і насправді не надаєш їм жодної ваги. За хвилю Каміла впала в такий екстаз, що всадила свої гострі нігтики мені в спину. Здавалося, що я ґвалтую тигрицю. А по всьому, ми лежали розпарені, не накриті, і вона сказала:

— Нарешті мене попустило… І я не здуріла. Дякую тобі.

2

Молода жінка сиділа біля дзеркала в халаті з китайськими узорами і чепурилася. Неквапно провела помадою по вустах, збільшуючи їх в об'ємі, чорним олівцем підмальовувала вигин брів. Потім провела по обличчю вологою хустинкою і стала пудруватися, усміхаючись своєму відображенню з ямочками на щоках і закопиленими губками. За хвилю вона повернула стулку дзеркала так, щоб побачити себе в профіль, і задоволено гмукнула.

Годину тому її запросили на забаву. Тихий вкрадливий голос запитав:

— Яка ваша ціна за ніч?

— То залежить, що від мене будуть вимагати…

— Нічого надзвичайного. Жодних збочень.

— Тоді двадцять.

— Гаразд.

— Ви мене для себе замовляєте?

— Так, для себе. Мені дуже подобається ваш мелодійний голос.

На тому боці дроту почулося хихикання, однак воно не належало співрозмовникові. Хтось третій слухав цю розмову. Але їй було байдуже.

— Дякую,— сказала вона.— За мною приїдуть?

— Звісно. Коли ви будете готові?

— А коли треба?

— Чудова відповідь! Авто вас чекатиме о десятій.

— Так пізно?

— Це дуже інтимна вечірка для своїх.

— Є якісь бажання щодо вбрання?

— Ем-м-м… ну, хіба одне: чи могли б ви не одягати комбінації, панчіх, бюстоноша і майточків?

— Тобто приїхати в самій сукні?

— Так.

Тут уже засміялася вона.

— Ви дуже ризикуєте. У мене можуть виявитися великі обвислі перса.

Той теж розсміявся.

— О ні! Світлини вашого чудового оголеного тіла свідчать про інше.

Вона сполошилася:

— Звідки у вас мої знимки?

— Прошу не гніватися. Вони потрапили до мене чисто випадково. Але я вам їх усі поверну. До зустрічі.

Ті світлини не полишали її думок. Єдиний, хто фоткав її оголеною, був один багатий коханець. Але він уже мертвий. Ще такого клієнта вона не мала, щоб вимагав приїхати без білизни.

Рівно о десятій вона сіла до авта. Молодик у кашкеті, насунутому на самі очі, мовчки відчинив перед нею дверцята, вона сіла за його спиною. До мовчазних водіїв вона вже звикла. Водії, які везуть своєму господареві коханку чи повію, мають за правило дурно не пашталакати. Можливо, їх про це попереджено. Вона закурила. Водій опустив біля себе вікно, і дим повалив просто до нього. «Невже й тут змовчить?» — подумала вона. Але він терпляче мовчав. Хоча його обличчя в дзеркальці не демонструвало особливої радості. Очі були примружені, а вуста зціплені. Ніби й симпатичний, а все ж неприємний.

Авто виїхало на Погулянку і зупинилося біля брами, що вела на віллу. Водій вискочив і відчинив дверцята. Вона підхопила торбинку і рушила до брами. Водій її обігнав, відчинив браму, пропустив її вперед, а потім знову обігнав і вже чекав на ґанку. Мовчки, без натяку на усмішку.

Просторий передпокій потопав у тьмавому освітленні. Всюди панувала мертва тиша. При стіні біля фотелю на столику стояли келихи, в яких гарцював шампан, та

чарки з горілкою. Поруч на таці лежали маленькі канапки з кав'яром і червоною рибою.

— Я потрапила за адресою? — запитала вона.— Казали ж, що має бути забава.

— І вона буде,— нарешті розклеїв свої сухі губи водій.— Прошу сісти у фотель і почастуватися шампаном.— Він подав їй келих.— За кілька хвилин все розпочнеться.

По тих словах зник.

Вона сіла і слухняно пила свій улюблений напій, їй подобався терпкавий присмак, доволі оригінальний, раніше ніколи не смакувала чогось подібного. Не стрималася і, допивши, взяла другий келих. Тут смак був інший, але знайомий, безліч разів смакований. Дивно! Вони наповнили келихи з різних пляшок? Вона допила келих, взяла наступний і лише пригубила. Той самий традиційний смак. Ану ще… ще… вона перепробувала усі келихи, але того, найпершого, присмаку не виявила. І щойно тут у її злегка захмелілій голові став народжуватися неприємний здогад. Спробувала піднятися, але ноги їй не підкорилися. Вона впала боляче на паркет. В грудях щось почало її душити, вона силкувалася викашляти, але марно. Намагалася закричати, але розпачливий крик перетворився на хрипкий стогін. Що це з нею?.. Що?.. Вона повзла до дверей, тягнулася до них руками, а двері двоїлися, розпливалися і відступали від неї, ховалися в тінь, ставали недосяжними. Сиза мряка заволокла все перед нею. А за хвилю вона почула той самий голос, що лунав з телефону:

— Вітання з іменинами!

Проте вона не могла його побачити, мряка закутала її з голови до ніг і забила вуста. Лише відчула, як хтось задирає на ній сукню і лягає зверху. Волога рука хапає її за волосся і шарпає догори, а друга, слизька, проникає між ноги спочатку двома пальцями, потім — трьома, а далі — це вже рука. Їй боляче, і вона кричить з усіх сил, але

крику нема — сама хрипота. Потім рука зникає, замість неї вганяється прутень і товче, товче з такою силою, що її тіло аж ковзає паркетом. Вона й далі намагається кричати, але з затерплого горла добувається лише хрипіння і слина, багато слини…

РОЗДІЛ СЬОМИЙ

22 серпня 1939 року, вівторок

1

Вранці ми продовжили з Камілою нашу забаву, потім я пішов під душ, випив каву і зібрався йти.

— Коли поїдемо до Брюхович? — запитала вона, солодко потягуючись.

— Ти хочеш швендяти Брюховичами, тримаючи перед очима уявну світлину?

— А є другий спосіб?

— Є. Спробую з'ясувати, які вілли останнім часом були виставлені на продаж.

— А як ти довідаєшся про ті вілли? — В її голосі вчувалася недовіра.

— Зайду до товариша в газету «Nowy Wiek» і буду знати.

— А не обдуриш? — Вона виразно хвилювалася.— Не поїдеш без мене?

— Та ні. Ти мені згодишся.

— Гаразд. Коли я тебе побачу?

— Завтра.

— Чому не сьогодні? — Вона надулася.

— По-перше, до обіду мушу написати репортаж до газети.

По-друге, маю ще деякі зустрічі.

Каміла смачно потягнулася і сказала:

— Ти можеш прийти до мене на ніч. Я не хочу спати сама.

Дорогою додому я думав завітати до комендатури, але, не маючи наміру ділитися з Обухом свіжими новинами, передумав. Бо якщо скажу, що разом з Альбертом загинула Ривка, то постане питання «Куди поділася Каміла?».

Ще не доходячи до дверей свого помешкання, я почув дзенькання телефону. Не зачиняючи дверей, я підбіг і вхопив слухавку. В слухавці пролунав голос Обуха.

— Четверта! — гукав схвильовано Обух.— Четверта!

— Четверта задушена? — перепитав я.

— Нє! Засмажена і згелемзана! Звісно, що задушена.

— Хто на цей раз?

— Скажемо так, куртизанка. Або ж повія екстра-кляси.

— Де її знайшли?

— Не повіриш. У саду Альберта Коса.

— А сусіди нічого не бачили й не чули?

— Ні. Бо ґвалт не відбувався там. Її вивезли туди на автівці й підкинули. То ж було після опівночі. Що вони могли побачити? Ліхтарів там нема. Сподіваюся, бодай ця тобі не знайома?

— А вже з'ясували, хто вона?

— Паперів при ній не було. З'ясовуємо. А ти де волочишся?

— Цього разу я працював.

— Але не вдома?

— Ні. Потім розповім. Зараз я сідаю писати, а потім забіжу до тебе.

Я збрехав про писання. Мені хотілося не писати, а спати. Але спав я не більше двох годин і врешті таки сів за писанину. Пополудні завершив і дорогою до редакції завітав до Обуха. В комендатурі лунав галас, розривалися телефони, тупотіли черевики.

Обух розклав на столі кілька світлин.

Я отерп. Переді мною лежала розтерзана Емілія. З очима Людвіки. Обух з виразу мого обличчя все прочитав правильно.

— Ку-урва мать засрана! То ти, Марцю, влип, як сливка в гівно!

— А до чого тут я?

— А де ти був уночі? Тільки не викручуйся, бо я тобі телефонував.

Я гарячково думав, що відповісти.

— Я провів ніч з одною жінкою.

— Ну, сподіваюся, що не з двома. Де і з ким?

— Але я цього наразі не можу сказати.

— Марцю, курва,— просичав він крізь зуби,— ти знаєш, яку ти мені свиню підсовуєш? Ти знаєш, що то буде, як про це довідається інспектор? Він мене зжере!

— За що?

— За те, що тебе покриваю.

— Але ж Ірма підтвердила моє алібі.

— Підтвердила. Але чого вартує таке алібі? А зараз в тебе алібі нема.— Він підніс світлину ближче до очей.— Мені відразу здалося, що я вже її десь бачив. Але ще сумнівався. То ж Емілія! Так?

— Емілія.

— Ще одна твоя коханка…

Я зітхнув.

— Я маю алібі. І доведу тобі. Поки що я не можу назвати цю жінку. Але назву.

— Вже легше. Та не легше в іншій справі.

— В якій?

— Твоя Ірма…

— Вона така моя, як…

— Но-но-но! Бо не моя ж.

— І що з нею?

— Ірма є членкинею Німецького народного союзу.

— Оце новина! — здивувався я.— Вона німкеня?

— А ти не знав?

— Звідки? Вона мені прізвища не називала.

— Ну а нам змушена була показати свої папери. Ірма Анастасія Краузе. А її тітонька Матильда фон Крюденер. Це все, що мені відомо. Отже, зроби ласку, зустрінься завтра з одним чоловіком. Це мій конфідент. Він має відомості про ту організацію і взагалі багато що знає. З'ясуй, що та Ірма і її тета роблять у Львові. Може, це нічого вартісного, а може, й щось цікаве. Він тебе буде чекати в «Cafe Carlton».— Я вже хотів іти, але він мене спинив: — Стривай. А як ти з Ірмою познайомився?

— Я ж казав — у Кисіля.

— Хто до кого підійшов?

— Вона проходила попри мене, а я їй запропонував келих шампана…

— О! — Він втішено підняв палець догори і ще раз сказав: — О! В тому й річ! Вона! Попри тебе! Ну, то фалюй. Маєш гроші? Йому треба буде дати, залежно від інформації, може, п'ять, а може, й усі десять золотих. Курча беля! Третина моєї тижневої платні! Га?

— Як же ти з ним розраховувався досі?

— Ну, та є в нас фонд на такі речі. Але я вже не маю сміливості туди потикатися. Бо стільки брав на різних свистунів у справі душія, а толку — пшик.

— Не переживай, гроші маю. Мені ж і Кисіль, і Зяблов заплатили.

— Добре тобі.

— Гаразд, я пішов. Занесу репортаж про фордансерок.

— Та ти слухай… Може, той репортаж і нам згодиться.

— Навіщо?

— А ти подумай. Чотири жертви: дві фордансерки, одна касирка і одна, будемо так казати, повія.— Він поглянув на мене примружившись.— А знаєш, що мені тут ця касирка як ні приший кобилі колесо. Ану признавайся! Що вона була за одна?

— Дівчина як дівчина,— знизав я плечима.

— Нє, ти мені скажи. Ти з нею спав? Спав. Скільки часу ви перед тим зустрічалися?

— Не зустрічалися. Я запросив її до себе, і вона прийшла.

— Ага! Отак відразу! І ти розплатився? — Я зам'явся.— Ну, та що ж ти юра крутиш! Заплатив?

— У мене залишилися кілька суконь Емілії, які вона не захотіла забирати, а мені шкода було викидати. От я їй і дав.

— Ну, то, дорогенький, це і була чистої води повія. Яка лише вдає порядну. Тепер у мене все сходиться. Дві фордансерки, дві повії. Чудово.

2

В редакції було тихо і сонно. Знову всі розлізлися по кнайпах. Редактор запитав, отримавши мій репортаж:

— Яким буде наступний?

— З життя батярів.

— Там ще є щось таке, що ще не описане? — усміхнувся він.

— Власне, збираюся довідатися.

— А що з убивством Коса?

— Дещо довідався цікаве. Але поки що тримаю при собі. Бо це в інтересах інших людей.

Він взяв картку паперу, написав кілька слів і вручив мені.

— Піди до платничого за гонораром.

Я подякував. Платничим був у нас старший пан Корецький. Мав на обох руках чорні аж до ліктя нарукавники, а на чолі окуляри.

— А-а, Марко! Як ся маєш? Далі швендяєш темними норами?.. Та-ак, шо тут у нас? Двадцять золотих… Хочеш дрібними чи грубими?

— Мені однаково.

— То добре,— втішився він,— бо дрібних і так нема.

Потім я зателефонував Камілі.

— Ма-а-рчику… Мені без тебе ну-удно… Забіжи до мене. Маю оселедчики в сметані і галяретку з коропа від пані Теличкової.

Це було доволі заманливо, а я якраз не обідав і подумав, що це непогана нагода отримати відразу два задоволення. Від початку Костюшка до Чарнецького можна дійти за десять хвилин.

Шимон мене упізнав:

— Моє поважання, пане редактор.

Я хотів було сказати, що я ще не редактор, але згадав, що мене вже так не один кликав.

Каміла зустріла мене в напівпрозорій нічній сорочці, під якою виднілися всі її приваби, і відразу оплела шию білими ніжними руками.

— Спочатку оселедчики і галяретка чи я?

Як і було в моїх планах, я посмакував одним і другим, а відтак пішов до «Атлясу», де полюбляв засідати нічний поет Генрик Збєжховський[1]. Він, як завше, був обставлений чарками і щось базґрав на серветці.

— Ґеню, ти знову вершики шпариш?

— А що? Коли маю натхнення, а до того келишок, то шпарю. Сервус! Чого ся припер?

— А во хочу тебе про щось розпитати. Мене цікавить брюховицька вілла, яка була продана навесні.

— О, знову Брюховичі! Що ти там раптом загубив?

Я пропустив його заувагу повз вуха:

---

[1] Генрик Збєжховський (1881–1942) — польський богемний письменник, журналіст, автор кабаретових пісень.

— Так. Брюховичі. Власне, тому тебе й питаю, бо ти звідти не раз репортажі привозив.

— Е, я туди не лише за репортажами їздив,— засміявся він.— Зараз щось довідаємося. Зачекай. Мушу зателефонувати.

Він пішов до кабінету господаря кнайпи Едзя Тарлерського. Я ліниво розглядав карикатури й малюнки, що оздоблювали стіни кнайпи. Генрик вернувся за кілька хвилин.

— Слухай, то не так просто. Минулої весни був справжній пік продажів. Наїхали грошовиті мішки з великої Польщі, і було продано вісімнадцять вілл! Мусиш дати якісь підказки.

Я переказав йому те, що почув від Каміли.

— Над соснами була дерев'яна споруда. Виднівся лише її вершок.

— А-а, та то мусить бути скочня! Звідки взимку лещетарі[1] з'їжджають. Вона височить на пагорбі. Але якщо видно тільки її вершок, то, певно, фоткали з низької позиції. Якщо вона виднілася за віллою і соснами, а віллу було знято спереду, то за спиною того, хто знимкував, була вулиця. Але це не була бічна вулиця, бо вони всі біжать у бік скочні, а тоді б вона залишалася збоку. Це мусила бути вулиця, що прямує з півдня на північ. Ти мене заінтригував, але відповідь отримаєш завтра на цьому місці.

---

[1] Скочня — трамплін; лещетар — *лижник (гал.).*

РОЗДІЛ ВОСЬМИЙ

23 серпня 1939 року, середа

1

В обід я зателефонував Ірмі.

— Сервус, зозулько. Що робиш?

— Чекаю твого дзвінка,— промовила вона багатообіцяючим тоном.

— Які в тебе ідеї?

— Хочу познайомити тебе з тетою. Властиво, то вона хоче познайомитися.

Це мене здивувало, але я погодився. Умовилися на зустріч в «Ґранді».

Збєжховський не підвів, методом вилучення він запропонував мені лише три адреси. То вже було легше. Я йому подякував, обіцявши могорич.

— А нащо тобі та вілла? — запитав, коли ми прощались.— Хочеш купити?

— Я? Звідки в мене така форса[1]? Нє, то для іншої справи.

— Знову якесь вбивство?

— Йо. Але розповім пізніше.

Пересікаючи Ринок дорогою до «Cafe Carlton» біля музею Промисловості, щоб зустрітися з агентом комісара, мені здалося, що за мною хтось стежить. Це відчуття не покидало мене всю дорогу і добряче напружило. Постало питання, з якого місця мене вистежили. Якщо

[1] Форса — гроші *(гал.)*.

від будинку, де сховалася від світу Каміла, то це небезпека також і для неї. Я зупинився біля вітрини з жіночими сукнями і побачив лише темну постать, що шмигнула позад мене в браму. Хтось ховався від мене. Я минув винарню Штадтміллера і озирнувся. За мною ніхто не йшов. Тоді я швидко повернув за ріг, пробіг кілька метрів і сховався в Преображенській церкві. Там, де я став у затінку, мене не було видно. Незабаром з-за рогу вискочив заклопотаний переслідувач у кашкеті по самі очі. Він не міг второпати, куди я подівся. Спочатку розгублено стояв, потім побіг у напрямку «Віденської». Я тим часом вислизнув на вулицю і шмигнув до «Carlton-у».

У головній залі з віденськими вікнами було майже порожньо. На естраді дрімало піяніно, а на столиках лежали розіп'яті на рамцях часописи, яких, мабуть, ніхто не перегортав, бо виглядали непорочно. Але з першої сторінки вирізано було купон вакаційного конкурсу, в наступному часописі те саме. Либонь господар закладу вирізає їх передбачливо з самого ранку, заки вони потраплять у руки газетних молів, спраглих не менше за господаря на відпочинок забездурно.

В сусідній меншій залі грали в шахи і час від часу збуджено вигукували. Я не знав, як виглядає мій інформатор, і спокійно чекав, повісивши маринарку на крісло. Почало вечоріти. Кельнери позабирали вішаки, що стояли по кутах. Від цієї хвилі гості зобов'язані будуть здавати вбрання до шатні.

Тихо і майже непомітно наблизився невеликого зросту чоловічок у сірій вітрівці і сірому капелюсі. Його гостре обличчя з тоненькими вусиками не викликало довіри, очима він стріляв на боки, миттєво оцінюючи всіх присутніх. Хода його була легка й пружна. Він хляпнув біля мене і сказав:

— То я той, кого пан чекає. Моє прізвище вам нічого не скаже та й не потрібне. Називайте мене Шпак.— Він

обережно скинув капелюха, мовби намагався не потривожити свою шевелюру, не менш обережно поправив волосся над чолом і продовжив: — Отже, пан комісар просив мене з'ясувати дещо про панну Ірму Анастасію Краузе і її тету Матильду фон Крюденер.— Він вийняв з кишені записника і став вичитувати свої нотатки.— Так от, Ірма є членом Німецького народного союзу, як і Деккер, якого всі розшукують. Але я це вже повідомив панові комісару, а він вам. Начитана, знає кілька мов. Фанатка Гітлера. Працювала в пропагандистському штабі Альфреда Розенберґа і в створеному ним «Союзі боротьби за німецьку культуру» — «Kampfbund fur deutsche Kultur».

— Чим вона там займалася?

— Писала різноманітні статті. Вона теж, можна сказати, журналіст. Публікувала інтерв'ю з високими чинами.

— А в Сопоті в казино працювала?

— Ні. Але бувала часто. Це дуже добре місце для зав'язування контактів, і вона його використовувала. Навіщо їй працювати в казино, коли її батько — власник сталеварні?

— Логічно. Але ж вона, кажете, працювала у Розенберґа.

— Це інша річ. Тут брала гору ідейність.

— Отже, вона перебуває у Львові з якоюсь метою?

— Напевно. Однак з якою — встановити не вдалося. Відколи мене попросив пан комісар зайнятися нею, я послав свою людину стежити за нею, а сам збирав відомості.

— І хто ваша людина?

Шпак зашарівся і промовив, потупивши очі:

— Моя людина — це моя дружина. Я їй безмежно довіряю. Пані Шпакова ще мене ніколи не підвела і не обманула. Вона старанно нотувала всі кроки панни Ірми, однак нічого цікавого не зауважила. Ось, будь ласка.

Він підсунув мені аркуш паперу, де було похвилинно описано всі Ірмині рухи: зранку вона провідала разом

з тетою цукерню Залевського, потім пішла сама до перукарні, далі обід в «Ромі» з тетою, по обіді не виходила з дому.

— Брама того дому виходить в сад, а сад має фіртку,— сказав я.

— Маєте рацію. Я здогадуюсь, на що ви натякаєте. Відповідь: ні, не могла. Бо у мене є ще син. Йому тільки дванадцять, але він дуже спритний. От він і стежив з тамтого боку.

Я міг лише дивуватися такій родинній агентурі.

— Після вас я ще маю зустріч з Ірмою та її тетою в «Ґранді»,— сказав я.— Ініціятиву проявила тета. Якби ви довідалися також про неї дещо.

— Так-так, звісно. Дещо довідався. Її дівоче прізвище…— Шпак зробив павзу і подивився на мене так, мовби це не він, а я повинен його ошелешити якоюсь новиною, і промовив, артикулюючи кожен звук: — Шу-лєн-бурґ!

— Вона рідня того самого…

— Так! — не знати чого втішився Шпак.— Сестра відомого дипломата Вернера фон дер Шулєнбурґа. Вийшла заміж за барона Йогана Густава фон Крюденера. Недавно овдовіла. Однак мушу зауважити, що це не документальні відомості. Ці відомості походять з її власних вуст. Про своє родичання з дипломатом вона розповідає навіть кельнерам. Отже, варто все це ще перевірити.

— А з якою метою вона тут?

— Цього я ще не знаю. Я ж тільки вчора ними зацікавився. Гадаю, назавтра підготую докладніше досьє. І ще одне… Ви вже вибачайте, але пан Кисіль — мій давній клієнт. Я на нього працюю, щоб не збрехати, років двадцять. І я б дуже не бажав прикростей для когось із його родини.

— До чого ви ведете? — не зрозумів я.

— Та бачите… ви можете сказати, що то не моя справа. І будете мати рацію. Але коли я бачу ваші близькі стосун-

ки з панною Ірмою і наближені до, так би мовити, близьких з панною Мирославою, я починаю хвилюватися.

Чогось подібного я не сподівався й вирячив на нього очі:

— За кого?

— За кого я хвилююся? Та ж, звісно, не за панну Ірму. А за панну Миросю, яку знаю від народження. Хвилююся за її ніжне, люблячe серденько. Яке ви можете, не хотячи, розбити. І прошу мені вірити: ця розмова залишиться між нами. Але просив би вас не намагатися сидіти на двох стільцях.

До нашого столу підійшов кельнер і повідомив:

— Пана редактора просять до телефону.

Я здивувався — хто б то міг бути? Хто міг знати, що я тут?

— Де телефон? — запитав я.

— За баром, прошу пана.

Я взяв слухавку й почув схвильований жіночий голос:

— Пане Марку, вибачте, що я вас турбую. Я дружина пана Шпака. І я дуже за нього хвилююся. Хотіла б довідатися, чи він часом не замовив собі алкоголь?

— Ні, ніхто нічого не замовляв. А що таке?

— Бо йому не можна. Тішуся. Ще раз вибачте і нічого йому не кажіть.

— Гаразд.

Дивний дзвінок. Я повернувся і вручив Шпакові п’ять золотих. Він промурмотів щось невиразне, покрутив гроші в руці і соромливим тоном промовив:

— А для пані Шпакової щось належиться? Вона заслужила.

Я дав йому ще п’ятку і вийшов раніше, ніж почув про заслуги малого Шпаченяти.

2

Ірма зі своєю тетою вже зайняли столик і навіть замовили вино. Але ще не пили. Три келихи стояли чисті й неторкані. Коли я підійшов до столу, баронеса простягнула мені руку з нанизаними перстенцями, я притулився до неї вустами і відчув могильний холод. Баронеса відразу залопотіла до мене по-німецькому з баварським акцентом:

— Пане Марку, дуже приємно з вами запізнатися. Мені Ірма про вас багато вповідала. Але не буду вам забивати баки — вип'ємо спочатку за знайомство.

Я скинув маринарку, повісив на крісло і сів навпроти них. Кельнер наповнив нам келихи, й ми випили. Мене цікавило, що від мене хоче баронеса, навіщо я їй здався? Після кількох фраз, проказаних з увічливості, баронеса промовила:

— Пане Марку, маю до вас справу. Ми з Ірмою у Лємберґу люди чужі, мало в чому орієнтуємося. Але я б хотіла придбати десь за містом віллу. Чи не могли б ви мені підказати, яка місцина найзатишніша?

— А ви вже бували на якихось львівських околицях?

— Так. Ми були у Винниках, Лисиничах, у Рудному і Брюховичах. Нам всюди сподобалося — там всюди ліси, ліси,— сказала Ірма.

— Особливе враження на мене справляють сосни. Дихати цим повітрям! — замріяно промовила баронеса.

А я думав про те, що в Німеччині теж є сосни, на дідька їм купувати віллу під Львовом?

— Сосни є майже всюди,— сказав я.

— Так, я зауважила,— погодилася баронеса.— Чи не могли б ви підшукати нам віллу на продаж? Я вам щедро віддячу.

— Але чому ви звернулися до мене, а не до маклерів?

— Ну, по-перше, ви добрий знайомий моєї Ірми, а по-друге, ті ваші маклери, коли бачать когось з-поза Речі Посполитої, то відразу накручують захмарні ціни. Ви ж самі про це писали.

Ого! Баронеса читала мої статті? Ні, мабуть, Ірма їй переказала.

— Так…— промовив я.— Є таке. Я поцікавлюся, що там зараз продається. Але яка би то мала бути вілла?

— Бажано без сусідів. Може бути просто серед лісу. Ну, і щоб там не довелося ремонти робити. Хіба невеликі.

У цей момент до мене підійшов кельнер і простягнув записку. Я розгорнув і прочитав: «Я в сусідній залі. Рося».

— Пробачте,— сказав я.— Відійду на хвильку.

— Нічого, нічого,— залопотіла, усміхаючись, баронеса.

Я вийшов до сусідньої зали. Рося сиділа за кавою з морозивом. За столиком у кутку пив пиво її охоронець і глипав на мене спідлоба.

— Як ти мене вирахувала? — запитав я, вмощуючись біля неї.

— А дуже просто. Мій тато хоче з тобою побачитися. Гарна для цього нагода буде в п'ятницю — збереться вишукана публіка. Тато довідався від комісара, що ти будеш мати здибанку зі Шпаком.

— Ти знаєш Шпака? — здивувався я.

— Та чого ж не знати, коли його послугами і мій тато користувався? Наприклад, щоб вистежити, з ким загулює Деккер. Я зателефонувала в «Карлтон», але ти вже пішов. Зате Шпак ще був. Він мені повідомив, що ти будеш тут.

— Тобто ти мене покликала, щоб повідомити про забаву в казино?

— Не тільки. Я пропоную навідатися до Деккерового помешкання.

— Що? Зараз?

— Так. Я згадала, що там залишилися Камілині речі. Може, вдасться щось у них вишпортати.

— Отак ні сіло, ні впало…— закомизився я.

— В мене таке передчуття, що відтягувати не варто. Завтра може бути пізно.

— Але це може бути небезпечно.

— Тому буде з нами й Зеньо. Тільки пам'ятай, що ми при ньому на «ви».

— Головне, аби ти пам'ятала. Де його будинок?

— На Східній. Це дуже маленька вуличка.

— То Замарстинів?

— Так. Буду чекати тебе з автом ліворуч оперного.

— Гаразд. Тоді через десять хвилин. Якраз Зеньо доп'є пиво.

Я повернувся до Ірми та баронеси. За той час вони вже надпочали нову пляшку вина.

— У мене ідея,— сказала баронеса.— Ми з Ірмою збираємося в казино. Чи не бажаєте скласти нам компанію?

— Така ідея мені до вподоби,— я вдав зацікавленого.— Але, на жаль, мушу ще зустрітися з деякими темними типами, які мають для мене інформацію. Знаєте, репортери мусять будь-яку цікаву звістку ловити за хвіст, поки хто інший у них не перехопив.

— І що ж то за звістка? — запитала Ірма.— Чи це секрет?

— Деталей поки що не знаю. Але це пов'язано з маніяком.

— Боже мій,— сплеснула руками баронеса.— Маніяк! Я читала… точніше, Ірма мені читала. То щось страшне! І ви йдете на зустріч сам?

— Ні, в мене є охоронець.

В ту ж хвилину я побачив, як виходять з ресторації Рося і Зеньо.

— Добре,— сказала баронеса.— Але мусите ще з нами випити.

Я перехилив келих, подякував, накинув маринарку і вийшов з ресторації, обіцявши приїхати в казино.

3

Вулиці потонули в сутінках. Рося сиділа в авті за кермом. Ми проминули Полтвяну*, дотримуючись дозволеної швидкості в 25 км, потім звернули на Річну*, Замарстинівську, Огородницьку* і виїхали на Квітову. На другому закруті ліворуч була Східна. Рося хотіла завернути відразу з Замарстинівської на Східну, але я вирішив, що краще залишити авто на Квітовій за густим грабником. Ми вийшли з авта. Світло єдиного ліхтаря на початку вулиці не сягало до Деккерової парцелі, що ховалася за муром і високими деревами. Фіртка була на замку.

— Від фіртки у вас ключа нема? — запитав я.

— Для цього в нас є Зеньо,— сказала Рося.

Я міг зауважити, що теж ношу з собою відмикачку на всякий трафунок, але змовчав. Мені її колись подарував Пурцель, і вона згодилася навіть як зброя — одного разу я нею пробив шию нападникові.

Зеньо попорпався в кишенях, добув відмикачку, і за хвилину фіртка скрипнула. Я відчинив двері ключем, який мені раніше вручила Рося. Зеньо вийняв свого сауера і присвічував ліхтариком, ми ступали за ним. Помешкання потопало в темряві. Рося намацала вмикач, і нарешті можна було роздивитися, куди ми потрапили. Від передпокою вело троє дверей, вузький коридорчик прямував на кухню і до чорного виходу.

— Що ми шукаємо? — запитав я.

— Ось там була кімната Каміли,— сказала Рося, показуючи на двері ліворуч.— Я перегляну її речі. А ви можете оглянути інші кімнати.

Я рушив до протилежного покою. Там був стіл і дві шафи. В одній одяг. Я обмацав кишені. Нічого цікавого. Увагу мою привернув плетений кошик для сміття. Мене такі речі завше приманюють. Я перекинув його на підлогу

і став розглядати. В кошику була купа непотребу. Зокрема, пуделочки і обгортки від фотоплівок «Kodak». Самих плівок не було. Цікаво, що міг фоткати Деккер?

Я висипав сміття назад до кошика і став порпатися в столі. Там теж нічого не було цікавого. Видно, що хтось — мабуть, сам Деккер — уже все найважливіше забрав. У сусідній кімнаті бушував Зеньо. Він перевернув догори ліжко, обмацав матраци, подушки, ковдри.

— Ніц? — запитав я.

— Ніц.

Раптом рипнули вхідні двері. Зеньо вихопив пістолет і вискочив у передпокій. Пролунав короткий жіночий зойк, двері гучно траснули, і скреготнув ключ. Я вибіг теж, Зеньо зі злістю тряс зачинені двері. Рося шарпала штори на вікні. Я поміг їй відчинити вікно, й ми визирнули. Вулиця була порожня. Десь за рогом захурчало авто, і все стихло.

— Курва! — вилаявся Зеньо.— То ж треба було! Лишити ключ в дверях! Втекла!

— Хто то був? — запитав я.

— Якась кобіта.

— Ви її бачили?

— Нє. Коли я вискочив з покою, вона враз затраснула двері. Але бистра!

— Ви навіть не роздивилися, як вона була вбрана?

— На дворі темно. І я встиг помітити лише темну постать. Вона не переступала порогу.

— Мабуть, коханка Деккера? — промовила Рося, зиркнувши на мене.

— Шкода, що ми її сполохали,— зітхнув я.— Не треба було вмикати світло. Якщо то коханка, то дивно, що вона не знає, де Деккер. Вона побачила світло і подумала, що застане господаря. А якби не було світла, вона могла б спробувати сюди проникнути. Тут би ми всі й познайомилися. Ви щось знайшли?

— Нічого,— похитала головою Рося.— Я спакувала речі Каміли до валізи. Подарую нашій покоївці. Чого їм тут валятися?

— Дивно, що Деккер їх не повикидав. Вони ж розбіглися давніше…

— Може, думав, що вона повернеться,— промовила зі смутком Рося. В очах її зблиснули сльози.

— Поки що не віддавайте нікому її речі,— сказав я.— Вони ще можуть бути важливі для слідства.

«Не так для слідства, як для самої Каміли»,— подумав я.

— Та-ак? — здивувалася дівчина.

— Кажу цілком поважно. Речі інколи промовляють виразніше за людей. Тому, поки слідство не завершене, нехай лежать у вас.

— Та добре…— зітхнула вона.— То що? Як будемо звідси вибиратися?

— А нехай той, хто лишив ключа в дверях, вилізе через вікно,— буркнув Зеньо.

Я не сперечався, вискочив з вікна й відчинив двері. Ми погасили світло і вийшли з будинку. Вітер шарпав дерева, віяло прохолодою.

— Отже, ти пам'ятаєш, що тато чекає на тебе в п'ятницю? — сказала на прощання Рося.— Я буду ввечері приміряти сукню в Пасажі Миколяша. Звільнюся десь о сьомій і заберу тебе на автівці.

РОЗДІЛ ДЕВ'ЯТИЙ

25 серпня 1939 року, п'ятниця

1

Біля входу до Пасажу Миколяша бойко в баранячому кожусі пік на розпеченій бляcі каштани, але торгував він також андрутами, пірниками[1] і чоколядками. Його обступила зграя дітлахів. Я не заходив досередини, бо в тлумі можна легко зблудити і розминутися. Оддалік біля припаркованого авта курив Зеньо.

Рося вийшла з великою пакою, перев'язаною червоною стрічкою.

— Сервус,— усміхнулася вона і тицьнула мені паку.— Неси. Моя нова сукня.

— Ого,— здивувався я,— доволі важка, як на сукню.

— А ти, власне, той, хто тямить на сукнях?

— Звісно, що ні. Тому сперечатися не буду.

Ми сіли до авта і далі бесідували вже на «ви». Тепер Зеньо був за кермом. На горішньому Личакові Рося сказала:

— Зеню, ти їдь, а ми прогуляємося. Тут недалеко.

Зеньо покірно зупинився, ми висіли. Коли авто зникло на закруті, Рося взяла мене під руку і притулилася.

— А знаєш, після тих кількох наших здибанок я не могла тебе викинути з пам'яті. Хоча й намагалася.

Вона це промовила ніжним, мрійливим тоном.

---

[1] Андрути — тонкі вафлі, перемащені різноманітними кремами; пірники — пряники *(львів.)*.

— Дивно,— відповів я.— Бо мені вдалося тебе з пам'яті викинути відразу.

Вона мене штурхнула під бік:

— Навіщо?

— А який сенс мені думати про тебе, якщо це не має жодних перспектив?

— Чому? — щиро здивувалася вона.

— Ми з різних сфер. Сфер, які дуже рідко перетинаються.

— Але ж перетнулися.

— Окрім того, я набагато старший за тебе.

— Справді? Мені вже двадцять.

— Я так і думав. Отже, я старший на сімнадцять.

— Пхе! Мій тато старший від мами на двадцять два роки.

— Це ти куди хилиш?

— Та вже нікуди. Якщо ти такий свинтус, що викинув мене з пам'яті,— промовила вона вдавано ображеним тоном, але я не піддавався на цю гру. Ще ні.— Я, знаєш,— продовжила,— ще ні з ким не чулася так…— Вона підшукувала слова, я мовчав. Тоді вона знову мене штурхнула: — Чого ти мовчиш?

— А що я повинен сказати?

— Ти думаєш, мені легко було — признатися тобі… Я чомусь біля тебе розкисла. Хоча я не така. І ніколи не була такою.

Я поглянув на неї. Ми зупинилися водночас. В очах її бриніли сльози. Я пригорнув її і поцілував. Потім вона притулилася обличчям до моїх грудей, і ми якусь хвилю отак стояли, а над нами шуміли сосни. Я погладив її по голівці. Я далі мовчав, не знаючи, що маю казати.

— В тебе хтось є? — запитала вона.

Я мало не ляпнув «є», але пошкодував її. Бо насправді, хто в мене є? Випадкові любовні пригоди? Її сестра… Ірма… З Камілою якось не дуже порядно вийшло. Коли-

небудь вона розповість про все Росі. Але я такий, як є. Я пливу за течією, а вона несе мене, несе і часом боляче б'є в кам'яні пороги, а часом пориває на дно, на темне, безпросвітне дно…

— Ну! — струснула мене Рося.— Ти спиш чи куняєш? Я тебе про щось запитала.

Я її пригорнув і сказав:

— Ходімо. У мене нема нікого, до кого б я ставився поважно. Нікого, кого б я кохав.

— Але в тебе хтось є,— не здавалась вона.

— Є,— скорився я.— Але я дорослий чоловік і маю свої потреби.

— Я знаю, про що мова. І якщо ти її покинеш…

Я усміхнувся: її? Кого з них? А недавно ще була Людвіка… Рося не договорила, але я здогадувався, що вона хотіла сказати. Так та її фраза й зависла в повітрі. Ми йшли далі мовчки. Я чув її тепле тіло біля себе, чув її руку в себе на лікті, нервове посмикування пальчиків, і мені було добре. Я не хотів думати, що буде завтра. Бо завтра я з Камілою поїду шукати Деккерову віллу. І не хотів думати, що буде зараз, коли на одному замкненому просторі зійдемося ми троє: Рося, Ірма і я.

Вуличка Розкіш була вся в розкішних автах.

— Що то має бути за забава? — запитав я.

— Німецький посол у неділю повертається до Берліна.

— Скільки він тут був?

— Кілька днів… Мені важко сказати.

— І що, усі ці вечори він просиджував тут?

— Так.

— А посол Еквадору до вас теж приходить?

— Не часто. Але сьогодні повинен бути.

Перед брамою ми зупинилися. Рося поглянула на мене з теплим усміхом.

— Ти прекрасна,— сказав я захоплено.

— І то все?

— Ні, не все. Але я ще не зібрався зі словами.

— То зберися. Але вже не сьогодні. Тут ми знову на «ви». Не сплутай.

Відчинив нам набурмосений Зеньо.

— А я мушу тут вислуховувати, куди ви поділися, так? — дорікнув нам.

— А хто питав? — поцікавилася Рося.

— Хто-хто… Ваш татуньо щонайперше.

— А хто щонайдруге? — засміялася вона.

— Теж він.

— Ну, гаразд. Тато вже там чи в себе?

— В себе.

— Веди пана Марка всередину, я піду перевдягнуся.

Вона ще встигла стрілити мені очками і зникла.

В казино роїлося від гостей. І то була особлива публіка, а не та, яка збирається в інші дні. Видно, що підібрана спеціяльно для цього вечора. Дами і кралі переважно вбрані в бальні сукні, панство — хто у фраках, а хто, як я,— в маринарці з одної парафії, а в штанах з другої. Я окинув той джмелиний тлум, що пересувався з келихами в руках, і виловив очима баронесу, яка мило бесідувала з Мольтке. Ірми не було видно. Неподалік крутився Зяблов з якимсь зализаним грубасом. Зауваживши мене, подріботів навперейми, а дорогою прихопив два келихи з шампаном.

— Ну! Радий вас бачити. Сподівався, що ви завітаєте. Що нового?

Я взяв з його руки келих, надпив і сказав:

— Ми на сліді.

— Справді?

— Завтра буде результат.

Він помахав комусь рукою, і до нас приєднався грубас, який досі спостерігав за нами збоку.

— Знайомтеся,— сказав Зяблов.— Торговий аташе Алєксєй Воронін.

Грубас простягнув мені пухку анемічну руку і промовив:

— Я читав ваші репортажі. Чому б вам їх не видати окремою книжкою?

— Я думав над цим.

— Думали? А ми могли б і помогти.— Він вискалив кінські зуби, пронизуючи мене поглядом фахового чекіста.

Я не відповів нічого.

— Марко обіцяє завтра результат,— сказав Зяблов Вороніну.

— Чудово,— похитав головою той.— А можна конкретніше?

— Ні. Тут уже вибачайте. Надто багато людей його шукають. Мусимо бути обережні. Хоча я так досі й не почув правди, чому його шукаєте ви.

— Хіба я не сказав? — здивувався Зяблов.— Я не хочу, щоб його спіткала доля Коса. Що не так?

— Не так те, що ви не скидаєтеся на людину, яка буде перейматися долею німця, з яким у вас не надто ділові стосунки. А, я б сказав, навіть неприязні.

— На що ви натякаєте?

— На гроші, які він приховав від вас.

Він забігав сполоханими очима.

— Хто вам таке розповів?

— На те я і нічний репортер, щоб рознюхувати у всіх можливих напрямках. Отже, справжня причина — гроші.

Зяблов зам'явся.

— Ну-у…

— І не тільки гроші,— тиснув я далі.

Зяблов пожував губами щось невимовлене і сказав:

— У нього є дещо таке, що мене цікавить.

— Плівки,— випалив я навгад.

Він здригнувся і перезирнувся з Вороніним. І лише завдяки тому, що був уже захмелений, видав себе своєю мімікою. Мій здогад потрапив у ціль. Він був здивований і губився в здогадах: що відомо мені? Врешті зважився:

— Ви вже щось знаєте?

Я скорчив якомога загадковішу міну.

— Щось знаю.

— То чому не розкриєте карти? Я ж вам заплатив. Ось дам вам ще.

Цього разу він вийняв гроші з кишені маринарки і простягнув мені двісті золотих.

— Пєтя, припини! — буркнув Воронін.

Але віцеконсул відмахнувся від нього і таки тицьнув мені ті гроші в руку. Я взяв.

— Льоша,— звернувся він до Вороніна.— Нам ніколи торгуватися. У нас мало часу.

— Пане віцеконсул, як я вже казав, не вас одного цікавить Деккер,— промовив я.— І я не певен, що всіх цікавить одне й те ж. Це було б доволі дивно. Але так є. Його активно шукають. І ваша підозра, що він може скінчити так само, як Альберт Кос, не безпідставна. Не лише ви зацікавлені в тому, щоб отримати щось, що для вас має велику вагу. Що на тих плівках?

Я, вирішивши його добити, поки він в такому стані, взяв його під руку і поволік в глибину залу. Там ми сіли за столик. Грубас від нас не відстав і вмостився поруч. Я мовчав і дивився на Зяблова, а він боровся сам із собою.

— Ну? — тиснув я далі.

— Досить! — буркнув Воронін.— Так… Це плівки, а може, й фотографії.

— І що на них?

— Є підозра, що там зображені військові об'єкти на теренах Західної України і Білорусі,— відповів він.— Ви ж розумієте, яка ситуація. На носі війна. Гітлер може не зупинитися.

— А вам що до того? Сталін з Гітлером в дружбі. Совєти відправляють німцям бензин, вчать їхніх летунів у себе. Які проблеми?

— Це все дуже хиткe,— сказав Зяблов.— Невідомо, що в голові у Гітлера. Ми повинні бути насторожі. Деккер — німецький шпигун. Він збирав дані про розташування військових баз, таборів, казарм, складів зброї, заводів, летовищ…

— Звідки вам це відомо?

— Мольтке… Він приїхав, щоб зустрітися з ним.

— Аж так! Сам колишній посол їде зустрітися зі шпигуном? Хіба у Деккера не було тут спільників?

— Були і є. Бо ж він не сам збирав усі ті відомості. Ви ж розумієте… У Львові, як і у всій Польщі, діє розгалужена мережа німецьких шпигунів. Фактично всі консуляти під це задіяні.

— Як і совєтські.

— Ну-ну, не перебільшуйте,— встряв Воронін.

— Та чому це перебільшення? Це нормальна річ. Отже, Деккер зібрав певні дані. Чому він не міг їх передати кур'єром? До чого тут Мольтке?

— Кур'єр, проходячи перевірку на кордоні, міг попастися,— пояснив Зяблов.— Зараз усіх на кордоні дуже ретельно перевіряють. Але це не стосується дипломата. Мольтке не довіряє нікому. Тому присутній особисто. І він все ще намагається налагодити німецько-польські стосунки, тому прагне перехопити ті плівки. Та, мабуть, не встигне. В неділю він мусить вернутися до Берліна.

— Навіщо вам ті плівки?

— По-перше, ми не хочемо, щоб вони потрапили в руки Мольтке чи кого іншого з німецького боку. А нам вони теж згодяться. Якщо знайдете Деккера живого чи мертвого — це одне. А якщо знайдете плівки чи фотографії, я вам виплачу ще тисячу золотих.

Воронін вийняв пачку «Біломорканалу», вставив папіросу в мундштук, запалив і сказав тихо, але виразно:

— Хотів би вас попередити не грати з нами в подвійні ігри. З того, що я почув, можна зробити висновок, що

не ми одні пропонували вам певні суми. Все, що знайдете, повинно опинитися в наших руках. І ні в чиїх більше. Вам зрозуміло?

Я усміхнувся.

— Звучить як погроза.

— Це поки що не погроза, а констатація факту,— проказав він сухо.

Я кивнув і відійшов. Ірма так і не з'явилася. Баронеса вже крутилася біля столу з рулеткою і приглядалася до гри. Я підійшов до неї, вона усміхнулася:

— Як мило вас тут побачити!

— Навзаєм. Та щось я не бачу Ірми.

— О, вона скоро буде. У неї розболілась голова, й вона вирішила відпочити. Але обіцяла обов'язково приїхати.

Підійшов кельнер і повідомив, що нагорі мене чекає Кисіль. Я піднявся і потрапив у більярдну залу. Там нікого, окрім Киселя, не було. Він сидів у плетеному кріслі, перед ним на столику стояла пляшка вина, велика коробка чоколядових цукерок і кілька келихів. Кисіль на моє привітання кивнув головою і запропонував сісти біля нього.

— Отже, в Деккеровій хаті вам не вдалося нічого цікавого знайти? — запитав, наливаючи мені вино.

— Ні. Але завтра я зможу вам повідомити дещо сенсаційне.

Він пожвавився.

— Справді? Щось таке, чого я не підозрюю?

— Власне. Але не хочу забігати вперед. А поки що розповім те, що вдалося довідатися. Може бути дві версії загибелі Арнольда Коса. Перша — це відмова надалі займатися темними справами, пов'язаними з еміграцією євреїв до Палестини. Після того як він довідався, що євреї кудись зникають. Але можливо, що вбито його було з метою грабунку. Валіза з коштовностями, яку він демонстрував Камілі, пропала. А ось Деккер виявився німецьким

шпигуном, який збирав військові відомості на терені Галичини і мав намір передати їх Мольтке.

— Але не передав?

— Цього я не знаю. Знаю лише, що Мольтке цікавився в Зяблова, як знайти Деккера. Зяблов натомість зацікавлений в тому, щоб перехопити ті плівки. Тобто в будинку Деккера ми все ж таки знайшли дещо цікаве. Адже обгортки фотоплівок навели мене на думку, що Деккер робив якісь знимки. І коли я прямо про це сказав Зяблову, він признався, за чим насправді полює.

— Що за гроші вам сьогодні заплатив Зяблов?

— Гонорар. За пошуки Деккера. А ще він сподівається, що я знайду плівки.

— І?..— Кисіль насторожився і поглянув на мене грізними очима.— Передасте йому?

— Такі його сподівання. Але ні — не передам. Світлини чи плівки я передам шефові контррозвідки.

Кисіль полегшено зітхнув.

— Не хотілося б у вас розчаруватися.— Він поглянув на годинник.— Зараз в номері Мольтке щось шукають агенти Конарського. Якщо не знайдуть нічого, отже, ті світлини все ще в Деккера.

— Звідки вам про це відомо?

— Є свої люди в «Жоржі».

— А як ви будете знати, знайшли чи не знайшли?

— Ха-ха…— він задоволено хихикнув.— У мене є дехто і в штабі Конарського. А зрештою, він і сам повинен сюди завітати. Що ж… Забава якраз повинна початися. Ходімо на діл.

Внизу вже накрили столи. Огрядна дружина Киселя в бордовій приталеній сукні давала останні вказівки.

— Щось я Росі не бачу. Де вона? — запитав Кисіль.

— Не натішиться новою сукнею,— відповіла жінка, окинувши мене холодним поглядом. Тестьова з неї, мабуть, не дар Господній.

— Які ви чарівні! — почувся деренчливий голос Мольтке, і я побачив Ірму, що саме входила до зали у чорній оксамитовій сукні з діамантовою брошкою. Вона нагородила німця вдячною усмішкою і підійшла до мене.

— Де ти пропала? — запитав я.

— Хіба тобі тета не сказала?

— Сказала. Але я не повірив.

— Ну й дарма. Мене справді розболілася голова.

— Вже не болить?

— Полежала і перейшло. А зараз хочу випити.

Ми пішли до довжелезного столу, біля якого зібралися гості. Несподівано я наштовхнувся на Конарського. Він кивнув мені, даючи знак, що хоче перебалакати.

— Вибач,— сказав я Ірмі, вона невдоволено знизала плечима.

Ми з шефом контррозвідки відійшов набік, де не було людей.

— Я так розумію,— промовив Конарський,— що ви Деккера не знайшли.

— Ні. А я так розумію, що ви вже знаєте, чому його всі шукають.

Він поглянув на мене здивовано:

— Он як! Хочете мене заінтригувати?

— Ні. Хочу поділитися з вами інформацією, але навзамін.

— І що вам вдалося з'ясувати?

— Що Деккер збирав відомості про військові об'єкти.

— Так. Це і нам відомо. Що ще?

— Що мав їх передати Мольтке. Але не знаю, чи передав.

— Не передав.

— Отже, ви нічого не знайшли.

Він зблиснув очима:

— Ви про що?

— Про готель «Жорж».

— Звідки ви...— Він знервовано роззирнувся.

— Не переживайте. Ми ж союзники. Якщо мені вдасться знайти світлини, я передам їх вам. Коса могли вбити совєти за відмову продовжувати їхню аферу з євреями. Одного разу він підслухав розмову Зяблова з послом Єлісєєвим. На запитання «Що з нашими жидами?» консул відповів: «Все в порядку. Вони вже в нас». Хоча вони повинні були бути в Палестині.

— Кому про це розповів Кос?

— Одній особі, яку ви завтра зможете допитати особисто. Однак його могли вбити і з метою грабунку, бо він мав валізу, набиту золотом і валютою. Але вона зникла. А тепер розкажіть, що ви знаєте про Ірму і баронесу.

— Баронеса? — Конарський розсміявся.— Вона така ж баронеса, як я китайський мандарин. Перестаріла шпигунка — ось хто вона. Але її послугами ще інколи користуються. Вона має вишукані манери і цілком вдало грає роль баронеси.

— Мені сказали, що її дівоче прізвище Шулєнбурґ і вона рідня відомого дипломата Вернера фон дер Шулєнбурґа. А сама вийшла заміж за барона фон Крюденера. Недавно овдовіла.

— Тут є лише одна правда. Вона справді в дівоцтві Шулєнбурґ, але не родичка дипломата, а просто однофамілиця. Далі, покійний Крюденер бароном не був і приставки «фон» не заслужив. У Німеччині ця дама не дозволяє собі називатися баронесою. Лише тут. Що ж до Ірми Краузе, то вона давно нас цікавить. Вона пройшла бойовий вишкіл в нацистських таборах, володіє зброєю. Має відзнаки від самого Адольфа. Одне слово, це фахова шпигунка.

— Приблизно щось таке я й уявляв собі. Тобто вони пов'язані з Деккером?

— Так.

— Ви їх не рухаєте?

— Поки що вони не помічені ні в чому протизаконному. Ну, хіба що в зваблюванні одного відомого репортера.

Я усміхнувся.

— Інколи корисно вдавати звабленого.

— Надто не захоплюйтесь. Невідомо, з якою метою вони з вами заприязнилися.

— Баронеса хоче купити віллу в Брюховичах. Просила мене підшукати об'єкт.

— Віллу? Та вона й сторожової будки не купить. Їй виділяють кошти на те, щоб вона програвала якусь невелику суму в казино і вела теревені з потрібними людьми. Ви потрібні їм для чогось іншого. Можливо, сподіваються, що виведете їх на слід Деккера.

— Не розумію одного. Якщо Деккер збирав матеріяли для Рейху, то чому не передав їх Мольтке? Чому не заніс їх до німецького консуляту?Або міг би довіритися комусь зі своєї організації.

— Так, якщо він мав на меті справді передати їх Рейху. А він міг вирішити заробити на них. Ви не відкидаєте такої ситуації?

— Так… маєте рацію. Про цей його намір могли довідатися і тепер розшукують з метою вбивства.

В цей момент Мольтке почав промовляти. Всі присутні присунулися ближче. Підійшли й ми. Мольтке дякував і говорив банальні речі. Добре, що недовго. А після цього всі заметушилися біля столів, накладаючи на тарелі вгощення.

І тут з'явилася Рося в розкішній сукні з червоного шовку з чорними квітами і глибоким вирізом на спині. Вона підійшла до мене і прошепотіла:

— І як тобі?

— Фантастично! — промовив я.— Не знав я, що для того, аби вдягнути сукню, треба цілих дві години.

— Як мало ти знаєш про дамські витребеньки! А льоки накрутити? — труснула вона голівкою.— А напацька-

тися? А… гаразд, продовжувати не буду.— Тут її примружений погляд упав на Ірму, і вона буркнула: — О, це вона?

Я нічого не відповів. Рося надулася і відійшла. Натомість наблизилась Ірма з двома келихами.

— Це тобі,— простягла мені один.— Що у тебе за секрети з Конарським?

— Все той же маніяк. Але, на жаль, ми ані на крок не наблизились.

— Що робиш цієї ночі?

Я спочатку хотів щось ляпнути, мовляв, буду зайнятий, але, можливо, це нагода ще щось від неї довідатися, тому відповів, що все від неї залежить. Рося в цей час не зводила з нас очей, і я відверто шарівся.

— Якщо так,— сказала Ірма,— то нам нема тут що далі робити. Моє авто чекає на вулиці. Хто ця дівчина, що витріщилася на нас?

— Ти її не знаєш? Донька Кисіля.

— О! В тебе з нею роман?

— Ні.

— Але ви знайомі.— Вона дивилась мені в очі. Я кивнув.— Чому ти до неї не підійдеш?

Вона, вочевидь, провокувала мене. А мені під цим пильним Росиним поглядом якось не випадало покидати казино водночас із Ірмою.

— Гаразд,— сказав я.— Підійду до неї, а ти мене чекай в автівці.

— Хитрун… Тільки недовго.

— Ні.— Я наблизився до Росі й сказав: — Це не те, що ти думаєш.

— Звідки тобі знати, що я думаю?

— Вона в моєму розслідуванні відіграє важливу ролю. Вона пов'язана з Деккером. Я мушу витягнути з неї все, що вона знає.

— І куди ти з нею поволочишся? — запитала вона, дивлячись кудись убік.

— До ресторації. Це буде наша прощальна вечеря,— молов я нісенітниці.

— А після ресторації? — промовила вона похмурим тоном, і далі не підводячи на мене очей.

— Я піду спати. Я вже й так ледь тримаюся на ногах. Зате завтра тебе і твого тата чекатиме сенсація.

— Умгу,— буркнула вона недовірливо.

— Побачиш.

— Умгу.

— Добраніч, зозулько. Не гнівайся.

— Умгу.

— Па.

— Умгу.

2

Я йшов з розбитим серцем. Звісно, що не поїхали ми з Ірмою до жодної ресторації, а взяли в «Ґранді» дві пляшки іспанського вина і поїхали до мене. Забава виглядала таким чином: спочатку ми випили першу пляшку вина і пірнули в ліжко, потім стали пити другу, і тут я вирішив допитати Ірму.

— Знаєш, я не люблю, коли з мене роблять дурня.

— Ти про що? — запитала вона невинним тоном.

— Я про твою тету, баронесу.

— Ах, ти про це? Господи, ну хоче цьоця, щоб її називали баронесою… Я ж не могла при ній тобі сказати, що вона бреше.

— А звідки вона бере гроші на казино?

Тут Ірма вирішила, що якраз пора перехилити ще по келиху. Відтак поглянула на мене і запитала:

— Признайся: ти нишпорив за нами.

— Ні. Принаймні не спеціяльно. Але сорока на хвості принесла дещо. Ти співпрацювала з Деккером?

Вона вискочила з ліжка у всій своїй неповторній красі, стріпнула волоссям і сказала:

— До чого ти оце все ведеш? Я його ледве знала. Колись влізла в той Німецький народний союз. І що тепер? Ти його шукаєш?

— Його всі шукають.

Вона гмикнула і пішла до лазнички. Я провів захопленим поглядом її гаряче тіло. Повернулася вона відверто надута. Залізла в ліжко і сказала холодно:

— Подай мені келих.

Я подав і сказав примирливо:

— Ти дарма нервуєш. Але мені не подобається, коли мені не договорюють.

— Що ти хочеш знати? — таким самим зимним тоном.

— Чим ти тут займаєшся? Навіщо ти вигадала, що працювала в казино у Сопоті?

— О, ти й до цього докопався? Я це сказала, між іншим, коли ми тільки познайомилися. Я ще про тебе мало що знала. Ну і ляпнула перше, що спало на думку. Хоча я стільки часу там провела, що могла б і працювати.

— І… чим ти займалася?

— Думаю, ти й так уже знаєш. До чого цей цирк?

— Я знаю, що ти співпрацювала з Розенберґом. Відбувала вишкіл. Але мене цікавить, яка твоя роль тут і зараз. Яке твоє завдання?

— Так конче хочеш знати?

— Хочу.

— Гаразд… Я й так тобі збиралася розповісти. З певною метою. Але спершу скажи мені: чим для тебе є Польща — доброю матір'ю чи лихою мачухою?

— Що за дивне питання!

— Чому дивне? Ти ж не поляк, а українець. Я знаю про пацифікацію, про концтабір у Березі Картузькій, про

Бандеру і Коновальця. Я багато чого знаю. Тому й питаю...

Я відчув, що можу на цій струні зіграти, адже вона чекає від мене відповіді, яка не тільки її задовольнить, а, можливо, стимулюватиме мій вербунок. Бо інакше навіщо мене про таке питати? І я відповів:

— Маєш рацію. Польща ніколи не була для українців доброю матір'ю, хоча, щоправда, не влаштовувала Голодомору і фізичного знищення інтелігенції та господарників, як Росія.

— Тоді ми з тобою по один бік барикад.

— А вже є барикади? — усміхнувся я.

— Велика війна не за горами. Потрібно визначитися, з ким ти — з поляками чи з німцями. Можливо, якраз Німеччина стала б для вас доброю матір'ю.

Тут я її упіймав за язик:

— Недавно ти переконувала, що війни не буде. Щось змінилося?

— Я тоді розмовляла з чужою для мене людиною. Зараз я розмовляю з однодумцем. То як? Ти з нами?

— Знаєш, найкраще було б, щоб Україна сама стала доброю матір'ю для свого народу. Але якщо Німеччина простягне нам дружню руку, я тільки за.

— Ну й чудово. Чому б тобі не вступити в нашу організацію?

— Куди саме? В Німецький союз?

— Ні... Thule gesellschaft[1] — Товариство Туле, яке очолюють Альфред Розенберґ, Рудольф Гесс, Ґоттфрід Федер,

---

[1] Thule-Gesellschaft — німецьке окультне й політичне товариство, засноване в Мюнхені 1918 року. Назва походить від острова Туле — містичної північної країни з давньогрецьких переказів. Члени Товариства Туле внесли помітний вклад у створення Німецької робочої партії, що згодом була трансформована Гітлером у Націонал-соціалістичну робітничу партію Німеччини (НСРПН).

Дітріх Екхарт, Міхель Франк, Антон Дрекслер і Генріх Йост.

— Це туди, де панує сувора дисципліна і підпорядкування своєму маленькому фюрерові?

— Тобі це не загрожує. А коли я була молодша, мені це навіть подобалося. Захоплювало. Казали їхати в Сопот, знайомитися з кимось і слухати чужі теревені. Я їхала, слухала, записувала.

— І хто був твоїм маленьким фюрером?

— Вибач, що спочатку збрехала… Це був Деккер.

— Чому він ховається?

— Я сама хотіла б довідатися.

— Туле — це шпигунська організація?

— Передусім окультна. Але й шпигунська. Її представники у Львові готують плацдарм для німецьких військ.

— Серед тих представників і твоя тета?

— Вона мені не тета.

— Ще одна брехня.

— Так, я оплутана брехнею з ніг до голови. Але хочу перед тобою виплутатися. Не хочу більше тебе обманювати. Коли війна закінчиться, я почну нове життя. Без усіх цих таємниць, шпигунства, закулісся… нове життя. І, якщо можна, з тобою. В мене є значні кошти. Ми можемо виїхати куди-небудь. Але для цього ще треба багато зробити задля перемоги Рейху. І визволення твоєї України.

— Отже, ти щира німецька патріотка.

— Ні. Я австрійка. Але це не суттєво. Ідеали Рейху — мої ідеали.

Вона притулилася теплими пружними персами до моєї голої спини і обняла за шию.

— Що ти хочеш, щоб я зробив?

— Я повідомлю тобі, коли ми зберемося, і познайомлю з нашими. Тобі доведеться присягнути. І ми разом будемо працювати задля нашої спільної перемоги. Ти не проти?

— Ні, я не проти. Якщо це справді поважна організація.

— Це дуже поважна організація. І не бідна. Тобі виділять кошти. Великі.

— Навіщо?

— Треба створити осередки українських патріотів у різних повітах. У тебе є надійні люди?

— Є,— брехав я.

— Ось вони повинні знайти відповідальних осіб, які отримають інструкції про те, що повинні робити, коли почнеться війна.

— Коли сітка агентів розшириться, обов'язково виявиться якась слабка ланка.

— Нічого страшного. Часу обмаль. Все почнеться дуже швидко. Що ти скажеш про Обуха? Адже він теж українець?

— Так. Ми разом були на фронті.

— На якому?

— Протибільшовицькому.

— Прекрасно. Поляки вас зрадили. Згодом перебалакай і з ним. Нам такі люди потрібні. А тепер іди до мене…

РОЗДІЛ ДЕСЯТИЙ

26 серпня 1939 року, субота

1

Уранці я знову її не застав біля себе. В голові було порожньо, але я намагався згадати, що мені наговорила Ірма, однак в пам'яті залишилися лише пошматовані фрази, які не ліпилися в цілісний текст. Після тієї цікавезної розмови ми допили вино, якого, вочевидь, мені було вже забагато, доволі ліниво покохалися, і я заснув як убитий. Але коли я виліз з ліжка і хлюпнув зимної води собі в обличчя, переді мною постала уся яскрава картина мого вербування. Невже це все відбувалося зі мною? Вона справді щиро вірить, що мене можна так легко переманити на інший бік? Формальні підстави начебто є — я не поляк і нічим не зобов'язаний Речі Посполитій. Скоріше Чехословаччині, яка мені дала освіту. Але Рейх мене теж не манить. Ще якби я не прочитав «Майн Кампф», може б, якісь ілюзії і тліли, але давно вже ні.

Я поглянув на годинник — пів на дев'яту. Мабуть, варто зателефонувати Камілі і домовитися про поїздку до Брюхович. На мій подив, слухавка не лежала на ріжках, а безвільно звисала. Дивно. Чи не Ірма, йдучи, її зняла? Телефонувати не могла, бо я б почув. То навіщо вона це зробила? Щоб дзвінки не потривожили мого сну? Та щойно я поклав слухавку на місце, як за хвилину пролунав дзвінок від Обуха.

— Що за чортівня! — лаявся він.— До тебе неможливо додзвонитися. На світанку до нашого чергового зателе-

фонував Шпак і просив передати, що чекає тебе на скочні в Брюховичах.

— На скочні? Гадаєш, він досі там?

— Він там був усю ніч. Сказав, що то його спостережний пост. І що він там буде чекати на тебе до полудня. Просив прихопити йому кілька канапок і води.

— Гаразд. Їду. Де твоє авто?

— На Баторія. Навпроти суду.

Я нашвидкуруч поснідав, прихопив пістолет, зателефонував Камілі і сказав, щоб збиралася, бо я за десять хвилин буду чекати її під брамою. У мене склалося враження, що вона ще й не прокинулася.

— Що? Так ра-а-ано?..— невдоволено провуркотіла вона напівпритомним голосом і позіхнула.— Я ще сплю-у-у…

— Треба їхати вже.

— Але я ще не зі-і-ібрана…— І знову цей розморений, заспаний тон.

— То збирайся.

— Тоді мусиш зайти на ка-а-а-аву…

— Ще чого! — відрубав я рішуче.— Нема коли.

— На хвильку заскочиш. Щось тобі покажу.

Не було ради, я погодився. Купив канапки в «Шкоцькій», сів до авта і заїхав на Чарнецького. Шимон, відчиняючи браму, сказав:

— Прошу пана редактора, оно там на закруті… Бачите?.. Стоїть чорне авто. Воно вже там давно стоїть.

— Хтось звідти виходив?

— Ні, ніхто. Може, то й ніц не означає. А може, щось і означає.

— Ваша брама має виліт на протилежну вулицю?

— На Театинську? Має.

Я вручив йому десять грошів і вибіг нагору та постукав у двері. Голос Каміли повідомив, що не замкнено. Я переступив поріг, потім перекрутив ключа зсередини

і, зайшовши до покою, остовпів. Вона була не тільки не зібрана, вона була геть розібрана і лежала гола на правому боці, одну руку підклавши під голову, а другу випроставши уздовж тіла, сповненого пристрасті і звабі. Низ живота вона дбайливо поголила, і я не міг відвести від нього погляду.

— Ти це мені хотіла показати? — усміхнувся я.

— Ага... Подобається? То ходи хутше сюди... Покохаємося і поїдемо.

— У нас на це нема часу,— намагався я боронитися, відчуваючи, що голова ще від вчорашнього не отямилася.

— Не бійся. Це недовго. Я вже така заведена, що вистачить кількох хвилин. Не сперечайся.

— Не вийде,— відповів я.— Вчора перепив. Не дуже хочеться розтрясати голову.

— А тобі й не доведеться. Я буду на тобі стрибати. Я все зроблю сама.

Я бачив, що викрутитися не вдасться, роздягнувся й ліг на канапі, заклавши руки під голову, а Каміла, ставши на коліна наді мною, трішки себе попестила і врешті сіла на мене та почала вигойдуватися в різні боки. Я не стримався, вивільнив руки і ухопив її перса в жмені. Потім вона продовжила свої рухи, обернувшись до мене спиною і даючи змогу милуватися її ідеально круглою сідницею. Волосся її злітало догори, спадало на плечі, метлялося то в один, то в другий бік, а вона при цьому голосно вдихала і видихала повітря, час від часу підбадьорюючи чи то себе, чи мене збудливими слівцями.

Ми й справді вклалися в кілька хвилин, і, коли вона звалилася біля мене та пригорнулася персами, я відчув, що не маю бажання нікуди їхати, що найкраще було б отако лежати собі і чути при собі це слухняне розпашіле тіло. Каміла вкусила мене злегка за вухо і прошепотіла:

— А тепер будемо збиратися.

І вона стала швиденько натягувати на себе свої манелі, тихо підсміхуючись, що їй вдалося мене зламати. Покинувши помешкання і спустившись на діл, я сказав:

— А тепер ти вийдеш на Театинську. Я тебе там підберу.

— А що сталося?

— Може, й нічого. Але якесь авто стоїть неподалік, і то, як каже шимон, давно.

— А якщо воно поїде за тобою?

— Не думаю. Якщо вони стежать за тобою, то не рушать, поки не побачать тебе. Ти чекай там в брамі, на вулицю не виходь. Якщо воно поїде за мною, я поїду далі, а потім знайду спосіб, як його позбутися.

Вона слухняно перетнула широке подвір'я і зайшла в браму, яка вела на паралельну вулицю. Я попросив шимона, щоб, коли я сяду до автівки, запитав мене з вікна, коли я повернуся. Він так і зробив, а я відгукнув йому: «Я не надовго. Лише до Бачевського[1]!»

Авто за мною не рушило, я підібрав Камілу, піднявся Театинською попри Високий Замок на Кісельки, звідти на гетьмана Жулкєвського і виїхав на Замарстинівську. Ще хвилин двадцять ми їхали уздовж лісу, а коли в'їхали в Брюховичі, я запитав пияків біля будки з пивом, де тут скочня. Вони витріщилися на мене, як на марсіянина. Кого влітку може цікавити скочня? Але показали напрям і ще довго дивилися нам услід. Я припаркувався так, аби авта не було видно від дороги, і сказав Камілі:

— Я піду піднімуся нагору, а ти сиди тут. З автівки не виходь. Там нагорі мене чекає мій агент. Може, він уже щось differently рознюхав. Бо вілла Деккера десь тут поруч.

---

[1] Йосип (Юзеф) Адам Бачевський (1829–1911) — львівський підприємець, власник відомої лікеро-горілчаної фірми і мережі крамниць, громадський діяч і філантроп.

Я прихопив канапки й воду та рушив доріжкою, висипаною гравієм. Камінці під ногами гучно потріскували.

— Агов! — гукнув я, намагаючись знизу розгледіти Шпака.— Я тут!

Але ніхто до мене не озвався. Хоча було видно, що хтось там нагорі сидить. Може, заснув? Це й не дивно, якщо він усю ніч стежив.

Я став підніматися пологими дерев'яними сходами, що голосно поскрипували. Врешті опинився на широкому майданчику, де гуртувалися лещетарі, і побачив у кутку Шпака, що сидів на підлозі з гибльованих дощок, зіпершись плечима на металевий бар'єр і розкинувши ноги. Голову низько звісив на груди і міцно спав, затиснувши в руках бінокль. Я струснув його за рамено. І тут він безпорадно звалився набік. Горло його було пробите, очевидно, ножем.

Я роззирнувся. Похила лещетарська траса скочні бігла серед лісу, сосни височіли з обох боків. Але праворуч розкинувся густелезний ліс, а ліворуч поміж сосен виднілися вілли. Довкола не видно було живої душі.

Мій погляд упав на Шпака. Цікаво, чи вбивця обшукав його. Напевно, обшукав. Я обмацав його куртку і нічого не знайшов. Кишені штанів були теж порожні. Все, що могло мені придатися і що-небудь підказати, зникло. Але Шпак мене ще при першій зустрічі вразив своєю скрупульозністю. Коли вбивця ще тільки крався доріжкою, його неможливо було не почути, а що вже казати про те, коли він піднімався скрипучими сходами. Шпак міг приготуватися. А міг і втекти. Дочекатися, коли вбивця подолає половину висоти, і з'їхати на дупі на самий низ.

Хіба що… Хіба що внизу чекав хтось іще. Й тоді в нього виходу не було.

Я взяв з його рук бінокль і подивився туди, де був самий кінець траси. Якщо там хтось влаштував засідку, його було цілком добре видно.

Тіло ще не заклякло. Отже, загинув, може, годину тому.

Однак мене муляло, що Шпак не залишив жодної підказки. Я з силою розтиснув його щелепу і зазирнув до рота. З-під язика стирчав маленький огризок хімічного олівця, від чого язик і нижня щелепа набрали синьої барви. Я добув олівчика. Це вже щось. Для чогось він його волів сховати. Хоча міг просто викинути. Але викинути він його не хотів. Бо знав, що, коли будуть в трупарні його обстежувати, обов'язково зазирнуть до писка. Натраплять на олівчик і здогадаються… здогадаються про що?.. Мабуть, про те, що цим олівчиком мусило щось бути занотовано.

От тільки де?

Таким олівцем можна писати й на дошках, і на манжетах, і на тілі. Я уважно обстежив дошки — ніде нічого. Відгорнув рукави, штанки — теж нічого. Мені треба було квапитися. Каміла могла втнути якусь дурницю. Наприклад, втратити терпець і піти шукати самій віллу.

Черевики в Шпака були розшнуровані. Хтось зазирнув і туди. Але я все ж стягнув їх з нього і уважно оглянув, навіть вийнявши устілки. Таки нічого. Хоча це неможливо. Олівець не був тут випадковим. Шпак розумів, що його зараз уб'ють… Він мусив щось занотовувати…

Я підібрав з холодних, але ще не задубілих пальців Шпака бінокль і окинув поглядом панораму Брюхович, які мали свого фризієра, свого поліціянта і свій кіоск «Руху». За ким він міг стежити? Невже за віллою Деккера? Я швидко її виловив серед сосен — червона черепиця і гострокутні шпилі. Вона єдина була оточена соснами з усіх боків і відразу впадала в око, бо була якраз навпроти того місця, з якого стежив Шпак. Інші вілли стояли дещо оддалік. Але, коли я забрав бінокль від очей, вілла зникла. Я знову приклав бінокль і продовжив його повільно пересувати, намагаючись зловити ще якийсь об'єкт, який

міг потрапити в поле стеження Шпака. Так і є — далеко внизу, куди спускалася скочня, виднілася довга дерев'яна будівля. Там ніхто не зраджував життя. Мабуть, то лещетарська база, де вони отримують лещата і перевдягаються. Мабуть, він не за нею стежив. Я ще раз зафіксував напрямок до вілли Деккера, поглянув зі смутком на бідного агента і почав спускатися.

2

Каміли в авті не було. Невже без мене пішла шукати віллу?

Орієнтуючись на скочню, я швидким кроком перетнув кілька маленьких вуличок. Маючи лише три адреси, мені вдалося відшукати те, що треба. Вілла, з-за якої виднілися сосни і вершок скочні, містилася на Ялівцевій. До вілли вела бита доріжка, обабіч якої стелилася трава з білими цяточками ромашок. Будинок добряче заріс густими кущами бузку і ясьмину, що вже відцвіли і виглядали не надто привабливо. Під ногами хрумтіли сухі галузки. Я вибіг на ґанок і роззирнувся. Каміли ніде не було.

На стукіт ніхто не озвався. Я вийняв пістолет і шарпнув двері, вони легко відчинилися. Не переступаючи порогу, зачекав і прислухався. Запах крові витав у притухлому застояному повітрі. З глибини будинку долинало чиєсь жалісливе хлипання.

Я тихими кроками дістався вітальні й побачив Камілу. Вона стояла на колінах і молилася, ридаючи. На підлозі лежав молодий ще чоловік. Обличчя було побите на квасне ябко, а всі груди в крові — куля пробила шию.

— Господи…— шепотіла Каміла.— Врятуй його душу…

— Це Деккер? — запитав я.

— Так… Ігнац… Ігнац… Що ж вони з тобою зробили!

Вона спазматично заридала. Цей плач був цілком щирий і мене здивував. Але це був не останній мій подив того дня.

Я підійшов до стіни за спиню убитого і знайшов слід від кулі. Хтось її встиг акуратно виколупати. Луски теж не було.

Каміла підвелася і винувато поглянула на мене.

— Тебе так довго не-е було…— Вона знову захлипала, здригаючись.— Я не знала, що ду-умати… і пішла са-ама… са-ама… шу-укати…

Я пригорнув її, намагаючись заспокоїти. Сльози з неї лили, як з ринви. Я посадив її на канапу в сусідній кімнаті, а сам почав оглядати покої. Все довкола було перекинуте, всі шухляди випотрошені. Цікаво, чи вдалося їм знайти те, що вони шукали?

— Ти хотіла б тут роздивитися? — запитав я Камілу.

— Можливо,— відповіла вона, все ще хлипаючи.— Що вони тут шукали?

Я знав, що вони шукали — фотоплівки, але змовчав. Я підійшов до телефону і підняв слухавку — мені відізвалася тиша. Дроти були перерізані.

Каміла нарешті витерла сльози і, вклякнувши, стала обмацувала низ блакитних штор там, де тканина була підгорнута і прошита, завдяки чому всією шириною штор утворилася довга кишеня, в якій можна багато чого сховати. Плівки теж. Я уважно стежив за нею, щоб не пропустити історичної знахідки, але все марно. Завершивши промацувати штори, Каміла розчаровано підвелася і забігала очима по вітальні.

— А що ти шукаєш? — поцікавився я.

— Якби я знала. Просто згадала, що колись в такому місці ховала цигарки від тата.

Я пройшовся вітальнею, оглядаючи меблі, потім зазирнув до спальні. Тут теж уже все обшукали.

— Ой! — скрикнула Каміла з-за моїх плечей.

— Що таке? — не зрозумів я.

— Там… на коминку…

Я поглянув, куди вона показала рукою. На коминковій поличці з мармуру в рамці під склом була її світлина.

— Дивно,— сказав я.— Ви жили як киця з песиком, а він твою світлину у спальні тримав?

— Я теж здивована. От її я і заберу.

— Не забереш,— сказав я.— Сюди приїде поліція і все обшукає. Всі речі повинні залишатися на місці.

— Але я не хочу, щоб вони оглядали моє фото!

І вона, не звертаючи на мене уваги, підбігла й вихопила рамку з каміна. Я спробував вирвати її у неї з рук, рамка впала і скло розбилося.

— Що ти наробив! — зойкнула вона.

Я підняв рамку, витягнув світлину і віддав їй.

— Добре. Забирай.

Потім зачекав, коли вона вийде, бо в рамці я намацав ще щось. Під світлиною була не одна картонка, а дві. Вони тісно прилягали до країв рамки. Я підважив їх ножиком і вийняв. Між ними містилися негативи, порізані на смуги завдовжки з картонку. Я сховав їх до кишені.

У вітальні бушувала Каміла — з завзяттям відривала лиштви між стінами і підлогою.

— Гадаєш, він там сховав скарби? — поцікавився я.

— Скарб ні, але, може, мої листи.

— На дідька вони тобі?

— Не хочу, щоб сторонні читали.

— Нам пора. Нічого вже тут не знайдеш. Ті, що його вбили, все вже перешукали. Ходімо. Нема нам що тут робити.

Однак вона не слухала мене. Знадвору долинула жалобна духова музика. Я підійшов до вікна. Головною вулицею плуганилася похоронна процесія. Попереду несли хоругви і державні прапори, за ними повільно сунув чорний катафалк, запряжений чвіркою вороних, що

ступали повагом, наче на параді. На козлах сидів візник у чорному фраку і чорному циліндрі. Коли майже вся процесія прокрокувала повз вікна, від її хвоста від'єдналося четверо чоловіків і рушили в напрямку Деккерової вілли, зазираючи до карти. Я притьма підбіг до вхідних дверей і перекрутив замок. Потім вхопив Камілу за руку і силоміць потягнув на задвірок, куди вели двері з кухні. Вона спочатку виривалася, але врешті скорилася, коли я пояснив, у чому річ. За садом був невеликий паркан, ми легко його подолали і забігли до лісу. Далі ми добиралися до авта так, аби нас не видно було ні з вулиці, ні з вілли.

— Хто то був? — питала вона.

— Не уявляю. Але зустрічатися з ними не маю жодного бажання.

За кілька хвилин ми виїхали на Голоско. То була одна з тих дільниць, яку лише дев'ять років тому приєднали до міста, але не до великоміської цивілізації. Тут ще залишалися газові ліхтарі, будки з папіросами, в яких торгували інваліди війни, і подекуди панувало запустіння. Тут ніколи не було відомо, чи будиночок на Коритній* не має, часом, виходу на Циганівку, яка окремими подвір'ями єдналося з Фіялковою. Такі місцини полюбляли люди з-під темної зірки, бо там можна легко заховатися і легко втекти, помітивши з вікна поліцію.

Я зупинився біля крамниці колоніяльних товарів пана Губського. Привітний господар зустрів мене радісними повідомленнями про дефіцитні смаколики, які днями надійшли до крамниці.

— Чудово,— сказав я.— Щось обов'язково придбаю. Але зараз попрошу телефон.

— А-а, прошу-прошу, для вас, пане редактор, усе, що забагнете.

Я набрав номер Обуха.

— Ромку… Шпака вбили. Лежить на скочні.

— Що? Шляк! Ще цього мені не вистачало! Як його було вбито?

— Ножем. Але слухай… в нього під язиком я знайшов хімічний олівчик. Він недарма його заховав. Тому ви там уважно все збадайте. Десь він щось мусив занотувати. Хоча вбивці його перетрусили з ніг до голови

— Добре. А ти де?

— Вертаю, власне, до Львова. Телефоную від пана Губського

— О, то слухай — прихопи мені «Місячну ніч».

— Що? Яку?

Я вже й забув про ті цукерки, які раніше купував у цій крамничці, але пан Губський нагадав:

— То цукерки. Маю, маю… Вже йду шукати.

— Гаразд,— сказав я.— Є в нього. Але то ще не все.

— А що ще, до холєри мами?

— Деккера застрелили. Я знайшов його віллу — вулиця Ялівцева, 8. Перед смертю його катували.

— Ку-у-урва! О-о, то треба негайно сповістити Конарського.

— Стривай. Бо і це ще не все.

— Що? Ще один труп?

— Ні. Але я знайшов те, що вони шукали.

— Що саме? — Я кашлянув. Він здогадався: — Негативи? Сиди там! Нікуди не їдь. Зброю маєш? Вже біжу до Конарського, і їдемо до тебе.

— Боже, боже,— хитав головою крамар.— Шо ся робе на цім світі, га? — Але, помітивши моє знервування, сказав: — Не буду вам набридати, бо гадаю, то все й так в газеті буде. Ось ваші цукерки. Ви теж пуделочко візьмете? Бо бачу, в автівці чекає на вас краля.

— Так. Зараз до Брюхович буде їхати поліція. Я мушу їх тут зачекати. Зробіть нам кави.

— Зараз, зараз, одну хвильку.

Я закликав Камілу.

— Мусимо зачекати на поліцію. А тим часом вип'ємо кави. А це тобі,— вручив я їй цукерки.

Вона спочатку зраділа, але вмить напружилася.

— Стривай! Але я не готова ще бачитися з поліцією. Для неї я мертва.

— Гадаю, тобі вже без потреби ховатися. Твоє життя було загрожене лише через Деккера, якого всі шукали. Тепер ти можеш повернутися до батька.

— О господи… Це для нього і для Росі буде неабиякий шок… та й для мене.

Ми сіли за столик. Крамар приніс нам каву і сказав:

— Є дуже добрий італійський шампан, цейлонська гербата і свіженькі дактилі[1].

— Чудово,— відказав я.— Заїду до вас днями.

— Слухай,— торкнулася мене рукою Каміла.— Може, не сьогодні…

Голос її тремтів.

— Що не сьогодні? — не зрозумів я.

— Не сьогодні я воскресну. Мушу все це в собі перетравити, заспокоїтися. Мене всю ще тіпає.

— Від тіпання є добрі ліки. Пане Губський, а налийте нам по келишку коньяку.

— З того, як та сьлічна панна ся нервує,— сказав крамар,— то тре вам налити подвійну порцію. Зараз, вже несу.

Я поглянув на Камілу — була бліда й кусала губи. Коньяк вона перехилила одним духом і твердо сказала:

— Сховай мене. Ми вже завтра… завтра… завтра я все зроблю, як скажеш.

— Пане Губський,— звернувся я до крамаря.— Чи могла б ця панна пересидіти у вас десь там на задвірках? Бо поліція зараз почне засипати її питаннями.

---

[1] Фініки *(гал.)*.

— А чо нє? Прошу за мною, ласкава панно. Прошу сюди.

Я прибрав зі столика одне горнятко і келишок, сховав під лядою і став чекати.

Незабаром почулося ревіння моторів. Я допив коньяк, прихопив пуделко з цукерками і вийшов на вулицю, з одного авта висунулася голова Обуха:

— А ходи-но до нас!

В автівці я побачив ще Конарського й інспектора. Я сів до них, поклав цукерки біля Обуха, а він вдав, що не помітив. Тоді я слухняно повторив усе те, що вже оповів Обуху, а відтак простягнув їм конверт з негативами.

— Як ви знайшли віллу? — відразу взяв бика за роги Конарський.

Я мусив брехати.

— Вдалося знайти підказку. В хаті Деккера. Тій, що на Східній.

— Ви проникли до його хати? — вирячив очі інспектор.— Хто ви такий? Комісар поліції? Інспектор? Шерльок Голмс?

— Зачекайте,— зупинив його Конарський.— Якщо ви там побували і не знайшли її, то це ваша проблема. А він знайшов.

— І що це було? — ледь не трясся від гніву інспектор.

Треба було якось викручуватися. Якщо вони робили там обшук, то мали б зазирнути і до смітника, але якщо не побачили пуделочок від «Кодака», то не зазирнули, а відтак для них зосталося таємницею, з якої нагоди на Деккера оголошені лови.

— То був пожмаканий папірчик — квитанція за світло з адресою. Я знайшов її в смітнику,— сказав я, не сумніваючись у своєму здогаді, що туди вони не зазирали.

— Що? В смітнику? — обурився інспектор.— Це неможливо! Ми його перетрусили. Він з нас кепкує!

— Якщо ви його перетрусили,— спокійно промовив я,— то мусили натрапити ще й на пуделочки від «Кода-

ка», які б підказали вам, що саме ховав Деккер і за чим усі полювали.

— Ви бачили ті пуделочки? — запитав Конарський в інспектора.

Той не знав, що казати, і лише бурмотів:

— То неможливо! Радомський… я йому голову відірву.

— А ви? — запитав шеф контррозвідки в Обуха.— Ви бачили?

— А мене там не було,— спокійно відказав Роман.— Мені доручили займатися маніяком.

— Отже, обшукував помешкання капрал Радомський,— підсумував Конарський.— Так, пане інспектор?

Той набурмосено кивнув і сказав:

— Їх там троє було. Я приїхав під кінець. Вони прозвітували, що перетрусили геть усе.

— Ну гаразд, зі своїми спецами ви самі розберетеся. Ми їдемо. Ви з нами? — звернувся до мене.

— Ні, дякую. Забагато вражень. Ось олівець, якого знайшов у Шпака.

Коли їхні авта зникли за закрутом, я покликав Камілу. Вона нарешті заспокоїлася. Я розрахувався з крамарем, і ми поїхали.

Дорогою я запитав:

— Ти після Деккерового зникнення бувала в його хаті?

— На Східній? Ні. Чого мені там бувати?

— Там ще залишалися твої речі.

— То й що? Вони мені без потреби. Старі манелі.— Раптом насторожилась.— А ти звідки знаєш? Ти був там?

— Був одного вечора.

— І що?

— Якась жінка теж намагалася там побувати, але я її сполохав. Вона притьма вискочила і замкнула мене на ключ. Мусив через вікно вилазити.

— Ти думаєш, що то була я?

— Я нічого не думаю. Але хочу туди зайти ще раз.

— В тебе є ключ?

— Є.

— Тобі дала Рося? — запитала вона ображеним тоном. Я кивнув.— Я так і думала.

Я завернув на Східну з Замарстинівської, заглушив мотор і запитав:

— Зайдеш зі мною?

— Ні. З мене досить.

Я вийшов з авта, вибіг на ґанок і вставив ключ у двері, але він натрапив на перепону. З тамтого боку вже був ключ. Я постукав. За хвилю двері відчинила висока жінка років під сорок в темно-синьому жакеті і такій же спідниці, яка тісно облягала її могутні стегна. Русяве волосся було зібране на потилиці на ґудз, великі чорні очі пронизували мене непривітним поглядом, а вузькі вуста з-під орлиного носа озвалися деренчливим голосом:

— Ви до кого?

— До Деккера,— сказав я.

— Його нема.

— Де ж він?

— Сама хотіла б довідатися. Ви хто?

— Я приватний детектив.

— О! — не приховала вона здивування.— Я повинна була й сама здогадатися… І що ви хочете?

— Хочу довідатися, хто ви і що робите в чужому будинку.

— Я його сестра.

— Сестра? — здивувався я.— Вперше чую, що він мав сестру.

— Просто я живу не тут. Я живу в Ґданську.

— Звідки у вас ключ? — запитав я.

— Те саме можу запитати і я.

— Я маю ключ від сестри його колишньої дружини. А ви звідки?

— А я від Іґнаца. Ще тоді, коли він парубкував.

— Це ви пробували вчора завітати сюди і втекли, побачивши, що тут не знайомі вам люди?

Вона якось дивно всміхнулася, демонструючи чи то зневагу, чи пихатість.

— Якщо я маю намір кудись завітати, то не тікаю. Бачите, й зараз я не втекла. А могла б затраснути двері перед вашим носом. Я лише сьогодні приїхала. Отже, ви теж не знаєте, де він?

Я вирішив не говорити їй про долю її брата.

— Ні, не знаю. Ви ночуватимете тут?

— Так.

— Гаразд. До побачення.

Дорогою я думав про те, чому вона не заговорила про віллу. Не може бути, щоб сестра не довідалася від брата про те, що він купив віллу в Брюховичах. Кількома словами я переповів свій візит Камілі.

— Ти повірив їй? — запитала вона.

— Ні. Треба, щоб нею зайнялася поліція. Вона така Декерова сестра, як я вуйко.— Я поглянув на Камілу і сказав: — Саме час потішити родину твоїм воскресінням.

— Я боюсь.

— В батька ти будеш у безпеці. Авто, яке стояло на Чарнецького, могло вистежувати тебе. Тобі вже туди не варто повертатися.

— У мене там залишилися речі. Ні, я так не можу. Краще завтра. Завтра…— відмахувалася вона знервовано.— Я стільки пережила…

— І що ти пропонуєш?

— Заїдемо до мене. Я мушу напитися. З тобою. Гаразд? Вип'ємо шампан і підемо лю-лю.

— Тобі мало було зранку?

— Ну, ми ж тоді квапилися. А зараз нас нічого не підганяє. Поїхали. І ще… Коли я опинюся в татка, нам буде не так просто здибатися. Найрадше, я б на Чарнецького й надалі залишалася. Або переїхала до тебе.

Так… ще одна, яка б переїхала до мене. Я нічого не відповів. Вона запитально поглянула на мене і, мабуть, зрозуміла, що відповіді не буде. Відтак продовжила загадковим тоном:

— А… знаєш… Та валіза…

— З коштовностями?

— Так. Я знаю, де вона.

— І що?

— Вона може стати нашою.

Це вже цікавіше, але щось мене тут муляло. Вона знає, де валіза — а це була ще одна причина для полювання за Деккером. Чи хочу я, щоб натомість почали полювати на мене? І якщо вже Каміла, то чому не Рося? Вона мені дужче подобалася. Щось у ній було таке, що притягувало, і не конче тілесно.

— Гаразд,— погодився я.— Відкладемо на завтра. Єдине, що я мушу зателефонувати до твого батька і повідомити про Деккера.

— Але не кажи ще про мене. Нехай то буде несподіванка.

Вона закурила. Її тоненькі пальці з довгими нігтями тремтіли.

Я заїхав знову на Театинську, припаркував авто, і ми проникли до помешкання через наскрізну браму. Перед дверима вона кілька хвилин копошилася у торбинці в пошуках ключа, при цьому дідькаючи і нервуючи. Врешті знайшла, відчинила, ми увійшли в передпокій. Каміла відразу пішла до лазнички, а я раптом закляк на місці, втягуючи носом ледь відчутний запах ментолових цигарок. Його тут не було зранку. То було щось нове і дивне. Але зробити жодних висновків я не встиг, як і двох-трьох кроків у напрямку вітальні, бо отримав удар по голові і звалився на підлогу. В пам'яті ще зблиснув короткий скрик Каміли. А потім настав темний провал у свідомості, я відчув, що відлітаю в країну рожевих хмар.

Коли я почав отямлюватися, в голові заблискотіли зірки, а мертву тишу замінило гуркотіння потяга, якого тут і близько не могло бути, але я виразно чув, як він гуркоче і навіть шипить парою. Тут я усвідомив собі одну важливу річ: я живий, а на ті два крильця, якими полину колись у безвість, доведеться ще зачекати. Очей, щоправда, я розплющити не міг, вони склеїлися, а руки мене не слухали. Спершу я подумав, що вони зв'язані, але ні, вони просто задубіли, бо я усім тілом лежав на обох руках.

Врешті я зумів торкнутися очей і зрозумів, що вони злиплися від крові. Невже моєї? Я звівся на коліна, потім встав на повен зріст і навпомацки посунув до лазнички. Там промив очі й обличчя теплою водою, потім підставив під струмінь зимної води голову і відчув, як біль просто пронизує мій череп. Я засичав і скрикнув. Але після цієї пекельної процедури я відчув деяку полегкість і здатність знову мислити.

Я витерся рушником і поплентався шукати Камілу. Але її і сліду не було. Вона зникла разом зі своїми речами. Хтось її викрав?

Я опинився в ідіотичній ситуації. Підійшов до креденса, відкрив дверцята бару і знайшов недопиту пляшку віскі. Я перехилив її одним махом.

Що ж тут відбулося? Нас хтось підстерігав. Хтось у Каміліному помешканні. Він гепнув мене чимсь важким по голові… Ага… ось чим… В передпокої на підлозі валявся розтрощений ослін. Можна тільки подивуватися міцності моєї макітри. Кишені в мене були вивернуті. Отже, мене обшукали, але пістолет не забрали. Скільки я пролежав без пам'яті? Години, мабуть, дві або й три. Зараз третя.

Я набрав телефон Кисіля.

— Моє шанування. То Марко,— прохрипів я.

— Ваш голос годі впізнати. Застудилися, чи що? А то я вже став хвилюватися,— сказав Кисіль.— Де ж то ви пропали?

— Я знайшов Деккера.

— Невже? Знайшли? І де ж він?

— Думаю, зараз уже в трупарні.

— Що? Він мертвий?

— Так. Його вбили. На його віллі в Брюховичах.

— Коли?

— Мабуть, учора.

— Гм… Ну, я не скажу, що така звістка мене сильно засмутила. Навпаки… Є нагода випити. Приїжджайте. Хочу почути деталі.

3

В себе я помився і перевдягнувся. На голові була невелика ґуля і розсічена шкіра, але вже перестала кровити. Я обережно зачесався і вийшов з дому. Авто поставив біля комендатури і зайшов до Обуха.

— Ти мав рацію,— сказав він.— Шпак таки встиг написати записку. Ось вона.

Він простягнув мені сторінку з нотатника, на якій муравлиним почерком було виведено: «Пізно ввечері вони зібралися в лещетарському клубі і були там усю ніч. На світанку мене видало сонце. Йдуть за мною. Я знайшов віллу Деккера. Він мертвий. Убивць було двоє. Записник шукайте під скочнею. Подбайте про пенсію для пані Шпакової».

— Таємничі вони…— промовив я.— Все ж таки незрозуміло, хто за цим стоїть.

— Може, він і сам не знав,— стенув плечима Обух.— Помітив лише чиєсь зібрання.

— Його видало сонце… Ну так… бінокль зблиснув на сонячних променях,— здогадався я.— Де ж ви це знайшли?

— Не повіриш. У нього під перукою.

— В Шпака була перука? — здивувався я, але відразу пригадав, як він акуратно скидав капелюха, як поправляв зачіску.— А записника знайшли?

— Ні,— похитав головою комісар.— Ми обнишпорили там усе. Хтось його знайшов перед нами.

— Незрозуміло, кого він саме вистежував. Деккера чи тих, що збиралися в клубі.

— Ну, ми ж йому загадали стежити за твоєю німкенею.

— Припини знущатися. Ірми там не було, вона була весь вечір і всю ніч зі мною.

— З котрої години?

— Я приїхав до Кисіля о пів на восьму вечора. Тоді її ще не було. З'явилася о десятій. А ви з'ясували, коли загинув Деккер?

— Так, з'ясували. Мабуть, тобі це не сподобається, бо загинув він учора між восьмою та десятою. Отже, у неї алібі нема. Де вона була?

— Сказала, що була вдома. Її голова боліла. Хто в цей час за нею стежив?

— Пані Шпакова.

— І що вона повідомила?

— Що Ірма була справді вдома. О 21:40 світло в її помешканні згасло, і вона вийшла з дому. Але там є другий вихід.

— Але там вистежував її син.

— Він стежив лише за дня. А увечері йшов додому. То ж дитина. Отже, вона могла спокійно вислизнути раніше.

— Ч-ч-чорт! Однак це не означає…

— Ні, не означає.

Я розповів йому все про Камілу. Комісар уважно слухав, але не втримався від дорікань, що я так по-дурному попався. А якби був звістив його, то всього цього б не сталося.

— Вона просила мене все тримати в секреті,— виправдовувався я.— І дуже боялася. Тепер вона невідомо де.

— Це все перевертає догори дриґом.— Він нервово пройшовся кабінетом.— А звідки в тебе певність, що то взагалі була Каміла?

Я був ошелешений цими словами. Досі мені й на гадку не спадало запідозрити Камілу в тому, що вона не та, за кого себе вдає.

— Вона багато чого знала,— сказав я.— Навела мене на ту віллу.

— Навела, щоб за твоєю допомогою її знайти.

— То хто ж вона, по-твоєму, була?

— Не знаю. Деккер, очевидно, збирався плівки комусь продати. Мабуть, саме їх та Каміла теж шукала.

— Не розумію тільки, куди вона поділася.

— Ну, вона своє завдання виконала. Хоч і без успіху. Далі робити з тата вар'ята не було сенсу. При тобі плівок не виявили, от вона і звіялася. Тобі не треба було тягнути з пошуком вілли. Ти отримав адреси в середу. Згадай, з ким ти опісля зустрічався. Ти ж мав ті адреси при собі?

— Так. В маринарці.

Я згадав, що залишав маринарку на кріслі під час зустрічі з Ірмою і баронесою, коли мене покликала Рося. Чи могли вони ті адреси скопіювати? А ще… коли того ж дня зустрічався зі Шпаком. І теж на кілька хвилин відволікся до телефону. Відволікся задля безглуздого дзвінка його дружини. Хто з них поцупив адресу?

— Мабуть, так і було…— погодився я.— Однак я знав, як виглядає вілла, а вони — ні.

— Три вілли — не такий уже заплутаний вибір. А ти поїхав туди щойно в суботу.

— Так, це була моя помилка.

— Так виглядає,— сказав похмуро Обух,— що убивці Деккера і Шпака пов'язані з Ірмою і баронесою. Лише

в них була нагода обшукати твою маринарку і знайти адресу вілли.

— За Ірмою хтось стежить?

— Так… Пані Шпакова. Ми вирішили дати їй роботу. Вона доволі спритна.

— Тоді остання новина: мене спробувала завербувати Ірма.

— О! Цього варто було сподіватися.— Він задоволено потер долоні.— І ти повівся?

— Так. Вона скаже, коли й де я зустрінуся з їхньою організацією.

Я почав переказувати Обухові розмову з Ірмою і її вербунок, але він мене спинив, вважаючи, що справа надто поважна, і потягнув до Конарського.

4

Відтак я поїхав до Киселя. Браму відчинила Рося.

— О, як приємно,— усміхнувся я,— ти тепер за швейцара?

— Тільки для тебе, любий,— промовила вона з іронією.— Побачила тебе з вікна. Ти ж тепер страшенно зайнятий, то хотіла запитати: ти ще довго збираєшся блукати між трьох сосон?

— Ні. Не перебільшуй.

— Що, вже тільки дві? Як там твоя німкеня?

— Та не моя вона. Дайся на стримання.

— Невже нарешті тебе відпустила?

— Це я її відпустив. Зараз усе розповім.

— Гаразд.

Вона повела мене в садок, в альтанці сидів Кисіль і гортав кримінальний часопис. На столі перед ним стояло

кілька пляшок пива. Побачивши мене, відклав часопис набік.

— Нарешті ви! Не дочекаюся. Розказуйте, як то було. Може, пива?

Я подякував і сів навпроти нього на лаві, Рося — поруч з батьком. Кисіль налив у гальби пиво мені й собі, я надпив і почав розповідати.

— Є одна не розлущена загадка,— продовжив я, описавши пошуки вілли Деккера.— Мені в редакцію зателефонувала незнайома жінка і попросила прийти до неї на Чарнецького. Я запитав, в якій справі. Вона сказала лише одне слово: Каміла.— Обоє сіпнулися й перезирнулися.— Коли я прийшов, вона мене ошелешила… сказала, що вона і є та сама Каміла і що вона не загинула. А загинула з Косом сестра охоронця рабина.

Я розповідав далі про Камілу, звісно, опустивши наші любощі. Спочатку Рося і Кисіль слухали напружившись, але потім Рося, не дослухавши до кінця, перебила:

— Яке в неї було волосся?

— Русяве, трохи нижче плечей. Обличчя округле.

— То не могла бути Каміла. Вона мала чорне волосся і стриглася коротко, за останньою модою. Крім того… як вона розмовляла?

— Звичайно… голос доволі мелодійний.

— Мелодійний? Каміла злегка гаркавила.

— Тоді зрозуміло, що мене пошили в дурні.

— Щоб при вашій допомозі знайти Деккера,— зауважив Кисіль.

— Те саме мені сьогодні сказав і комісар.

— Ну а тепер про приємне.— Він простягнув мені грубенький конверт.— Ви моє завдання виконали. Ось вам решта гонорару. Особлива дяка за те, що знайшли негативи.

Контрабандист-патріот — цікаве явище. Ми потиснули руки і попрощалися. Рося мене провела до брами і сказала:

— Якби ти не волочився з Ірмою, а поїхав би до Брюхович відразу, то застав би його ще живого. Може, тоді б і довідався щось більше.

— Маєш рацію. І чому я з тобою не порадився?

— Кепкуєш?

— Зовсім ні. Коли ще забавимося в «Ґранді»?

— Я подумаю,— усміхнулась вона, відчувалося, що дується на мене.

РОЗДІЛ ОДИНАДЦЯТИЙ

27 серпня 1939 року, неділя

1

Я кілька разів намагався зателефонувати Зяблову, щоб повідомити його про смерть Деккера, але його не було на місці. Щойно опівдні він сам зателефонував, я повідомив новину, але він здивованим не був, ба навіть здалося, що це для нього не новина.

— А що з фотографіями? — запитав він.

— То були негативи. Їх забрала поліція. Я не міг цьому перешкодити.

З глибини приміщення, де перебував віцеконсул, почулося приглушене:

— Врьот, сука!

Зяблов сказав, що нам варто ще зустрітися, і, не чекаючи моєї відповіді, поклав слухавку.

Надвечір зателефонував Обух і покликав мене до комендатури, обіцяючи, що не пошкодую. Я не мав підстав сумніватися в цьому, але ще не встиг вийти, як зателефонувала Ірма.

— Де пропав? — запитала мене тоном моєї майбутньої дружини.

— Ти хочеш, аби я тобі висповідався по телефону?

— Зовсім ні. Хочу тебе бачити.

— Гаразд. Коли?

— О сьомій у «Віденці»[1]. Столик буде зарезервовано в садку.

---

[1] «Віденка» — «Віденська каварня» у Львові.

Я справді не пошкодував, що завітав до комендатури. В Обуха сидів незнайомий пан літнього віку. Вбраний був у чорний костюм з камізелькою, з кишеньки камізельки звисав ланцюжок дзиґаря. Чорні підкручені догори вусики зраджували в ньому добродія старої дати. І я не помилився.

— Знайомся,— сказав Обух.— Перед тобою нестор львівської поліції Герман Фінкельштейн.

Ну що тут сказати? Довоєнні газети не раз озвучували це ім'я — скромного але незвичайно діяльного з неймовірною інтуїцією комісара поліції, австріяка з походження.

— А що? — запитав я.— Може, ви готові нам помогти в пошуках душія?

— Власне, для того я і зголосився,— відказав пан Герман.— Пан комісар оповів мені різні деталі, які були приховані від преси, і я почну думати. Чесно кажучи, умови, в яких діє нинішня державна поліція, сильно різняться від тих умов, у яких діяла давня місцева поліція. Через те буває більше проблем.

— Що ви маєте на увазі? — запитав Обух.

— Маю на увазі реформу львівської поліції по війні. Вона лише погіршила стан справ, бо за Австрії всі функціонери поліції, від найвищих до найнижчих, були зв'язані зі Львовом. А тепер людей, які щойно встигли ознайомитися зі специфічними умовами терену своєї праці, перекидають не лише з міста до міста, а й з одного воєводства до другого. Хоча злочинний світ Львова має свою неповторну специфіку. На відміну від поліціянтів, прибулих сюди з різних кінців Польщі, австрійські поліцейські знали цілий Львів. А разом з тим і цілий Львів знав їх. Звісно, це утруднювало роботу в деяких випадках, але також мало більше добрих сторін, ніж поганих. Наприклад у всіх ресторанціях, каварнях, нічних кнайпах поліція мала конфідентів. Були ними кельнери, шатнярі,

кухарі. Вранці, коли поліціянт приходив до офісу, то заставав на своєму столі докладну доповідь з минулої ночі, де перераховано не тільки кримінальні випадки, але й на перший погляд не варті уваги події з життя вишуканого Львова. Поліція знала, що пан X зафундував панові Y дві пляшки шампана, що пан Z програв значну суму в карти, а пані Z була в той час із паном W в «сепаратці». Важко уявити собі, як часто завдяки саме докладному знайомству із цими дрібними людськими таємничками вдавалося поліції впасти на слід якоїсь фінансової афери або, що важливіше, притлумити її ще в зародку.

— Цікаво,— погодився комісар.— Але якщо йдеться про непоправних злочинців, очевидно, тактика була інша?

— Так. Злочинний світ мусив мати до поліції шану. І мав її. Незважаючи на конституційні права, бувало не раз, що ми тримали підозрюваних по кільканадцять днів під арештом, і ніхто з цього приводу не зчиняв ґвалту. Бо майже завжди з'ясовувалося, що поліція мала цілковиту рацію в таких діях. Навіть тоді, коли з запобіжною метою перетримували когось, кому формально нічого не могли поки що закинути. Важливу роль для нас відігравали конфіденти. Річ у тім, що, на відміну від детективних романів, насправді рідко коли траплялося, щоб на слід злочинця натрапляли завдяки чиїйсь геніяльності чи дедуктивному методу Шерльока Голмса. У майже всіх історіях, безліч яких я вислухав від колег, початковою літерою поліцейського ABC був найчастіше конфідент. Конфідентів давня львівська поліція мала у всіх колах і сферах суспільства. У політичних справах ними були державні чиновники, прагнучи зробити кар'єру, і поважні громадяни, які помагали чи то задля особистої вигоди, чи задля ідеї. Офіційно ніхто, поза директором поліції, про них нічого не знав. Але кожен з нас без жодної дедукції здогадувався, з якою метою пан професор X чи пан радник Y відвідують директора поліції в його кабінеті чи зустрічаються

з ним на каві у переддень зустрічі директора з цісарським намісником, яка відбувалася регулярно щотижня.

— Я читав, як завдяки конфідентам було викрито сховок небезпечного бандита Бялоня[1], а також схоплено «короля зламувачів» Васінського[2],— втрутився я.— А чи не бувало, що конфіденти вас зраджували, працюючи водночас для обох сторін?

— Бувало й таке. Бажаючи відвернути увагу поліції від планованого грабунку, конфідент подавав неправдиві відомості про злочин в іншій частині міста. І коли вся поліція за його повідомленням шукала злочинців на Клепарові, грабунок відбувався на Левандівці. Конфіденти в нас поділялися на політичних і кримінальних. Політичних оплачував директор поліції зі своїх таємних фондів. Кримінальні не отримували жодної оплати і не були підлеглими всієї поліції, а лише окремих комісарів, інспекторів або агентів. Кожен з нас мав «свою людину», яка працювала лише для нього. Тому агенти, часто змагаючись за премії, ревно стерегли свої виняткові права до конфіденційних доносів. Незважаючи на цю конкуренцію, будь-який конфідент тішився підтримкою всієї поліції. Ця підтримка й ставала його єдиною платою, адже тоді дивилися крізь пальці на його вчинки, дозволяючи часом навіть монополію на те чи інше джерело заборонених доходів. Конфіденти, більшість яких вже не раз побували за ґратами, мали, правда, і деякі обмеження: мусили час від часу мельдуватися в поліції і не могли після дев'ятої вечора без дозволу виходити з дому. Але, незважаючи на опіку поліції, вони часто бували гіршими від злочинців, яких мали вистежувати. Нічого дивного, зрештою, бо й були то переважно злочинці, які від інших відрізнялися лише

[1] Детальніше див. на сайті «Збруч» авторський есей «Розбійник Бялонь із Левандівки».

[2] Див. там само авторський есей «Король грабіжників».

тим, що зраджували своїх товаришів і видавали їх в руки поліції. На злодійському балаку називають їх «капусями». Тому траплялося часом, що конфідент сам був злочинцем, якого за його ж допомогою розшукували. Пригадую вбивство капрала поліції Коньчака, яке в дев'ятдесятих роках струснуло цілим Львовом.

— Ану-ну, пане Герман,— пожвавився комісар.— Розкажіть нам.

— Ну що ж… Ця історія заслуговує на сенсаційну назву «Смертельний перстень». Одного дня повідомляють мені, що капрала Коньчака засікли майже на смерть його ж власною шаблею. Я кидаюся негайно до лікарні. Лежить непритомний. Але завдяки зусиллям лікарів вдалося його на хвилину отямити. Він розповів, що виконував службу на Місіонерській площі, де щоп'ятниці відбувається великий ярмарок, на якому славні куликівські шевці продавали свої вироби. Кишеньковий злодій, вкравши в жінки пулярес[1] і тікаючи від капрала, сховався між ятками. Коли Коньчак його догнав, зграя злодіїв оточила капрала так званим «смертельним перснем», а один з них висмикнув йому шаблю і рубонув капрала по голові. Коньчак встиг порахувати, що «перстень» складався з одинадцяти людей. Зрештою, це підтвердили також куликівські шевці. Капрал помер. Вбивцю змогли затримати. Інші втекли. Але що вбивця не хотів видати спільників, знаючи, що й так його повісять, а розпізнати їх могли тільки шевці, я вирішив почекати до наступної п'ятниці. Того дня сорок поліцейських оточило Місіонерську площу, перекривши всі вулички і брами, а я прийшов туди в супроводі двох агентів. Відразу зчинився переполох. Кілька десятків типів, що мали нечисту совість, пробувало втекти. Усіх їх було затримано. Всього біля вісімдесяти. Серед них мусили бути, на мою думку, і всі члени «перс-

---

[1] Гаманець *(гал.)*.

ня». Я зібрав шевців і наказав усім заарештованим кілька разів перед ними продефілювати. Шевці, які боялися помсти з боку злодіїв, повинні були дати мені непомітний знак, щойно хтось із них пройде перед ними. Я отримав цих умовних сигналів аж двадцять. Отже, тих двадцять я затримав, а решту відпустив. Але двадцять — то забагато, бо я потребував десять. Вбивця вже сидів у кримінал. Я забрав їх усіх на поліцію і там у присутності шевців пропустив через сито ще кілька разів. Врешті лишилося дев'ять. Тепер бракувало одного. За описом шевців, то мав бути високий чоловік в куртці з верблюжої шкіри і в чорному кашкеті. Довелося звернутися за допомогою до конфідента. Випадок хотів, що саме одного з моїх найкращих конфідентів, який постійно займався контрабандою спирту через міську рогатку, якраз було схоплено й арештовано. Я наказав привести його до мене і обіцяв йому, що, коли мені знайде останнього члена «смертельного персня», я віддам в нагороду конфіскований спирт і пущу його вільно. Кілька тижнів він не давав про себе ознак життя, потім раз-другий прийшов і скаржився, що ніяк не може натрапити на слід винуватця. Це мене дивувало, бо він зазвичай був дуже спритний, а завдання, яке я йому цього разу доручив, було не таке важке, як для людини, що постійно крутиться серед кримінальників. І тоді мені спадає на думку, що тим одинадцятим мусить бути хтось з його близьких. Одного вечора я зібрався з агентом до нього додому. Хоч було вже по дев'ятій, ми його не застали. Двері нам відчинила жінка. Ми запитали дозволу зачекати. Вона дозволила. Я знічев'я вирішив оглянути речі господаря в шафах. І ось в одній з шаф я помітив… куртку з верблюжої шкіри і чорний кашкет. Мій агент аж підскочив з радості і хотів ці речі забрати. На щастя, господиня не помітила враження, яке це несподіване відкриття на нас зробило. Я шепнув агентові: «Нічого не рухати!» Бо ж зрозуміло: коли моя пташка помітить, що ми

забрали куртку, то здогадається, що ми його підозрюємо, і втече. Ми залишили все як є і пішли. Зранку мій конфідент, дізнавшись, що ми були в нього, з'являється на поліції, щоб виправдатися, що увечері не було його вдома. Я кажу на те: «Це дурниця. Ти не повинен виправдовуватися. Гірше те, що ти досі не відшукав одинадцятого зі "смертельного персня". А оскільки директор мені за це дорікає, то поки що візьму за того одинадцятого тебе». Він клявся, що невинний, що обов'язково відшукає винуватця, але я відповів, що хоч він не винуватець, але мені його цілком достатньо. І арештував його. Щойно тепер я наказав принести куртку і кашкета з його дому. Коли я йому їх показав, він трохи сторопів, але не признався. У найближчу п'ятницю я запросив куликівських шевців до себе, вдягнув арештанта в куртку і кашкета, і всі одноголосно впізнали в ньому забраклого члена «смертельного персня». Йому дали рік в'язниці, і, звісно, з тієї пори я його більше як конфідента не використовував.

Раптом влетів Радомський:

— Є! Він у «Варшаві»!

— Хто? — здивувався комісар.

— Той, що вийшов був з Аґнєшкою. Щойно зателефонувала її колежанка — Сабіна.

Комісар заметушився.

— Мчимо туди. Ви з нами, пане Герман?

— Чом би ні?

Всі разом ми сіли до авта і поїхали на пляц Смолькі. В ресторації капела грала щось ностальгійно-тужливе. Публіка ще не зібралася, багато столів пустувало, але дівчата вже сиділи за своїм столом і чекали пропозицій. Наша поява звернула увагу кількох чоловіків — видно було, що впізнали комісара і напружилися. Я підійшов до дівчат. Сабіна кивнула на столик, за яким сидів чоловік з тоненькими вусиками. Товариство йому складала одна з фордансерок. Я кивнув комісарові. Він підступив

з капралом до столика і попрохав чоловіка вийти. Той покірно піднявся, вдав, що виходить, а тоді раптово рвонув до дверей. Але там стояв пан Герман, який спритно копнув його по ногах, і чоловік звалився на підлогу. Капрал накинув йому кайданки.

Затриманий спочатку захлинувся повітрям, потім почав гикати і белькотіти невиразні слова. Врешті з'ясувалося, що він сутенер і нічого поганого не зробив, а лише намагався підмовити дівчину, щоб пішла під його опіку. Дівчина підтвердила його слова. Щодо Аґнєшки, то він її, мовляв, лише трохи провів і покинув.

— Вона загнула таку ціну, що я лишився того ровера.

Бліді невиразні очі, що полохливо перебігали по нас, і наляканий голос не видавали в ньому жорстокого маніяка, але маніяками частенько виявлялися сумлінні батьки сімейств і богомільні християни.

— Чому ти тікав? — запитав комісар.

— Бо думав, що то через ту сучку.

— Через яку сучку?

— То ви не знаєте? — Він був виразно здивований, а тепер кусав себе за язик, що проговорився.

— Ну! Кажи.

— Та дав я одній по писку. А вона обіцяла, що піде на поліцію і поскаржиться на мене.

— Ти, мабуть, не просто дав по писку, а таки добряче приклався? — втрутився пан Герман.

Чоловік сполохано глянув на нього і замотав головою:

— Я не хотів... вона перша на мене кинулася з пазурами.

— Забираємо,— наказав комісар.

Чоловік протестував, але його ніхто не слухав.

2

Я глянув на годинника — наближалася сьома. Лагідне літепло вечора манило людей на прохід, і на Корсо висипали цілі тлуми. В садку біля «Віденки» всі столи були зайняті, кельнери сновигали з кухлями пива і тарілками. На одному зі столиків стояв яскравий знак резервації — щиток із зображенням вусатого шляхтича з кухлем пива. Щойно я сів, до мене підлетів кельнер, повідомляючи, що столик зайнятий.

— Я знаю,— відповів я.— Це ми зайняли.

— Тоді перепрошую. Що для вас?

— Пиво.

— Маємо «Експортове ясне», «Портер», «Портер Імперіял», «Чорний Бок», «Баварське» і «Сальватор».

Я вибрав «Експортове» і згадав учорашню розмову з Конарським. Коли ми увійшли до його кабінету, шеф контррозвідки розглядав військові мапи. Поруч лежали проявлені фотографії з плівок Деккера.

— Розмах у них був поважний,— сказав він.— Вони заклали вісім бункерів зі зброєю, щоб у нас в тилу могли діяти їхні підпільники. Я вже послав туди мінерів.

— Мінерів? — здивувався комісар.

— Так, бо там є замасковані міни. У вас є справа до мене?

— Так,— промовив я.— Мене завербувала Ірма Краузе.

— Вже? — Конарський усміхнувся.— І ви прийшли добровільно здатися?

— Еге ж. Я вдав, що погоджуюся. Вона обіцяла повести мене туди, де вони збираються, і прийняти до їхнього товариства.

— Місце не вказала?

— Ні. Але, судячи з записки Шпака, це буде лещетарський клуб у Брюховичах.

— Гаразд. Я організую засідку. Там ми їх усіх і загребемо. Коли ви маєте з нею зустрітися?

— Ще не знаю.

— Ну, коли довідаєтеся, повідомте. Це може бути небезпечно. Я маю деякі сумніви в тому, що запросини туди були щирі. Ви трішки задалеко просунулися в справі Деккера.

— Гадаю, вам комісар розповів про те, що загибель Деккера пов'язана з німецькою організацією?

— Так. І те, як вам насправді вдалося знайти адресу вілли. Не варто було так збиткуватися над інспектором.

— Але я тоді ще не знав, що Каміла фальшива і не хотів її передчасно зрадити.

— Я розумію. Та якби ми вчасно отримали інформацію, то, можливо, сталося б усе не так, як сталося.

Ірма з'явилася в сукні з темно-червоного в розводах мусліну. Йдучи до мене такою пружною і легкою ходою, що, здавалося, вона ступає сценою, Ірма зібрала усі погляди з усіх столів. Я підвівся, поцілував простягнуту руку, а безліч очей все ще не залишали нас наодинці.

— Ти, як завжди, неймовірно ефектна,— сказав я.

— Дякую. Все задля тебе. Чому ти п'єш пиво, а не вино?

— Спрага мучила. Але тепер, коли прийшла ти, буду пити вино.

Ми замовили іспанське червоне, а до нього козячий сир.

— Ну і як? — запитала Ірма.— Ти добре обдумав нашу пропозицію?

— Нашу? Я сприйняв її винятково як твою.

— Це не має значення. Я говорила від імені організації. Тому це наша пропозиція.

— Я ж уже казав, що не проти.

— Це звучало якось не дуже впевнено.

Нам принесли вино і сир.

— Що ж,— сказав я, піднявши келих,— вип'ємо за нашу спільну справу.

— О, це мені подобається. Не люблю чоловіків, які занадто вагаються. В нашій справі мусить домінувати рішучість. В середу увечері ми поїдемо туди, де тебе вже чекають.

— Ти встигла розповісти про мене?

— Розповідала я про тебе раніше і про те, що варто було б з тобою співпрацювати. А сьогодні повідомила телефоном, що ти погодився. Треба перетягнути якомога більше українців на наш бік. Ми розвалимо Польщу зсередини. Вона не заслужила на існування. Зрештою, як і Чехословаччина.

Мені цікаво було почути її реакцію на смерть Деккера: відомо їй про це чи ні?

— Учора вранці на скочні в Брюховичах,— сказав я,— було вбито поліційного агента. Якраз біля лещетарського клубу. А напередодні увечері вбито Деккера.

— Та-а-ак? — Вона цілком природно вдала здивування, хоча, може, то було щиро.— Звідки ти знаєш?

— Я його сам знайшов.

— Де?

— У нього на віллі. В Брюховичах.

— Отже, ти знайшов також віллу?

— Так. Але мене випередили.

— Дурень...— промовила вона з неприхованою злістю.— Я його попереджала, що він дограється.

— З чим?

— З тим, що намагався грати на двох роялях.

— Дивно, що твої не повідомили тобі цієї новини.

— Я з ними в ці дні не бачилася. А телефоном жодних поважних розмов ніхто з нас не веде. Крім того... чому ти вирішив, що вони щось про це знають?

— Бо агент Шпак стежив за ними. Властиво, він стежив за тобою і таким чином довідався про лещетарський клуб. Позавчора увечері і вночі там щось відбувалося, щось прикувало його увагу. Просто в ті години, коли тебе боліла голова, якраз і було вбито Деккера.

Вона поглянула на мене з роздратуванням.

— Ти мене в чомусь підозрюєш?

— Ні, просто натякаю, що алібі в тебе нема.

— Цікаво… Ти мені не віриш, що я була вдома?

— Я так не сказав.

— Тоді залучи логіку. Якщо агент стежив за мною, отже, я була в Брюховичах? А що ж тоді робила біля моєї хати інша агентка?

— Ти її помітила?

Вона розсміялася.

— Мене вчили помічати. Виходить так, що права рука не знала, що робить ліва. Один поїхав ніби за мною до Брюхович, а друга вистежувала мене ж таки коло хати. Не смішно?

Я мусів визнати, що є тут своя правда. Пані Шпакова не повинна була продовжувати стеження, якщо чоловік помчав за Ірмою до Брюхович. Отже, його того вечора цікавив винятково лещетарський клуб, на який його раніше вивела Ірма.

— Ти бувала раніше в тому клубі? — запитав я.

— Бувала, і не раз. Ми там збиралися віддавна.

— Коли ти була там востаннє?

— В середу. Чому це тебе так цікавить?

— Хочу з'ясувати, коли агент, стежачи за тобою, вийшов на той клуб.

— Від середи я там більше не була.

— Отже, його чимось зацікавив клуб? Що він міг там побачити?

— Наприклад, міг побачити Мольтке.

— Кому Деккер хотів продати свої плівки?

— Ти й про плівки знаєш? — Її здивування було щирим.— Де вони?

— В поліції.

— Хто їх знайшов?

Я не хотів вплутувати себе й сюди, тому збрехав:

— Поліція.

Вона недовірливо зиркнула на мене і запитала:

— І що там було?

— Звідки мені знати? Вони зі мною своїми знахідками не діляться.

— Але ти своїми знахідками ділишся з ними.

— Не всіма,— усміхнувся я.— Тобою ще не поділився. Все, що я знаю,— це те, що Деккер ті плівки мав комусь продати. Але кому? Не знаєш?

— Ні. Може, росіянам, а може, й полякам. Останнім часом він був доволі неадекватним.

— Він ховався від вашої організації?

— Він міг ховатися від будь-кого. В тому числі й від нас.

— А від кого ховалася його коханка, яка видавала себе за Камілу?

— Не знаю, про що ти.

Я розповів їй про пригоду з псевдо-Камілою.

— Тепер вона кудись зникла,— завершив я оповідь.— Не те щоб мене це дуже хвилювало, але все ж цікаво, що з нею трапилося.

— Я знаю, що наші вистежували якусь Наталію Рознер, яку підозрювали в тому, що вона коханка Деккера і може вивести на його слід. Можливо, то вона видавала себе за Камілу. Мене в ці справи не посвячували.

— Чому ти мені раніше про неї не розповіла?

— Я про неї довідалася щойно в суботу. А ми з тих пір ще не бачилися.

Ми пробули у «Віденці» з годину, мило розмовляючи про все на світі і не торкаючись більше мого вербунку та грандіозних планів з розвалу Польщі. Врешті Ірма зиркнула на великий годинник, що прикрашав «Віденку», і сказала:

— Мені пора. Цього разу я не піду до тебе. Проведи мене.

В її голосі вчувалася сухість і стривоженість. Ми попрощалися біля будинку на Фредра і домовилися, що вона буде мене чекати в середу з автом о восьмій вечора.

3

Брама мого будинку була прочинена, шимона не видно. Та коли брама рипнула, виглянула його жінка.

— Ой, пане Марку! Яка біда!

— Що сталося?

— Мого чоловіка побили.

— Хто? Коли? — стривожився я.

— А во перед годиною. Я була в сусідки. А він підмітав, коли раптом якісь збуї збили його з ніг і дали так по голові, що лежить тепер в ліжку.

— Він їх роздивився?

— Та де. Але вже, слава Богу, йому легше. Я зимні рушники прикладаю.

— До поліції телефонували?

— Аякже! Обіцяли когось прислати.

Я не знав, що про це думати. Поспівчував і піднявся до себе. Ключ у дверях не провернувся, але двері самі відчинилися. Я вийняв з-під пахви люґер і став на порозі. Прислухався і принюхався. Стороннього запаху не відчув. Намацав вмикач, крутнув, але світло не увімкнулося. Хтось скрутив жарівки, бо світло в будинку було.

З помешкання, яке потопало в сизих сутінках, не долинало жодного звуку. Трохи світла пробивалося від ліхтаря знадвору. В передпокої нікого не було. Тримаючись стіни, я пройшов до своєї кімнати. Там теж не було нікого, але на підлозі лежало щось темне і довге. Я вийняв з шухляди ліхтарика, промінь висвітлив чиєсь тіло, закутане

в обрус. Тіло не ворушилося. Я став на крісло і закрутив жарівку, потім увімкнув світло.

Хтось тут був і щось шукав. Я вийшов на кухню й уважно її обстежив. Там ніхто не міг заховатися. Тоді повернувся до невідомого тіла і розгорнув обрус. То була та, що називала себе Камілою,— гола і спутана по руках і ногах. В роті в неї був кляп з її комбінації, а за пута правили її ж панчохи. На шиї сліди задушення. На персах і під персами темні плями. Очі, що дивилися на мене мертвим поглядом, належали Емілії.

Знайома халепа. Одного разу мене вже застала поліція з трупом. То був нишпорка, якого вбили перед моєю появою, а потім оглушили й мене. І ось я знову стою над тілом, яке ще недавно тримав у палких обіймах, а в голові у мене лунає сумна органна музика.

Мої невпорядковані роздуми перервав тупіт ніг на сходах. За хвилю до помешкання влетіли комісар Обух, капрал Радомський, агент Рачек і Герман Фінкельштейн.

— О шляк! — скрикнув Обух.— Хто вона?

— Та, що видавала себе за Камілу,— зітхнув я.

— О, попався нарешті наш жевжик,— невідомо чого зрадів капрал.

Він усе ще не втрачав надії запроторити мене за ґрати.

— А ви звідки довідалися? — запитав я.

— Був дзвінок від невідомого,— відказав комісар.

— А ще вам Шимонова телефонувала з приводу нападу на її чоловіка.

— Знаю. Зараз із ним розмовляють.

Пан Герман нахилився над трупом, порухав руки, відтягнув щелепу і зазирнув до рота.

— Задушили її добу тому,— промовив.— Хтось дуже хоче вас, Марку, засватати до цюпи. Оці плями на персах — сліди від папірос, якими її припалювали. Видно, намагалися щось довідатися. Але роздягнули її і задушили не тут.

— Так і є,— підтвердив Обух.— Одягу при ній нема.— Потім глянув на мене.— Тобі везе як топельцю. Вічно ти мусиш попасти в такі тарапати. Ми вже допитали шимона на Чарнецького. Маєш алібі на тамту ніч, коли задушили касирку.

— А чого ви не запитаєте, де він був учора? — бурчав Радомський.

— Бо я знаю, де він був. Іди ліпше зателефонуй до Юзика. Тут вже його робота. Нехай забирає тіло…— Він закурив і промовив замислено: — Отже, то п'ята…

— Гадаю, то була коханка Деккера,— сказав я.— Дивно, що він і від неї сховався.

— Це її світлина була в Деккера на коминку? — запитав комісар.

Я кивнув.

Тіло нещасної забрали й винесли. Ми залишилися утрьох — комісар, я і пан Герман. Я вийняв пляшку коньяку й налив по чарці. Ми з комісаром випили, а пан Герман став неспішними кроками міряти кімнату з кутка в куток. Щось йому спало на гадку. Ось він підбіг до мого столу, висмикнув аркуш паперу й почав нотувати. Ніхто не смів його потурбувати. Обух глянув на мене і приклав пальця до вуст. Ми стояли і чекали. А колишній пан комісар вийняв записника і став щось з нього виписувати на папір, при цьому задоволено сопучи. Нарешті підняв голову і обвів нас поглядом, в якому читалося осяяння. Потім підняв аркуш паперу і потряс ним.

— Знаєте, що це? Тут весь наш маніяк.— Ми оторопіло подивилися на нього і нарешті насмілилися наблизитися.— Імена! Ось де чорт закопаний! Імена! Ось вони, всі імена його жертв: Вікця! Аґнєшка! Людвіка! Емілія! Каміла! Якщо скласти перші букви… буде Валек… Щось це мусить означати. Не здається вам?

— Але ж вона не Каміла! — втрутився я.— А Наталія! Наталія Рознер!

— Що? — Пан Герман радісно вигукнув: — Браво! Тобто мені браво! Бо замість Валека буде Вален! Але це не може бути чоловіче ім'я. Хіба би… але ні, ні… Мусить бути жіноче. Отже…— Він написав великими літерами каліграфічним почерком Walentyna і тицьнув нам під ніс.— Отже, наступні жертви матимуть імена на «Т»… потім…

Тут він затнувся.

— «Y»? — здивувався комісар.

— Гм…— Пан Герман знову замислився.— Очевидно, що ні. Хоча тут мова про літеру, а не про звук. А на таку літеру ім'я є — «Yasmina»!

— Ясміна…— повторив комісар.— Справді, таке ім'я у нас зустрічається. Я навіть бачив його в календарі іменинників… Тільки ж воно пишеться «Jaśmina».

— Не має значення! — рішуче заперечив пан Герман.— Це одне й теж. Німецькою буде «Yasmina». Але… але ви сказали… календар іменинників…— промимрив він замислено і знову почав крокувати кімнатою. За хвилю поглянув на мене: — У вас мусить бути календар імен з датами їхніх іменин!

— Звісно є. Газета щодня їх вітає. Навіщо вам?

— Не питайте, лиш давайте.

І тут він нарешті рішучо перехилив свій келишок і радісно потер руки.

Я знайшов календар і подав йому. А він знову розгорнув записник.

— Та-ак… Дванадцятого серпня сталося перше вбивство. Дивимося. Є! Вікторія, чи то пак Вікця! Сімнадцятого серпня!..— Він пробіг очима імена, і тут його ентузіазм скис.— Аґнєшки тут нема.

— Стривайте,— втрутився Обух.— Ви сподівалися, що душій убивав за календарем іменинників?

— Не зовсім так. Він убивав, як ми бачимо, згідно імені Валентина. Але я ще гадаю, що він міг убивати й за

календарем. Та, напевно, прорахувався. У нього інша метода.

Я зазирнув до календаря. Сімнадцятого серпня іменини справляли Аніта, Йоанна, Анастасія, Юліянна, Еліза, Жанета, Клара, Анжеліка…

«Вона клієнтам себе називала Анжеліка!» — вистрілило у моїй пам'яті.

— Анжеліка! — скрикнув я.— Це вона. Вона так себе називала клієнтам. А перед тим того ж дня був напад на Ірму, котра має друге ім'я — Анастасія.

— Справді? — Пан Герман знову ожив.— Наливайте! За це треба випити.— Він знову зазирав до записника і звіряв за календарем.— Дев'ятнадцятого! Є! Людвіка!.. Двадцять першого!

— Є! — тут ми вже всі троє радісно вигукнули.— Емілія!

— Двадцять шостого!

— Є! — знову ми підтримали його хором.— Наталія!

— А тепер дивимося імена на «Т». Двадцять сьомого — Теодора… це сьогодні. А тридцятого — Текля. Вбивство може відбутися у ці дні.

— Але я так бачу,— сказав я,— що він ніколи не вбиває наступного дня. Мусить минути від двох до п'яти днів до наступного вбивства. Отже, треба його очікувати тридцятого.

— Можливо,— погодився пан Герман.— Та йдімо далі. Ясьміна…

Але тут настала павза, бо іменини Ясьміни припадали на 24 лютого і 24 листопада. Щось тут не грало. Однак пан Герман не здавався.

— Так… Десь ми тут напороли. Але ми на правильному шляху. Що скажете, пане комісар?

— Так, погоджуюся з вами. Але після Теклі провал. Це не може бути Ясьміна.

— А ви знаєте ще якесь ім'я на «Y»? — не без іронії перепитав пан Герман.

— Боюсь, що ніхто його не знає. Це сліпа вулиця. Ми зайшли не туди.

— Гаразд. Тоді наразі зупинимося й не будемо гадати, які іменини у вересні матимуть імена на «Н» та «А».

— Єдине, що виламується з цієї захопливої картини,— промовив я,— смерть справжньої Каміли. Адже її було теж задушено.

— Так,— погодився пан Герман,— але, мабуть, все вийшло стихійно і без плану. Тому очей душій не виколупав. Мета цього разу була інша — ліквідувати передусім Коса. А дівчина попала під гарячу руку. Можливо, її взагалі не мало там бути.

РОЗДІЛ ДВАНАДЦЯТИЙ

29 серпня 1939 року, вівторок

1

Того вечора він допізна сидів у «Варшаві» і з увагою придивлявся до фордансерок, що пурхали залою барвистими метеликами і стріляли звабними очима на всі боки. Він мав на собі темно-каштанову перуку й окуляри, верхню губу прикрашали маленькі чорні вусики. Попри нього пройшло двоє знайомих, але, ковзнувши по ньому поглядом, не впізнали його. Та він і сам себе не упізнав, побачивши в дзеркалі. Почував себе в такому образі дуже затишно, мовби оточений невидимою шторою. Лише кельнери помічали його і час від часу підходили, приймаючи замовлення, але й не нав'язуючи своїх послуг.

Один був запитав, чи не сподобалася котрась танцівниця, бо можна було б її запросити до пана столу. Він заперечливо похитав головою. Більше його з такою пропозицією ніхто не турбував.

Треба бути обережним, думав він, безпомильно розпізнавши поліційного агента за столиком у куті. Задля маскування той прийшов з кралею, але сиділи увесь вечір лише за пивом. Агент випив дві гальби, краля — одну. Не танцювали. І не вечеряли. Комендатура не виділила коштів на вгощення? Жеброта!

Опівночі він замовив шампан і показав кельнерові на дівчину, яку хотів би пригостити. Вона йому впала в око відразу, адже бачив уже її на світлині, але не квапився,

уважно приглядався і стежив за її поведінкою. Видалася йому інакшою, ніж тамті,— не сідала нікому на коліна, не притискалася в танці, на всі залицяння відповідала заразливим реготом, від якого і в нього смикалися від сміху губи. Видно було, що підтоптані залицяльники не викликали у неї інтересу.

Коли вона підійшла до його столу і промовила: «Пан мене кликав?», він задоволено гмукнув, його не підвело чуття — саме такий оксамитовий голос він волів чути. Кивнув на крісло. Вона сіла і сказала:

— Сабіна.

— Са-бі-на…— повторив він.— Яке смачне ім'я…

Його польська мова була з виразним акцентом, але дівчина вже звикла, що сюди приходять іноземці. Розпитувати, ким є цей чоловік, було тут не узвичаєно. Клієнт є клієнт. Аби-но лиш не виявився фуксом.

Він налив їй і собі шампан і сказав:

— Вип'ємо за тебе, Сабінко. І за твого брата.

Дівчина смикнулась.

— Якого брата?

— Того, що виїхав до Палестини.

— Вальдек? Звідки ви знаєте? — Вона вся напружилася.— Ви щось про нього чули?

— Так. Чув. Маю для тебе від нього презент.

Дівчина зраділа й спалахнула рум'янцем.

— То з ним усе в порядку? Кажіть!

— В порядку, в порядку.

— Боже, а ми так з мамою спереживалися, бо не було від нього звістки. Я дуже втішена. А що за презент?

— О, коли побачиш, то будеш втішена ще більше. Там і лист є для тебе, і листівка. Але спочатку обмиємо цю приємну звістку.

Вони випили пляшку, розпочали другу.

— Ой, я вже сп'яніла,— промовила Сабіна.— Я хочу бачити той презент.

— Ось доп'ємо й побачиш. Мені подобається, як ти виглядаєш під хмелем: очка горять, щічки палають…

— Ой, то ви ще й до мене залицяєтеся? — засміялася дівчина.— Такий поважний пан. Але я нікуди з вами не піду. Тільки за презентом.

— Не підеш зі мною до готелю?

— Нє… не піду. В мене вже є кавалєр. Він прийде за мною.

— Коли?

— О другій. І я вже буду така, як йому треба — здохла і безмовна.

Він засміявся з легким металевим скреготом.

— Отже, йому подобається, коли ти саме в такому безвольному стані? Може, навіть у напівсні?

— Може. А чо то ви мене про таке розпитуєте? Ви б тут вісім годин погейкали та язиком намололися, то й самі б лежали пляцком. Ну, та ходім уже до вашого авта. Хочу бачити той презент.

Він глянув на годинника — за чверть перша.

— Зробімо так. Я вийду і буду чекати тебе через хвилин п'ятнадцять-двадцять в авті. Тут недалеко… відразу за оперним.

— А чо не зараз?

— Бо ти сказала, що до готелю не підеш. Отже, мені треба забрати з готелю презент. Але не хвалися завчасу дівчатам. Зроби їм несподіванку.

— О, я таке люблю.

Він встав, розрахувався з кельнером і вдавано втомленим кроком рушив до дверей. Біля стійки бару спинився і попросив цигарку, а тим часом боковим зором глянув на агента. Ні, він його, вочевидь, не зацікавив. Сабіна вже кружляла в танці з довгоногим жевжиком. Він підійшов до шатні і показав на свого капелюха. Шатнярка подала й отримала два гроша. За такий напивок навіть не хотіла дякувати. «Гівнюх…» — процідила крізь зуби.

На вулиці моросив дощ. Слабенький і несміливий. Він зодягнув капелюх і роззирнувся. Нічого підозрілого не помітив. Завернув за ріг оперного, сів до авта, поклав руки на кермо і став чекати.

— І що там? — озвався голос за спиною.

— Все нормально. Зараз прийде. А ти де був?

— У «Віденці». Бачив там агента. Не вміють вони маскуватися. Хе-хе…

— Був з дівулею?

— Ну ясно! Нічого оригінального. Я ще не стримався і підморгнув йому, виходячи.

— А от навіщо? Щоб привернути до себе, ідіота, увагу?

— Та добре… чого ви так відразу… пожартував. Більше не буду.

Запанувала тиша. За кілька хвилин голос з-за спини озвався:

— О… то не вона?

— Вона. Пригнись.

Він відчинив двері. Сабіна склала парасолю і сіла до авта.

— Ну, показуйте, бо мене вже нетерплячка бере.

В цей час позаду неї випрямилась темна постать, а її обличчя накрила губка з ефіром. Той, що сидів поруч, обома руками з силою стиснув її перса. Сабіна забила ногами, засіпалася, але скрикнути не могла. За хвилю зів'яла й опала. Авто поїхало.

2

Мене цікавив лещетарський клуб, у якому відбувалися зібрання німецької організації. Я подумав, що за дня там не повинно нікого бути, і, перш ніж поїхати до Брюхович, завітав у «Брістоль».

Бронко сидів у самому куті і цмулив кубинське циґаро.

— О, кого я виджу! — вдав, що втішився мені.— Невже ти про мене згадав?

— Кисіль радив тебе прихопити при наглій потребі.

— Ну, як сказав, то вали, що ся стрясло.

— Поїхали зі мною до Брюхович. Підстрахуєш мене.

— О, таке я люблю.

Ми сіли до авта, і я дорогою розповів йому про клуб і німців, які там збираються. Авто ми лишили оддалік, а самі вибрали вигідну позицію і добру годину терпляче спостерігали за клубом. Жодного руху не помітили. Клуб, мабуть, був порожній. Тоді ми обережно підкралися ближче і позазирали у вікна. Не було нікого. Усі двері зачинені. Я став пробувати вікна. Одна шиба хиталася. Я вийняв ножика, відколупав шпаклівку, підважив цвяшки і обережно вийняв шибу та поклав на траву.

— Я залізу всередину,— сказав я,— а ти тут пильнуй.

— За мною ти як за муром,— сказав він і показав мені такого самого «люґера», якого мав і я.

Всередині у великих дерев'яних залах були тільки лави, усе спорядження перевозили навесні на склад, який охоронявся. Я пройшовся всіма приміщеннями, окрім одного — двері, що вели туди, моїм відмикачкам не піддалися. Зазирнув я ще у кльозети і вмивальні. Попробував крани — вода текла.

Отже, вони збираються в цих залах. Доволі затишне місце. Я виліз знову через вікно назад і вставив шибу на місце, ледь-ледь закріпивши цвяшками, щоб можна було за потреби вискочити.

Опісля вирішив підстрахуватися ще й з другого боку. Ми заїхали на Замарстинів і зайшли до шинку «Під соловейками», куди вчащав Пурцель. Якщо б я його тут не застав, то міг залишити повідомлення. В шинку було порожньо. Шинкар гонив мух заяложеним рушником. Мухи

билися об шиби і вкривали чорними тільцями підвіконня сутерини[1].

— Моє поважання,— привітався я.— Потребую Пурцеля.

— А, пан редактор? Як ся маєте? Скоро война буде, шо?

— То не нам вирішувати.

— А йо, йо… Пурцель? Я б вам радив тутейка зачекати на него. Скоро буде.

— Не маю часу.

— Як не маєте часу, то йдіть на оболонь, там вони кіндерів тлумлять.

То була вже традиційна операція батярів проти злодіїв, чи то пак кіндерів. Час від часу вони просто мусили сходитися на битву і квасити одне одному писки. Билися до крові. Чи я міг свого кумпля Пурцеля залишити в таку поважну хвилину? Ні. Я взяв у шинкаря кия, яким він виганяв з шинку непроторенних п’яниць, і рушив на оболонь. Бронко скептично глипав на мене, але пішов зі мною.

Вже здалеку я почув крики, лайку і звуки ударів.

— А, то ти так? — кричав хтось.— Майхра витяг? І то мала бути чесна кампа[2]?

— Курва! Задусите!

— А ти шо хотів — жиби тебе іно мнєцкали?

— Бий кіндерів!

— Бий батярів!

Наблизившись, я побачив, що в Пурцеля вчепилося двоє жилавих молодиків так моцно, що ради він дати не міг, тільки шарпався туди й сюди, а вони намагалися його будь-що-будь повалити на землю. Недовго думаючи, я вальнув одного й другого по голові дубцем, вони впали на траву і заскавуліли.

---

[1] Сутерина — напівпідвальне приміщення *(гал.)*.
[2] Кампа — бійка *(гал.)*.

— О, Марцю! — втішився Пурцель.— Нам направду іно тебе бракувало!

Він знову кинувся в бій, молотячи кулачиськами на всі боки. Були тут і решта моїх кумплів батярів: Ґіпс, Цєпа, Прецль, а з ними й новий мій знайомий — Кацяба. Бронко хутко зорієнтувався, хто тут свої, а хто чужий, вдягнув кастет і почав мастити, аж кості тріщали. Мені довелося ще разів три махнути кийком, але бійка йшла до завершення. Кіндери почали тікати, а батяри веселою гурмою потягли нас до кнайпи.

— Ти мене шукав? — запитав Пурцель.— Маєш для мене якісь кокоси[1]?

— Йо. Ти мені потрібен. Я завтра о восьмій вечора буду в Брюховичах. Там в лещетарському клубі, який на літо замкнений, зберуться німці.

— Які німці?

— Різні. Будуть і місцеві. Але такі, що працюють на фюрера.

— О! І такі вже є?

— Я би просив, аби ти взяв своїх хлопців і зробив засідку. Але не біля клубу, бо там уже будуть агенти поліції.

— Шо? Курва! Ше їх нам бракувало!

— Вам не конче з ними перетинатися. Просто я знаю, що часто з таких наперед планованих акцій виходить дупа. Бо завше випірне прикра несподіванка. А ти підстрахуєш. Розстав своїх людей на всіх закрутах, які з головної дороги ведуть до лісу. Бажано, аби вони з восьмої вечора сиділи на деревах і пильнували.

— Та добре. Скажи лише сальцесонам[2], аби до нас навіть ся не наближали. На дух їх не переношу. Шо ше?

— Чи маєте якісь умовні сигнали?

— Йо! Щиглювання.

---

[1] Кокоси — корисні пропозиції *(сленг)*.

[2] Сальцесони — поліцейські *(сленг)*.

— Що то таке?

— Не чув? — І він засвистав, як щиголь, на всю knайпу, тієї ж миті відізвалося ще зо два десятка таких самих свистунів, але з іншими тембрами і мелодіями.— Та ж ми з дитинства ловили пташок і продавали на базарі. А приманювали їх різними свистами — то як щиголь, то як дрізд, то як шпак. А відтак витворили цілу мову. Ану, хлопаки, покажіт панови репортерови, як ми вміємо балакати.

Вмить кнайпа заповнилася такими розмаїтими свистами, яких я ще в житті не чув. Ці хлопи, що вже повиростали і такими забавками, як ловитва пташок, давно не бавилися, зберегли для себе пташину мову, зрозумілу лише їм самим. І це було прекрасно.

Несподівано кнайпу розітнув радісний крик Ґіпса. На порозі з'явився живий-здоровий Швелєр, який був пропав дорогою до Палестини. Ґіпс кинувся його обнімати, а Пурцель вдарив кулаком по столу і вигукнув:

— Ади-во! Чуда ше ся відбувают!

Швелєра потягнули за стіл і налили йому цьмаги[1]. Він мав натомлений вигляд, добряче змарнів, руки були в синцях. Ґіпс обнімав його, тулив до себе, гупав кулаком у плечі, чухрав йому голову, смикав за вуха і тішився, як мала дитина, а Швелєр і собі лупасив його по плечах, обнімаючи, і радів крізь сльози.

— Ану кажи! — допитувався Ґіпс.— Ану кажи, шо там з тобов було!

— Та шо… то ціла банда. Вони нас грабуют, а потім саджают не на корабель до Палєстини, а на совецкий корабель до Одеси, а там товарняками везут до Сибіру.

— А то засранці! — вигукнув Пурцель.— І шо? Як ти дав драла?

— Та як… Спочатку нас тримали в якійсь конюшні. Ми там жили кілька днів. Спали на матрацах. Годували

---

[1] Цьмага — горілка *(львів.)*.

нас кукурудзянкою. Ті гроші, які я заніс до совєтського посольства, нам не видали, а сказали, шо все дістанемо вже на кораблі. Але як нас посадили на той корабель, дивлюсі, а тамечка морці — самі-но москалі. Я відразу запідозрив, жи тутка шось недобре. Я спустився вниз, де була капітанська хавіра. Він був сам. Побачив мене і хотів вихопити пістолєт, але я йому викрутив руку, поклав го писком на стіл і запитав: куди ми пливемо? Він сказав, жи до Палєстини. Але на столі я побачив мапу, де було зазначено єнший шлях — до Одеси. Тогди я його легонько придушив, і він сказав, жи вони пливут в Совєцкий Союз, шо там нам буде файно, нам виділят землю в Криму. Я не став слухати тоті бздури. Запхав йому до писка тую мапу, зв'язав, скрутив і примоцував до столу. А сам вилетів нагору і побіг до своїх. Корабель якраз відчалював. Я кричу, шоб тікали з корабля, бо нас везут зовсім не до Палєстини. Але де би мене хто слухав! Ту виджу — біжать морці. Я вхопив якусь дошку, перехрестив одного, другого, а сам — беркиць через прову та й в море. І пливу. Не було то далеко — може, зо сто метрів. Виліз мокрий, а мене там хапают їхні агенти і тягнут знову до тої конюшні. Вікна там не було. Потім влетіло їх кілька і почали мене гамселити. Я боронився, як міг, але їх було забагато. Сказали, жи мушу вибирати: альбо Одеса, альбо морске дно з каменьом на шиї. Ну, я вибрав перше. Запитав ше за мої гроші. Вони сказали, шо все в порядку. Гроші є на кораблі. А днями буде новий корабель до Одеси, і я ним попливу. Я вдав, шо вони мене вмовили. А сам уночі почав думати, як мені звідти чкуряти. Стіни тої конюшні були з поздовжніх дощок. А впоперек них йшли балки. Я почав пнятися тими балками нагору, бо зувидів, жи дах зі старої ґонти має дзюри. Я попхав одну дощинку, другу. О, вже виджу — є люфт. Попхав ше і вже міг вилізти на дах. Потім підповз до самого краю, звісився з того даху і зістрибнув у траву. Ніхто мене не зауважив,

бо варта була іно біля входу. Тоді я вже дав ноги за паса і гнав як вітер. Добре, жи заховав у мештах трохи грошей, то міг купити собі їсти. До потягу не пішов, бо знав, жи там буде облава. Так жи з Констанци до Бухареста я добирався то пішки, то на фірі. А вже в Бухаресті сів на потяг. Во і я тут.

— Тобі тре піти до нашого рабина,— сказав Ґіпс.— Мусиш то все вповісти.

— А йо! Піду. Але мусив вас, хлопаки, зобачити. Який я дурний, шо не слухав тебе, Ґіпсю! Який я дурний. Все я втратив.

— Ай! — заспокоював його Швелєр.— Дайсі на стримане. Все, шо моє,— то твоє. Ше заробимо. Тішуся, жи ти, морда кохана, знову зі мною.

Вони далі обнімалися й цілувалися, а вся батярська гебра[1] не могла намилуватися такою великою дружбою.

Після тої зустрічі я подякував Бронкові, завіз його до міста, а потім зателефонував комісарові й повідомив про батярів.

— І нащо воно тобі? — здивувався Обух.— Там будуть бувалі агенти. А ці можуть лише напсувати.

— Береженого Бог береже. Побачимо.

— Наші агенти поїдуть за вами. Але лещетарський клуб буде теж під наглядом. Конарський обіцяв дати своїх людей. Та й ти без зброї туди не потикайся.

---

[1] Гебра — товариство, компанія, банда *(гал.)*.

РОЗДІЛ ТРИНАДЦЯТИЙ

30 серпня 1939 року, середа

1

Цього дня Польща проголосила загальну мобілізацію, і до Львова посунули тисячі молодих резервістів. Їх було повно всюди — в парках, у скверах, на площах. Всі чекали на зброю, а з цим було нелегко. Українцям-старшинам поляки не довіряли, й рідко хто отримав мобілізаційні картки. Не отримали їх і ми з Обухом.

Пополудні я завершив репортаж, потім забіг на каву з канапкою до пані Теличкової, і хоча її кельнерка, беручи в мене автограф, нащебетала купу компліментів про мою кримінальну писанину, я не підтримав цієї душевної розмови. Подумки я пояснив їй: «Дівчинко, ти й не підозрюєш, з яким монстром хочеш зазнайомитися. Краще не починай. Бо якийсь інший монстр іде за моїми слідами. Ти ж не прагнеш стати шостою або сьомою?» А проте, розраховуючись, не стримався і запитав, як її звати.

— Крися,— невідомо чого втішилася вона.

— А яке ваше друге ім'я?

— Навіщо вам друге ім'я? — знітилася вона.

— Інколи друге ім'я виявляється ще фатальнішим. То як?

— Ну, Івона…

— Гарне ім'я. Але раджу вам, Івонко, не висовувати свого чудового носика з хати четвертого вересня.

— О, а то чого? Ви з мене кепкуєте?

— Ні. Ви ж, напевно, чули про цинамонового душія? А він душить у день іменин, який для вас випадає саме того дня.

Вона розкрила ошелешено ротика і завмерла, а тоді прошепотіла:

— Ви не жартуєте?

— Ні, зозулько.

2

На Погулянці в ліску знайдено було шосту офіру Цинамонового душія. Називалася Сабіна Готліб. Танцівниця з «Варшави». Ми всі були ошелешені. Чому Сабіна? Як Сабіна?

Найбільше ошелешений був я, бо ж то була ще одна дівчина, з якою хоч і нічого не мав, але доволі мило поспілкувався. То вже якась напасть! Зараз вони пригадають собі, що то вона телефонувала з «Варшави», і почнеться…

— Де той агент, курва мать! — кричав інспектор Ґождзєвскі.

Привели агента, який чергував у ресторації. Мав невиспаний і ошелешений вигляд.

— Як так сталося, що ви все профукали? — відразу наїхав на нього комісар.

— Вибачте… я просидів там до четвертої ночі. Той пан, що сидів з дівчиною… котру… котру…

— Та не прикидайтеся цваняком! — гаркнув інспектор.— Котру зґвалтовано й задушено. Далі…

— Він розрахувався і пішов собі. А вона гуляла далі. Я пильнував за всіма дівчатами. А їх було двадцять дві. Час від часу котрась бігла то до бару, то до туалету. Там був увесь час рух, знаєте… Тамта теж пішла гейби до туа-

лету. Минуло хвилин десять, аж коли я спохопився і став питати дівчат, куди вона пішла. Ті відповіли, що не знають. Нічого їм не сказала. Потім я вибіг на вулицю. Під муром стояв жебрак. Він бачив, як дівчина пішла в бік оперного. Я туди… але там уже нікого не застав. Бачив сліди від шин і підняв оці два недопалки. Той пан саме таку цигарку купив у барі, коли виходив.

— Як він виглядав? — запитав інспектор.

Агент детально описав вірогідного вбивцю, але це нам нічого не дало.

— Треба навідатися до ресторації,— сказав комісар і промовисто зиркнув на мене.

Я вийшов на вулицю. Обух мене догнав.

— Стривай… Це та сама Сабіна? Та, в якої ти випитував про вбивцю Аґнєшки? — Я кивнув.— Шляк трафит! Що то має означати?

Я розвів руками:

— Він навмисне полює на тих, з ким я мав хоч найменший контакт. І я не знаю, що це може означати.

В ресторації ще танцівниць не було, але, за свідченням агента, вони й так нічого не знали. Однак я згадав, що увечері йшов дощ. Дівчина мусила прихопити парасолю.

Шатняркою працювала старша пані з фарбованим рудим волоссям і напацьканими вустами. Скидалася на колишню фордансерку. Я привітався і сказав, що з поліції. Вона відразу споважніла і проторохтіла:

— Всьо вповім, як на сповіді. Питайте.

— Мене цікавить Сабіна. Котра пропала.

— А-а, так-так…— Жіночка пожвавилась.

— Вона, коли виходила, щось попросила у вас?

— Ой, та не приведи боже, якого мені клопоту наробила! На дворі крапало. А вона прийшла без парасолі. Каже: «Дайте мені на хвильку чиюсь. Я туди й назад». Я кажу: «Не дам. Своєї в мене нема. А як чужу дам? Буде шкандаль!» А вона: «Дайте парасолю, з якою хтось

прийшов з дощу. То й не помітить нічого. А я заберу презент від брата і назад». Я питаю: «Шо за презент?» А вона: «Я й сама,— каже,— не знаю. Від брата». Ну, тут я очі й вирячила! «Добре,— кажу,— дам, як обіцяєш показати, шо там». Вона обіцяла, а я, дурна, дала. Вона не повернулася, а той пан, чию парасолю я віддала, зробив такий рейвах, шо я не знала, куди ся ховати.

— І чим закінчилося?

— Та чим? Я не призналася, жи віддала його парасолю. А він вже був п'яненький. І кумпель му каже: «Казю, та ти хіба мав парасолю? Дайсі на стриманє». Та й пішли собі.— Вона розсміялася. Але враз схаменулася: — Ой, я вам таке вповіла. А ви ж з поліції.

— Мене парасоля цікавить найменше. Ліпше згадайте, хто перед Сабіною виходив і відразу після неї.

— Відразу після неї ніхто не виходив. А перед… Так, був такий їден з вусиками і в окулярах. І мені сі здає, жи мав на голові перуку. Бо як відвернувся від мене, то я не побачила на волоссі проділу. Я йому подала капелюх, а він мені, чуєте, поклав два гроша! А бодай його дідько припік! Два гроша! Така скнара! А… ше-м нагадала… То не був місцевий. Сказав «Попроше капелюх», а не «капелюш».

— Ви його бачили перед тим на залі?

— Так. Він сидів довгий час сам, а потім кельнер підвів йому Сабіну, і вони з нею десь біля години шось там жвинділи і пили шампан.

— Котрий його кельнер обслуговував?

— Тойво лисуватий — Тадзьо ся називає.

— Дякую.

Розмова з кельнером нічого не дала, він лише підтвердив дещо з того, що розказала шатнярка. Далі я перейшовся до оперного. Службовий вхід був замкнений. Я постукав. За хвилю двері прочинилися, і старший пан запитав:

— Ви до кого?

— До вас, прошу пана. Чи ви часом не чергували тут минулої ночі?

— Нє, я заступив зранку. Або що?

— Мені треба перебалакати з тим, хто був уночі.

— А ви хто?

— Поліція.

— Ага. То вам треба Войтка. Зараз вам дам телєфон і адресу. Прошу зачекати.

Він хотів відійти, але я його спинив:

— У вас там є телефон?

— А й справді… заходьте. Зараз його наберу.

Я піднявся за ним сходами. Він підійшов до столика і набрав номер.

— Войтку, сервус… слухай, ту з поліції мають до тебе справу… Нє, ніц такого. Даю слухавку.

Голос Войтка спочатку трохи тремтів, але коли він почув моє запитання, то його попустило. Видно, мав за душею незлецький грішок.

— Так, прошу пана, ту вночі стояло два авта. Мені з вікна добре було видно. Їдно було зі Станиславова, ним приїхала наша пріма-балєрина, і воно скоро від'їхало. А друге стояло досить довго.

— Яке то було авто?

— Та те наймодніше — майбах.

— Якого кольору?

— Ну… як вповісти… світло від слупа до авта не сягало. Стояло воно в затінку. Одне скажу певно: не було світлим.

— А хто був всередині?

— Е-е, того вже вам не скажу, бо мені не видно його було збоку. Іно згори. Та й не дивився я весь час на вулицю. А як потім… Десь так по першій ночі траснули дверцята, я визирнув. Бачу — викинув хтось недопалок просто під наш театр. То я вже не витерпів, висунувся

з вікна і гукнув: «А то шо до холєри? Під свою хату кидай!» Не знаю, чи мене чув, бо відразу від'їхав.

3

Авто з агентами поліції їхало за нами на значній відстані, і в мене склалося таке враження, що Ірма його помітила. Однак була спокійна і зосереджена, не видала себе жодним рухом. Ми проминули Замарстинів, Голоско і мчали уздовж лісу.

— То була пуста бесіда про купівлю вілли? — запитав я.

— Не зовсім.

— Я чув, що баронеса не має таких коштів.

— Вона, звісно, не має, але шукала її не для себе, а для нашого консуляту. І щоб ти знав — вілла вже куплена.

— Швидко ви впоралися. І без моїх послуг.

— Все справді відбулося надто швидко. Несподівано нам віллу запропонував Мольтке, який і сам збирався її купити. Дав заклад, і вілла випала з пропозицій продажу. Тому ми про неї нічого не чули. Але він роздумав її купувати.

— Навіщо вам вілла?

— Щоб збиратися. Це ж зрозуміло.

— А лещетарський клуб?

Вона зиркнула на мене зизом і загадково усміхнулася.

— Побачиш,— відповіла вона і, коли ми опинилися поза полем видимості агентів, пірнула на биту дорогу в ліс, різко викрутивши кермо.

Ну, все тепер я сам, подумалося мені. Засідка біля лещетарського клубу буде марною витратою часу. Але враз над головою защебетали пташки, їхній спів залунав

з усіх боків і покотився лісом. Доля мене кинула напризволяще, і лише пташиний спів подавав мені примарну надію.

— Чого то вони раптом так розспівалася? — здивувалася Ірма.

— Ми їх стривожили,— сказав я.

— Дивно, що за нами був хвіст,— сказала вона, сповільнивши швидкість.— Ти комусь розповідав про нашу розмову?

— Маєш на увазі Обуха? Ще ні. Хоча ти ж сама казала, що й він міг би долучитися.

— З комісаром ще зарано говорити. Хто б це міг нас вистежувати? Конарський? — Вона зиркнула на мене.

— Звідки мені знати? Думаю, зараз такий час, що за багатьма стежать.

Вона глянула на карту.

— Наскільки я її вивчила, ми не заблукали, хоча я й завернула не в той бік.

Незабаром дорога вивела нас до вілли, збудованої в готичному стилі й оточеної цегляним муром. Неподалік виднілося озеро. Масивні ворота відчинилися, мовби хтось чекав нашого візиту, й авто в'їхало на широке подвір'я, а неподалік знову прозвучало «щиглювання». Ні, я таки не сам.

Молодик, який відчиняв ворота, скинув правицю догори в привітанні і вигукнув: «Хайль Гітлер!», в лівій тримав на смичі здоровецького мастифа, який стежив за нами настороженим поглядом. Ірма відповіла на привітання, лише змахнувши долонею, і ми попрямували до входу. Там уже чекав другий молодик, який привітався так само, як і перший, але, перш ніж пропустити нас, попросив здати зброю. Довелося віддати свого люґера.

— Мені треба було тебе попередити не брати зброї,— сказала Ірма.

Ми пройшли в широкий тьмяно освітлений передпокій, від якого вели розчинені навстіж двері до вітальні. З її глибини долинав тихий гомін німецькою мовою. Ірма повела мене туди і голосно рекомендувала:

— Це наш гість Марко Крилович, а популярно — нічний репортер. Надіюся, що він стане активним членом нашої команди.

Пролунали оплески. До мене по черзі стали підходити чоловіки й жінки, тиснути руку, називати свої імена, гадаю, здебільшого фальшиві, і кидати якісь примітивні компліменти. Підійшла й баронеса, а за нею і та жінка, яку я зустрів у будинку Деккера. Я не помилився, вона йому не сестра.

— Тішуся, що ви з нами,— промовила вона.

Всього зібралося зо два десятки чоловіків і жінок різного віку. Окрім гостей я помітив кількох озброєних молодиків, які намагалися не надто впадати в око. Верховодив усім цим зібранням старший пан з тоненькими акуратними вусиками. Видно було, що то для всіх дуже авторитетна особа.

Мене познайомили з ним — професор Йоахім Гайнц. Незабаром професор став виголошувати промову, звітуючи про пророблену роботу. Потім дали слово мені з тим, аби я розповів про настрої українців і їхню готовність влаштувати повстання. Я брехав як заведений, фантазуючи про контакти з ОУН, УВО і підпіллям, яке має схрони з амуніцією.

Не знаю, чи мені вірили, але поклали переді мною «Майн кампф» і сказали присягнути на вірність організації. Я присягнув. На «Майн кампфі» я можу присягнути будь-що.

Потім усіх запросили до буфету.

Гості розбрелися по закутках. Ірма розмовляла з професором, а за кілька хвилин разом із ним зникла. Я взяв келих з вином і, зіпершись на стійку, розглядав присут-

ніх. Частина з них були місцеві, а частина прибула з Німеччини чи Троймістa[1].

Я запитав, де туалет, і вийшов, відчуваючи, що мені пора звідси чкуряти. Неясна тривога охопила мене. Покладатися не було на кого. Батяри, навіть якщо й вистежили нас, не дадуть самі ради. В туалеті вікна були вузькі. Не з моєю статурою пропихатися в них. Я покинув туалет, вийшов у коридор і побачив дерев'яні сходи, що вели нагору. Нікого поруч не було, і я став підніматися, акуратно ступаючи при самій стіні, щоб не рипіли. Сходи вивели мене до кімнати, що, вочевидь, правила за бібліотеку. В тьмяному світлі місяця, що пробивалося крізь шиби, виднілися стелажі до самої стелі. М'який килим приглушував кроки. Мою увагу привернуло масивне бюрко під вікном праворуч, освітлене ще й ліхтарем з подвір'я. Я підійшов ближче й побачив папки, викрадені з кабінету Коса. Поруч красувалася папка з грифом «Цілком таємно». Я розгорнув її і побачив лист, адресований професорові. В листі якийсь його родич повідомляв, що приїде першого вересня і щоб усе було до його приїзду готове. Що тут таємного? — подумалося мені.

Однак я не встиг закрити папку, як у кімнаті раптово спалахнуло світло, а за моєю спиною пролунав сміх професора. Він сидів у протилежному куті у фотелі, закинувши ногу на ногу, і, тримаючи в руці келих з коньяком, задоволено всміхався. Біля вмикача стояла Ірма. Обличчя її було суворе і насторожене. То вже не була та потульна, п'янка дівчина, яка віддавалася так, мовби робила це востаннє в житті. Неподалік стояв плечистий молодик, через плече в нього висів Maschinen Pistole, що з'явився

[1] Тримісто (пол. *Trójmiasto*) — міська агломерація поблизу гирла річки Вісла (Ґданськ, Ґдиня та Сопот) на узбережжі Ґданської затоки.

на озброєнні німецької армії щойно минулого року[1]. Він не зводив з мене примружених очей, готовий у будь-яку мить скочити навперейми, якби я зробив підозрілі кроки.

— А я вас чекав,— промовив професор.— З того, що мені розповіла Ірма, ви людина, яка конче мусить запхати свого цікавського носа туди, куди не просять. Сідайте.— Він кивнув на фотель навпроти.

Я не мав слів для виправдання і слухняно сів. Ірма запитала:

— Що тобі налити? Як завжди, вино?

Я кивнув. Вона подала мені келих і сіла поблизу теж із келихом вина. Професор увесь цей час не зводив з мене пронизливого погляду, точніше навіть орлиного, завдяки гачкуватому носу.

— Марку…— сказав він.— Якщо ви не проти, буду називати вас без усіх тих приставок. Мене теж можете називати Йоганом. Не буду приховувати, мені ваша поведінка не сподобалася. Ви вперше у нас в гостях і відразу почали шпирати[2]. Як бачите, вас легко можна розкусити, вгадати всі ваші наміри і зловити на гарячому.— Він вдоволено засміявся.— Папка, яку ви розгорнули, справді секретна. Однак ледве чи ви могли второпати, про що мова в листі мого стрийка. Отож, поговоримо про інше. А саме: про ті плівки, що були знайдені в Деккера. Ви ж за ними теж полювали. Навіщо вони були вам?

— Мені ні до чого. Ними цікавилася польська контррозвідка.

— Як і де їх було знайдено?

— Звідки мені знати? Їх знайшли комісар і Конарський.

---

[1] Мається на увазі пістолет-кулемет Бергманна, що випускався на той час невеликими серіями. У 1939 році був прийнятий на озброєння у військах СС.

[2] Шпирати — нишпорити *(львів.)*.

— Марку, ви ж дали нам присягу! — нагадав він.— А отже, повинні казати правду. Питання звучить ще раз: як і де було знайдено плівки?

— Можете запитати ще й втретє, але я не знаю.

— Гаразд. Псевдо-Каміла, яку насправді звати Наталія Рознер, була коханкою Деккера,— продовжив професор.— Вона розповіла про ваш візит на віллу. Їй нічого не вдалося знайти, хоча й вона шукала плівки. Я знаю, що вони вже в руках контррозвідки. Мене цікавить, хто їх знайшов.

Я не відповів, а натомість запитав:

— То це ви її викрали?

— Не я особисто, ні. Скажімо так, наші люди. Викрали і допитали. Сумнівів у тому, що вона каже правду, нема. Бо допитували фахівці. З якими, можливо, я і вас познайомлю.

Це зазвучало як загроза.

— Судячи з того, як виглядав Деккер, фахівці у вас справді знають свою справу,— відповів я.

Він погордливо посміхнувся. Ірма глипнула на мене спідлоба й нічого не заперечила, підвелася, знову наповнила мого келиха і сказала:

— Марку, ми можемо бути або твоїми друзями, або ворогами. Мусиш вибирати. Пан професор щойно переповів мені розповідь Наталії. Зокрема про її фото в рамці. І цей епізод мені видався доволі цікавим. Ти віддав їй фото, а потім, коли вона ще раз зазирнула до того покою, то побачила розібрану рамку, що лежала на підлозі окремо від обох картонок. Тоді вона не зорієнтувалася, але потім запідозрила, що ти знайшов те, що шукав. Крім того, вона бачила, як ти щось вийняв з кишені і передав комісарові.

— Гаразд. Я знайшов конверт з фотоплівкою і віддав його комісарові. Це вже нічого не міняє. На цю пору вони повинні були розмінувати і конфіскувати все, що у ваших схронах.

— Ні, Марку,— сказала Ірма.— Тепер це вже наші схрони. Чи не так? — Я кивнув.— Тому ти можеш лише потішитися, що ми встигли їх переховати.

Які ж вони оперативні! — здивувався я.

— А що сталося з Наталією? Хто мені її підкинув до хати?

— Ми її передали товаришу Зяблову,— сказав професор.— Вони до неї мали свої питання.

— Ви передали її живою?

— Звісно! Ми ж не садисти. Вона була в цілком гарному стані. Жива й здорова. А якою вона потрапила до вас?

— Гола. Задушена. Без очей.

Проказуючи це, я стежив за їхніми виразами. Вони вдавали чи справді були спантеличені? Ірма навіть зблідла і поглянула на професора.

— Жах! — скривився той.— Треба поцікавитися у Зяблова, що там сталося. Вони її, мабуть, випустили, а бідолашка потрапила до рук маніяка…

— Яким чином ви її передали Зяблову?

— Він прислав свого водія,— відповів професор.

— І вона покірно сіла й поїхала?

— Ну… вона вже була така… втомлена, що опиратися не могла. Ні, не подумайте, що ми під час допиту над нею знущалися. Вона все розповіла добровільно. Просто це тривало кілька годин.

— Бідна дівчина. Вона жодними важливими відомостями не володіла.

Професор помахав мені пальцем:

— Не кажіть так! Вона знала, де схована валіза з коштовностями Альберта Коса.

— І де саме?

— Там, де й ви не раз бували. На Чарнецького. Кос звелів Камілі винайняти помешкання і перевезти туди валізу, цілком слушно остерігаючись людей Зяблова. Каміла зробила хитріше. Вона винайняла одразу два помешкання

в тому ж будинку на різних поверхах. Вище поверхом вона сховала валізу. А потім повернулася до Коса, щоб помогти йому впорядкувати важливі папери.

— Звідки відомо, що все було саме так?

— Деккер звелів Наталії не спускати очей з Каміли. Вона слухняно ходила за нею як тінь і таким чином вистежила будинок на Чарнецького. А того трагічного вечора прилаштувалися на Круп'ярській під вікном у кущах і все чула. Зокрема й те, що Кос і Каміла збираються переселятися. Таким чином вона дізналася, чому Каміла їздила на Чарнецького і що саме було у її валізі. Пізно увечері до Коса завітав гість.

— Один? То був Зяблов? — запитав я з деяким сумнівом.

— Один. Але ким він був, Наталія не могла сказати. Тільки й того, що молодий, високий, з енергійними руками. Раніше вона його не зустрічала. Що відбувалося далі в будинку, вона не бачила, бо вікна були зашторені. Коли він прийшов, Кос зачинив кватирку. Тепер вона мало що чула. За кілька хвилин пролунала голосна сварка. А потім — два не надто голосні постріли і короткий розпачливий крик жінки. І знову настала тривала тиша. А відтак спалахнула пожежа. Коли вона почула гуркіт авта, яке від'їжджало, то вибігла і побачила, що двері відчинені навстіж, вогню в передпокої нема. Вона наважилася туди зазирнути. На очі їй потрапила жіноча торбинка на вішаку. Схопила її і втекла. В торбинці були ключі від помешкання на Чарнецького. Після цього Наталія пішла ночувати на Східну.

— В будинок Деккера…

— Так. Вона йому все розповіла. Промовчала тільки про валізу. Але Деккер підозрював, що Кос мусив десь ховати коштовності. Можливо, що в новому помешканні. Він звелів Наталії піти зранку на Чарнецького, поселитися там і чекати від нього вістей. А ще — придбати таке

вбрання, в якому Каміла туди з'явилася, сховати волосся під відповідну перуку, вбрати чорні окуляри, капелюшок з широкими крисами і при зустрічі з шимоном розмовляти гаркавлячи. Наталія так і зробила. Старий шимон нічого не запідозрив. Але була одна проблема — вона не знала, котре саме помешкання винайняла Каміла. Тому сказала шимонові, що вивихнула руку, й попросила відчинити їй двері. І тут він запитав: «Котрі саме? Ті, що на першому, чи ті, що на другому?» Наталія не розгубилася і сказала, що обоє. Валіза виявилася поверхом вище.

— Чому ж вона, не маючи наміру ділитися скарбами з Деккером, не втекла, а шукала його? — запитав я.

— Все дуже примітивно. Деккер теж не був ликом шитий і відібрав у Наталії всі документи. Вона не могла нікуди виїхати.

— То от що вона шукала на віллі…— промовив я.

— Так. Шукала і не знайшла,— промовив професор.— Бо знайшли їх перед тим наші люди. На жаль, їхню увагу не привернула рамка зі світлиною… А Наталія, обстеживши валізу, вирішила залишити її собі. Однак треба ще було вициганити в Деккера документи. У валізі вона виявила цікаву папку з дбайливо виписаними розрахунками Альберта Коса з Зябловим та євреями. Скільки отримав Кос, скільки передав консуляту, скільки особисто Зяблову, скільки залишив собі. Все дуже детально — до останньої брошки чи бранзолетки*, найменшого перстеника чи ланцюжка. Все там було запротокольовано і подекуди завірено підписами. Наталія вирішила виманити в Деккера свої документи взамін за цю папку. Вона поквапилася на Східну, переживаючи, щоб Деккер не зник. Але встигла ще його застати на місці. Деккер сказав, що залюбки віддасть їй документи, але тут їх нема. Просив зачекати днів два й, мовляв, сам привезе їй. Вона повірила і віддала папку. Коли Деккер побачив, що там, у нього загорілися очі. Він тут таки сфотографував кілька сторінок, проявив

плівку, вклав негативи до конверта, вказавши адресу совєтського консуляту. В супровідному листі повідомляв, що, коли Зяблов не внесе сто тисяч золотих на вказаний рахунок, папка опиниться в поліції. Потім попросив Наталію кинути конверт до поштової скриньки. З того дня Деккер, знаючи, що на нього буде полювати Зяблов, сидів тихо, як мишка, і не висовував нікуди носа. Єдине, що кілька разів телефонував Наталії, наказуючи набратися терпіння і теж нікуди не рипатися. Також поцікавився, чи нема там часом валізи. Наталія сказала, що нема, а якщо не вірить, нехай сам приїде і переконається. Врешті їй така конспірація обридла, й вона звернулася до вас.

— Але ви мене випередили,— сказав я.

Ірма усміхнулася, а професор помахав мені пальцем:

— Но-но-но! Не кваптеся так з висновками. На жаль, наші люди потрапили на віллу надто пізно. Деккер уже був мертвий.

— Що? — здивувався я.— То це не ви його вбили?

— Ні. Деккер, звісно, заслужив свою кулю. І я сам її залюбки всадив би йому в чоло. Але ми запізнилися. Хтось якраз випередив нас.

— Тоді… як ви знайшли віллу? Не завдяки мені?

— Яким чином завдяки тобі можна було знайти віллу? — здивувалася Ірма.

— Хтось міг витягти адресу з кишені моєї маринарки… Наприклад, коли ми зустрічалися в ресторації з твоєю тетою.

— Тобто ти думаєш, що я або тета обшукали твою маринарку, поки ти на хвильку відлучився? — В очах Ірми світився праведний гнів.

— Я не маю іншого пояснення.

— Ні, все було простіше,— втрутився професор.— Наші люди виявили агента, що стежив за клубом у бінокль. Сонце визирнуло з-за сосен, і скельця зблиснули. Він відразу спохопився, забрав бінокль від очей, але наші

встигли його помітити. Я послав по нього Клауса.— Він кивнув на молодика, той криво всміхнувся.— Клаус нічого від нього не добився. Але коли обшукав, то знайшов посвідчення таємного поліційного агента і змушений був його ліквідувати. Окрім посвідчення Клаус приніс мені записник. Він знайшов його в траві. Видно, агент його викинув у надії, що знайде поліція. В записнику було занотовано, що відбувалося напередодні ввечері в околицях лещетарського клубу. Хоча нічого особливого не відбувалося — ми просто забирали деякі речі звідти, щоб перевезти на віллу. Агент старанно записував усе, що чув, в тому числі імена. Але там були нотатки не лише про клуб, а й про віллу.

Він узяв зі столу маленького нотеса і зачитав три адреси вілл, які капка в капку збігалися з тими, які добув я. Я був неабияк здивований.

— Можна поглянути?

— Не вірите своїм вухам? — усміхнувся професор і простягнув мені записника.

Так, то були ті самі адреси, які подав мені Збєжховський. Отже, то Шпак їх у мене переписав. А дзвінок від його дружини був навмисне зрежисований, аби лише відволікти. От же ж хитрун! Я перегорнув сторінку і прочитав: «Увесь день я стежив за віллою на Ялівцевій, 8. Увечері о 19:40 в одній з кімнат загорілося світло. О 20:12 під'їхало авто. Вийшло двоє. Один — високий і худий, другий — кремезний. Однак в сутінках не видно, хто це. Обличчями вони до мене не повертались. Худий постукав у двері. Відбулася коротка розмова, змісту її зі своєї відстані я не чув. Двері прочинилися. Тієї ж миті кремезний з силою рвонув у двері, збиваючи з ніг господаря. За ним до будинку заскочив і худий. Двері зачинилися. Я підкрався ближче. Вийшов на ґанок і приклав вухо до дверей. Чути було лайку, звуки ударів, стогін. Це все тривало хвилин двадцять. Раптом пролунав приглушений

постріл. Я миттю відбіг у кущі й причаївся. Двоє вийшли. В світлі місяця я розгледів їх. Ні, такого я не чекав. Ми так не домовлялися. Кому тепер телефонувати? Я зробив дурницю. Так не мало бути. Коли авто від'їхало, я проник у віллу, присвічуючи ліхтариком. Д. лежав на підлозі. Кров пульсувала з його шиї. Куля застрягла в стіні. Я її виколупав і забрав з собою».

Он як усе відбувалося… Але чому Шпак себе картав? Яку нісенітницю він зробив? Кому хотів телефонувати?

Я повернув записник.

— Ну що, переконалися? — усміхався професор.— Ми тут чисті.

— Ви знайшли при Шпакові кулю?

— Ми її не шукали. Навіщо вона нам? Нас не цікавить Деккерів убивця. Хай би хто це зробив, він виконав нашу роботу.

— Але це ви все там перевернули догори дриґом?

— Так. Але не знайшли нічого вартісного, окрім документів Наталії.

— Якісь четверо чоловіків прийшли на віллу, коли ми були всередині. Ми втекли через кухню. Це теж були ваші люди?

— Яка то була година?

— Близько дванадцятої.

— О ні! По дев'ятій нас уже там не було.

Отже, ті четверо могли бути від Зяблова? А вони яким чином вийшли на віллу? На це я відповіді не мав. Та мене цікавило ще дещо.

— Я так розумію, про те, друге, помешкання на Чарнецького ви нічого не знали.

— Звісно, що ні,— сказав професор.— Ми й про валізу нічого не знали. Ми кілька днів стежили за Наталією в надії, що виведе нас на Деккера, або ж і сам Деккер себе зрадить. Але вигулькнули ви. Вам вдалося нас змилити. Тоді ми влаштували засідку в її помешканні. Один

з наших тримав на мушці шимона, щоб не робив алярму. Ну, і вас довелося на деякий час вилучити. А її ми обшукали. І коли в торбинці виявили аж три пари ключів, то природно поцікавилися, від яких вони дверей. Та хитра бестія довго крутила нам юра. Казала, що одні ключі від помешкання на Чарнецького, другі — від будинку на Східній, а треті — там таки від підвалу. Але врешті призналася про помешкання нагорі. Там і знайшлася та валіза. Тепер вона піде на наші потреби. Надто що це коштовності, які Кос приховав від Зяблова.

— А знаєш, Марку...— похитала головою Ірма.— Ми до тебе з чистою душею, однак ти нас підвів.

— Що ти маєш на увазі?

— Не прикидайтеся! — обірвав мене професор.— Хіба ви не розповіли комісарові й Конарському про нашу зустріч? — В його голосі лунала неприхована загроза.— Вони обсадили агентами лещетарський клуб і вислали за вами з Ірмою стежу.

Я не знав, що відповідати, і бовкнув перше-ліпше, що спало мені на гадку:

— Нічого подібного. Агент Шпак вже кілька днів стежив за Ірмою. І таким чином виявив той клуб. Ви ж це знаєте.

— Звісно, знаємо. Але все це виглядає доволі підозріло. Нотатник агента у нас. Яким чином поліція дізналася про клуб?

— Від Шпака.

— Посмертно? — здивувалася Ірма.— При ньому нічого не було.

— При ньому ні. А на ньому — так. У нього під перукою знайшли записку. Після того вони стали стежити за тим будиночком.

Професор похитав головою.

— Звучить переконливо. Однак повної довіри до вас все-таки нема. Гадаєте, нам не відомо, що ви залізали через

вікно у клуб? Що ви там шукали? — Я намагався щось пояснити, але він мені не дав.— Ви ослабили шибу, щоб у випадку небезпеки вискочити. Ви не довіряли нам. То чого б ми мали довіряти вам? До дня «Х» залишилися лічені години. Ми не можемо все це пустити плазом.

День «Х»? Коли ж це? Що він має на увазі?

— Я не розумію, що то за день «Х»,— сказав я.

— Нічого. Скоро довідаєтеся. Ви зробили помилку, що прокралися сюди. А ще більшу помилку, що зазирнули до папки.

— Але я там нічого не встиг побачити.

— Ви побачили, що означає день «Х».

— Перше вересня?

— Так.

— Я й далі не розумію, що це означає. Хтось до когось приїде…

Професор розсміявся, його підтримала Ірма. Тепер вони обоє тішилися з мене. А я думав про те, чи батяри, попри свою нехіть до спілкування з ґранатовими, встигли повідомити поліцію.

— Ви не той, за кого себе видаєте,— продовжив професор.— Ви зовсім не маєте наміру допомагати нам. Гадаю, ви все розповіли поліції. І зараз вони кидаються в різні боки, шукаючи вас. Видно, ви для них доволі цінний кадр. Що ж, у нас нема іншого виходу, як трішки вас затримати і подумати, що з вами робити.

Я поглянув на Ірму. Її холодний погляд мені не подобався.

Професор кивнув Клаусові, той підійшов, штурхнув мене цівкою під бік і повів до виходу.

— Що це означає?! — скрикнув я, але Ірма й професор дивилися на мене так, мовби я був порожнім місцем, і нічого не відповіли.

Ми спустилися сходами аж у підвал, звідки на мене дихнуло вогкістю. Клаус ішов за мною так, щоб не дати

мені сягнути його рукою. Коли ми опинилися біля залізних дверей, він звелів:

— Штовхай! — Я стояв і не рухався.— Штовхай двері! — знову крикнув він.

— Сам штовхай,— буркнув я.

— Знаєш… гер професор не давав наказу тебе вбивати. Але я можу прострелити тобі ногу. Що на це скажеш?

Ні, мене така перспектива не тішила, тому змушений був штовхнути двері. Вони важко посунули вперед, і я увійшов. За мить двері за мною зачинилися, а потім скреготнув ключ. Кімната мала високі стіни, зсередини стелі кидала тьмяне світло гола жарівка, а під самою стелею виднілося маленьке заґратоване віконце, в яке зазирав місяць. Дістатися до нього було неможливо. Та й не було сенсу — залізні ґрати голими руками я не вирву. От тільки дуже кортіло поглянути, що там надворі.

Я сів на дерев'яний ящик і, спершись на стіну, роздумував про лиху долю та про те, хто міг убити Деккера. Шпак себе за щось картав. Можливо, за те, що поділився з кимось адресою? Це цілком імовірно.

Раптом повітря розітнув спів пташок. Він пролунав десь зоддалік, йому відповіли з другого боку, потім ще з третього, це солов'їне перетьохкування небавом заполонило все надовкіл. Повільні модуляції переходили на швидкі, солов'ї мовби захльобувалися мелодією і на мить замовкали, а за хвилю знову входили в неймовірний п'янливий екстаз. Я почув, як розчахнулося нагорі вікно, професор висунув голову і буркнув:

— Відколи тут такі солов'ї?

— Це, мабуть, така солов'їна ніч,— промовила Ірма.— Раз на рік.

— Невже? Ніколи не чув.

А ще за хвилю спів замовк і настала тиша.

Тиша не тривала довго. За кілька хвилин пролунав гуркіт безлічі моторів, а потім в моє маленьке віконце

вдарив потужний промінь прожектора і хрипкий гучномовець голосом комісара Обуха звістив:

— Усі, хто в будинку, виходьте з піднятими руками! Ви оточені!

Нарешті! Однак я все ще в небезпеці. Мене можуть використати як заручника.

В будинку затраскали двері й вікна, затупотіло безліч ніг. Раптом щось дзенькнуло об ґрати і впало за вікном на землю. Що то було?

Знову пролунав дзенькіт ґрат, і знову щось від них відбилося і впало. Хтось щось мені хоче перекинути? Ось ще раз… але цього разу на підлогу впало щось тяжке, завинене в рушник. Я розгорнув — мій люґер. Голос Пурцеля потішив:

— Тримайсі там!

Я поклав зброю до кишені і знову сів під стіною навпроти дверей.

Як я й здогадувався, вони справді вирішили використати мене. Заскреготав ключ у замку, двері відчинилися, а на порозі з'явився Клаус.

— Вставай і виходь! — гаркнув він.

Я слухняно підвівся і рушив до нього, тримаючи руки в кишенях.

Він не сподівався, що в мене буде зброя, і коли я раптово тицьнув йому цівку «люґера» в живіт, зойкнув. Я відібрав у нього автомат, з усього розмаху вдарив руків'ям пістолета по голові, й він, важко ковтнувши повітря, звалився на підлогу. Потім я зачинив двері на ключ і пішов шукати професора.

Всюди в будинку панувала темрява і кипів жвавий рух — одні щось палили, другі зводили барикади. На мене ніхто уваги не звернув. Я тихо піднявся і вдарив ногою двері.

Професор палив папери в коминку. Від несподіванки він шарпнувся до столу, але я його зупинив, наказавши

сісти в крісло. Ірми не було. Професор не послухав і висмикнув шухляду столу. Я вистрілив йому в ногу. Він упав і люто заскреготав зубами.

В коминку жваво горіли папери та цілі папки. Я висмикнув з коминка папку, що не встигла згоріти. Саме ту, де було вказано День Х.

— Накажіть їм здаватися,— звелів я професору і подав телефон.

— Спочатку перетягніть мені ногу,— прохрипів він.

— Ви й самі з цим чудово впораєтеся! — сказав я і, знявши з вішака краватку, кинув йому.

Він, не сперечаючись, перев'язав собі ногу вище рани, потім підняв слухавку і прокричав:

— Віллі! Все! Кінець! Припиняйте! Ми здаємося... Нічого не бійся. Все буде гаразд... Так, це мій наказ.— Він поклав слухавку й подивився на мене.— Ви навіть не усвідомлюєте, яку дурницю робите. Але скоро переконаєтеся. Ви всі пропадете разом з цією недоробленою Річчю Посполитою. А могли зробити таку кар'єру!..

Я перебив його:

— Куди поділася Ірма?

— Вона ще вас хвилює? — Він розсміявся.— Втекла! Шльондра!

Я підійшов до вікна й виглянув: з будинку почали виходити всі, що тут зібралися. Поліція їх садила до автівок і відразу відвозила. Я гукнув:

— Гей! Я тут!

Не знаю, чи хтось мене почув у тому галасі й гавкоті собак.

Мене діймала спрага і духота. Я перехилив вино просто з пляшки.

За хвилину до кімнати увірвалась поліція на чолі з комісаром.

— Ага! — зрадів він, побачивши професора.— Ось де ви, голубчику!

— Не маєте права мене рухати! — крикнув професор.— У мене дипломатичний пашпорт.

— Знаємо про ваш пашпорт. Забирайте цього дипломата.

Професора повели попід руки, а він стрибав на одній нозі.

— Там у підвалі не забудьте ще одного,— сказав я.— Я його оглушив. Це Клаус, який убив Шпака.

Обух послав поліцейських до підвалу і сказав:

— Ти не уявляєш, яка була халепа! Вони імітували в той самий час грабунок на Левандівці. Тому тебе вистежувала лише частина агентів. Якби не твої батяри, все пропало б.

— Вони таки зголосилися до вас?

— Йо! Вони весь час тримали тебе на оці. Але ми не могли прибути раніше, поки не зібрали достатню кількість агентів.

— Конарський теж тут?

— Власне робить обшук.

— Ось передай йому.— Я простягнув папку.

— Що тут?

— Дідько його знає. Встиг лише побачити, що у них були дуже оптимістичні сподівання на день «Х», який припадає на перше вересня. Може, Конарський дошолопає, що це означає.

— А ти сам не здогадуєшся?

— Ти поважно? — Не хотілося вірити, що це день, якого всі з тривогою чекали, день початку війни. Невже так скоро?

Я кількома словами переказав йому те, що почув від професора й Ірми, і вручив записник Шпака. Він швидко пробіг очима останні записи і свиснув.

— Ти ба, як воно перекрутилося! Кого ж він там побачив?

— Ви кулю при ньому не знайшли?

— Ні. Треба буде попросити Шпакову, щоб уважніше обстежила його вбрання, якщо ще не віддала ганделесам[1].

Комісара покликали, він вийшов. Я вирішив обстежити кабінет професора. Жодних цікавих документів не виявив. Зате знайшов у відчиненому сейфі, звідки викидали у вогонь папери, пачку стодоларових купюр. Мабуть, тисяч п'ять. Ну, не лишати ж їх невідомо кому.

Батяри чекали мене біля входу і кинулися обіймати.

— Ну, Марцю! — кричав Пурцель.— Ми вже тебе не відпустимо. Гайда з нами до шинку, мусимо празникувати сесю акцію.

Я не мав сил сперечатися. Дорогою я поцікавився, звідки він довідався, що я у підвалі.

— Коли зачавсі той страшний гуркіт моторовий, дивлюсі — якась, чуєш, фест-кобіта шось моцується* закинути у віконце. То ся відбиває від ґрат і падає. Я підбіг і питаю, шо то вона робе. А вона каже, жи там у тім льосі замкнули тебе. І треба тобі закинути пістолет. Ну, я й закинув.

— І куди вона потім поділася?

— Її ґранатові забрали. То, видно, вона з тої самої компанії. Ти ї знаїш?

— Йо,— кивнув я.— Знаю.

---

[1] Ганделес — лахмітник, скупник старих речей *(гал.)*.

РОЗДІЛ ЧОТИРНАДЦЯТИЙ

31 серпня 1939 року, четвер

Після нічної пиятики в шинку я спав до обіду, а щойно потім завітав до комендатури. Обух сидів набурмосений.

— Що ся стало? — запитав я.

— Та що… що… Ми мусили їх усіх відпустити. Окрім Клауса.

— Як?

— Ну так. Криївок зі зброєю ми не знайшли. Німецький консул влаштував скандал, і ми всіх їх відправили у вагоні до кордону.

— Геть усіх?

— Окрім Ірми й баронеси. Ці мали всі папери в порядку, і підстав їх викидати за межі країни нема.

— А що з Зябловим? Ви його не затримали у справі Коса?

— Звісно ні.— Роман відмахнувся.— Ще не вистачало нам з Росією мати скандал. Жодних доказів і так нема. Єдиний свідок, псевдо-Каміла, мертва. Деккер теж. А чи є довіра словам професора й Ірми?

— Завдяки Ірмі я добув свого люґера.

— О! Яка потужна сила кохання! — зіронізував він.— Але врешті можемо зосередитися на маніякові. Сьогодні увечері випускаємо кілька заманок.

— Що ти маєш на увазі?

— Те, що дівчата будуть прогулюватися після восьмої вечора вулицями. За ними буде стеження з вікон.

Раптом до моїх вух долинуло гучне щебетання — таке саме, яке я почув у підвалі вілли.

— Батяри? — здивувався я.

— Звісно! Знаєш, нам дуже сподобалося оте батярське щиглювання. Мусимо і наших агентів навчити. Зараз, власне, відбуваються перші уроки. Цього разу батяри знову зголосилися нам помогти.

— А то як? — здивувався я.

— Видиш, одна з офір… тота Сабіна виявилася небогою твого кумпля Швелєра. Ну і тепер вони свій талант щиглювання застосують при вистежуванні маніяка.

— Але як тепер з тою теорією пана Германа?

— Ти про іменинників? Все й далі грає.

— А то як?

— Швелєр розповів, що вона мала два імені — Сабіна й Текля. Батько-єврей назвав її Сабіною, а мама-українка — Теклею. У Сабіни іменини двадцять дев'ятого, а в Теклі — тридцятого.

— Але ж… звідки вбивця міг знати це, якщо вона в ресторації використовувала лише перше ім'я?

— А от це нас теж дуже цікавить. Вбивцею, видно, є хтось, хто має доступ до документів.

— Хтось, хто міг збрехати, що має презент від брата.

— Сабінин брат виїхав до Палестини і пропав безвісти. Хтось про це знав.

— Але що ж далі? Хто може бути наступною жертвою?

Обух в задумі погладив підборіддя.

— Пан Герман наполягає, що треба відштовхуватися не від звуку, а від літери. Себто від літери «Y». Іменини Ясьміни задалеко. А от іменини Юстини — п'ятого вересня. Пишеться польською «Justyna», а німецькою — «Yustina».

— Гадаєш, ми вистежуємо німця?

— Ну, він же ж звертається німецькою.

— Але каліченою.

— Можливо, це якась говірка, що звучить так для нефахового вуха.

РОЗДІЛ П'ЯТНАДЦЯТИЙ

1–2 вересня 1939 року, п'ятниця та субота

Я прокинувся від галасу з вулиці, визирнув у вікно й побачив, що вся вулиця перегукується з вікон страшною новиною: війна! Я увімкнув радіо і почув, що Німеччина напала на Польщу. «Почалося!» — прошепотів я і став швидко вдягатися.

Відразу в голові закрутилося вихором: що маю робити? Куди бігти? Щодня запитував шимона, чи приносили мобілізаційну картку. Ні, не приносили. Не довіряють? У 1920-му довіряли, а тепер ні?

Запарив ячмінну каву, але хліб з сиром не ліз до писка. Відклав його і задумався. Але роздуми мої перебив делікатний стукіт у двері. Так могла стукати тільки жінка. Я відчинив. На порозі стояла Ірма з пляшкою віскі і бляшаною пушкою бразилійської кави.

Я навіть розкрив рота від здивування і забув його закрити, коли вона, підступно усміхаючись, граційно прошмигнула попри мене, увійшла до вітальні, поклала пляшку і каву на столик, потім сіла на канапу і закинула ніжку на ніжку, демонструючи звабний вигин ніг в прозорих панчохах.

Я зачинив двері й подивився на неї, очікуючи притомного пояснення. І воно прозвучало.

— Що, мій любий? Я тебе зуміла здивувати? Сідай і попустися. Тебе дивує мій візит? Не дивуйся. Моя пропозиція залишається в силі.

— Після того як ви мене замкнули в підвалі і, можливо, збиралися ліквідувати?

— Не мели дурниць. Ніхто тебе ліквідовувати не збирався. Тільки й усього, що посидів би ти до сьогоднішнього ранку. Який би почався для тебе так самісінько красиво, як і цей. Не дивися на мене очима вчителя алгебри. Краще налий. То ж я тебе врятувала. Мабуть, уже знаєш.

— Знаю. Я тобі вдячний,— відповів я, слухняно наповнив келишки, й ми випили.

— То ось про який день «Х» йшлося,— промовив я.

— Так. Вже бачиш, що я мала рацію? А тепер послухай мене. Те, що Польща буде розгромлена й окупована,— нема сумніву. Будь-який опір безглуздий, і ні тобі, ні загалом українцям нема сенсу в цю забаву впрягатися.

— Нас і так вилучили з неї, не надіславши мобілізаційних карток.

— Ну, ось бачиш, як вас оцінили. Але якщо ти гадаєш, що Галичина опиниться під німцями, то дуже помиляєшся. Скажу тобі те, чого ти не можеш знати. Двадцять третього серпня було підписано угоду між Рейхом і Совєтським Союзом про поділ Польщі. Отже, за два тижні тут будуть не німці, а рускі.

Я не знав, чи їй вірити, але ймовірність такої угоди могла мати підстави після того, як ідея антигітлерівської коаліції провалилася.

— І яка твоя пропозиція? — запитав я.

— Спробуй викласти у своїй газеті таку ненав'язливу думку, що не варто українцям втручатися у німецько-польську війну. Це марна витрата сил, які вам ще згодяться.

— Запізно. Мій «Новий Час» закривається. Завтра вийде скорочене останнє число, і воно вже заповнене. Зосталася лише одна газета «Діло».

— Тоді я раджу тобі й твоїм друзям тікати звідси на Захід. Найкраще це робити в напрямку Румунії. Бо коли

прийдуть рускі, буде всім дуже несолодко. Особливо державним службовцям, зокрема суддям, прокурорам, поліції та кадровим офіцерам… Так що й Обуха попередь. Газетярів теж не помилують. Ти ж бо не раз писав про сталінський терор, про Голодомор… Згадають і твої захоплюючі рецензії на «Пекло на землі»[1]…

— Ти все це читала?

— Так, любий, я читала майже все, що ти друкував. І останній твій репортаж про танцівниць теж. Надзвичайно цікаво.

— Дякую. А в тебе які плани? Будеш тікати?

— Я тепер офіційно працюю в німецькому консуляті. Мене все це ніяким чином не торкнеться. Що з маніяком? Ви наблизились до розгадки?

— Лише трохи.

— Розкажеш?

— Ні. Чому це тебе цікавить?

— Просто так…— знизала вона плечима.— Чим це в тебе смердить?

Я принюхався. Пахло ячмінною кавою.

— Ти п'єш ту гидоту? Ось маєш — справжня кава. Завари, будь-ласка, а ту вилий. Мені три ложечки. Цукру не треба.

— А я й не п'ю з цукром, а з медом.

— З медом? Які чудесні відкриття ще мене очікують! — Вона усміхнулась, не зводячи з мене очей. Потім зітхнула: — Душно в тебе…— І, заки я заварював каву, стягнула з себе сукню, зоставшись лише в білизні і панчохах.

Я слабка людина, тому не опирався інстинкту — взяв її на руки і заніс у ліжко. Ми обоє були нестримні і боже-

---

[1] «Пекло на землі» — спогади відомого публіциста, сотника УНР Віталія Юрченка (справжнє ім'я — Юрій Карась-Галинський, 1900–1943) про перебування в Соловецьких таборах особливого призначення і втечу з них. Загинув на початку 1943 року від рук червоних партизанів.

вільні, лопотіли одне одному все, що виринало на язику, захлиналися цілунками і не думали про війну. Але війна думала про нас. Вона насувалася все ближче.

Коли ми лежали на розбурханій постелі, попивали каву і віскі й мовчали або гомоніли на далекі від війни теми, опополудні пролунав у небі глухий шум, який поволі тривожно наростав. Ми кинулися до вікон і побачили німецьку ескадру, що летіла високо над нами, скидаючись на величний ключ срібних птахів. Летіли вони в напрямку головного двірця трійками — посередині бомбардир, а обабіч мисливці. За кілька хвилин бомбардири стали знижуватися і на висоті 200–300 метрів скидати бомби. А потім різко набирали висоту і знову займали своє місце в трійці. Бомби розтинали повітря з гучним свистом, а відтак усе здригалося від страшного вибуху. Все це тривало зовсім коротко, і раптом настала мертва тиша. Зовсім мертва. Здавалося, все живе, разом із пташками, зачаїлося, запалося під землю, перечікуючи це жахіття.

Протилетунська сирена обізвалася щойно через кілька хвилин після того, як уже все затихло, викликаючи у львів'ян тільки обурення. Та й було чого.

— Ну, то ж треба,— промовив я.— Цілими місяцями перед тим привчали нас, що маємо робити на випадок ворожої атаки, демонстрували місця, де можна ховатися, випробували різні види сирен, а тут нам доводиться пережити велике бомбардування без найменшого попередження! І то опополудні!

— Ось бачиш,— сказала Ірма.— Що з того, що Конарський завдяки тобі довідався про день «Х»?

Я увімкнув радіо. Бомби впали на будинки в околиці вулиці Пєрацького, за кількасот метрів від двірця та на залізничні майстерні. Наступні атаки бомбардирів уже попереджувало ревіння сирени, люди встигали ховатися до підвалів, бо бомбосховищ у Львові не було. Але потужні бомби пробивали нерідко весь кількаповерховий дім

аж до пивниці, і тоді гинули всі, хто там шукав захисту. В одній пивниці люди подушилися, коли бомба розірвала газові рури, а гори цегли загородили всі входи, в другій людей затопила вода з розірваних водогонів.

Мовби передчуваючи останні щасливі й безтурботні дні, ми з Ірмою всю п'ятницю і суботу віддавалися бурхливим любощам, в яких не було ані сліду справжніх глибоких почуттів, а були тільки жага любові і бажання забутися, спати, бачити фіялкові сни і не прокидатися в цьому страшному непередбаченому світі.

Час від часу я вмикав радіо, і ми слухали новини. Але не чули нічого втішного. На шпальтах газет війна дала про себе знати другого вересня. Повідомлялося про бомбардування багатьох польських міст, про збиття шістнадцятьох німецьких літаків.

У суботу ми вирішили пообідати в місті, пішли на Ринок до «Атляса» і з подивом побачили давній Львів з тлумами перехожих на Академічній, зі столиками під дашками, де мирно собі сиділи люди і частувалися, а з вікон лунала музика. Не пропали ніде й вуличні співаки, а з ними і жебраки. Львів ані на хвилю не перервав свого нормального життя. Ось продзвенів трамвай, яким керувала молоденька моторова, продзвенів колією, яка ще зранку була пошкоджена бомбами. Ніщо не здатне вивести Львів з рівноваги. Живемо далі.

РОЗДІЛ ШІСТНАДЦЯТИЙ

3 вересня 1939 року, неділя

За вже узвичаєною звичкою Ірма зникла з самого ранку, залишивши мене в ліжку. Коли я продер очі, побачив на столі записку: «Любий Марцю, коли мене моцно запрагнеш, телефонуй до консуляту. Твоя Ірма».

Того дня я ще її так моцно не запрагнув. В комендатурі все ще не було новин стосовно маніяка. Дівчата й далі швендяли вечорами під пильним оком батярів та агентів, і всі в поліції мали сподівання на 5 вересня, шукаючи Юстин серед фордансерок та повій. Це не було простим завданням, бо майже всі вони вживали різні імена. У всіх рестораціях сиділи агенти, вже не по одному-двоє, а щонайменше четверо. Для цього залучили студентів, кожен з яких мав у презент по дві гальби пива — одну від ресторації, другу від поліції.

— Ромку,— промовив я до комісара, коли ми зосталися самі.— Німці з совєтами уклали пакт. Галичина дістанеться руским.

Він поглянув здивовано на мене.

— Ти вже здався?

— Ще ні. Але маю сумнів, що втримаємо ту армаду. Та ще й з обох боків.

— Нікому не кажи, бо обірвеш,— застеріг він мене.— Поляки зизом дивляться на українців, відправляють паками до Берези Картузької. Навіть священників і черниць, обзиваючи їх «коровами». Вони все ще вірять у перемогу.

Можливо, небезпідставно, якщо Англія і Франція почнуть рішуче діяти. А може, й Америка.

— Ти начитався газет? На жаль, усі ці красиві новини мають мало спільного з правдою. А нам треба пам'ятати, що рускі таких, як ми, арештують насамперед, як і всіх державних службовців та військових старшин.

— А це ти вже встиг з Ірмою поспілкуватися?

— Як ти здогадався? — усміхнувся я.

— А що тут здогадуватися! Я слухав німецьке радіо. Вони те саме сказали.

— Вони сказали щось про пакт?

— Ні, але обіцяли полякам лояльний режим. І що коли не підкоряться, то отримають совєтську окупацію. Ну і далі те, що й ти, про державних службовців і таке інше.

— Що будеш робити?

— Служити. Що ж іще? На фронт мене не послали. Не довіряють. Директор навіть порадив тихенько піти у відпустку, але Конарський мене захистив. Займаюся тепер винятково нашим душієм.

— Але поступу нема.

— Нема,— зітхнув Обух.— Чекаємо.

Задзеленчав телефон. Обух підняв слухавку і відразу простягнув мені. Телефонувала Рося.

— Ага, я так і знала, що застану тебе тут. Хочу запитати, чи не пішов би ти зі мною до кіна?

— Дівчинко,— сказав я.— Йде війна.

— Так, я знаю. Але дуже хочеться заковтнути ще там-того мирного життя. То як?

Її голос бринів, як пісня, мені хотілося його слухати і слухати.

— До якого ти хочеш кіна? — поцікавився я.

— До «Альґамбри».

— А що там?

— «Вбивство в Монте-Карло».

Я розсміявся.

— Щоб я скис, коли не про маніяка… Дуже актуально.

— Всі хвалять…— відповіла вона злегка ображеним тоном.

Ми домовилися на четверту.

— Йди, йди,— махнув рукою Обух.— Не скоро така нагода випаде.

Обом було сумно. Я обняв його і поплескав по плечах. Ми знову через двадцять років біля розбитого корита.

Дорогою до кінотеатру я зазирнув у Пасаж Миколяша. Бойка з печеними каштанами при вході вже не було. Всередині було тлумно, люди й досі не втратили цікавості до прикрас, гарного посуду, вбрання. Біля трафіки[1] вишикувалася довга черга курців, які цілком слушно вирішили зробити запаси того, що скоро стане дефіцитом. Я не був аж так узалежнений і не склав їм компанію.

Львів, незважаючи на війну, продовжував жити жвавим світським життям. В knайпах їли і пили, а вечорами й співали і танцювали, кінотеатри працювали, як і раніше. В «Копернику» показували «Сина Франкенштейна», в «Світовиді» — «Поразку білої кобри», в «Атлантику» — «Шифр 418», в «Міражі» — «Трафальґар», в «Ріяльто» — «Додек на фронті», в «Аполльо» — «На крилах слави»…

Про війну свідчили тільки черги до крамниць і постійні пересування війська.

«Альґамбра» містилася в самому кінці Коперника. Коли прийшла Рося, я вже мав у руках квитки. Кінотеатр був заповнений наполовину, ми сіли на гальорці. Однак нам так і не вдалося довідатися, хто там був маніяком, бо серед сеансу на нас обвалилося небо.

Спочатку долинув гуркіт літаків, потім засвистіло щось у повітрі і прокотилася жахлива детонація, але мало хто

---

[1] Трафіка — кіоск, у якому продають монопольні товари (тютюнові вироби, поштові конверти, марки тощо) *(львів.)*

сприйняв це як вибухи бомб, залунали заклики не нервуватися й не поширювати паніки, бо це, мовляв, звичайні протилетунські вправи. Та ніхто не повірив, люди чимдуж кинулися до дверей, перевертаючи стільці, падаючи, чіпляючись одні за одних. А за хвилю обвалилася велика частина стелі ближче до екрана, і на наших очах десятки людей опинилися під завалами. Гальорку не зачепило, але стеля й далі сипалася, тріщала разом зі стінами. Я схопив Росю за руку і потягнув до найближчих дверей. Щойно ми вибігли у вестибюль, за нами гахнула стіна і сіра курява оточила все надовкіл. Ми пробиралися навпомацки, все круг нас дрижало, згори сипалися електричні іскри, а з-під завалів добувався крик. Не видно було, хто кричав, ми йшли в суцільному тумані, долаючи гори каміння, скла і залізяччя. Попри нас рухалися темні тіні, вони стогнали, зойкали, падали, піднімалися. З-під завалів добувався стогін. Але ніхто нікому не помагав, бо вся будівля могла ось-ось обвалитися і поховати під собою усіх, хто зумів поки що врятуватися.

Врешті ми вирвалися з того пекла, і якраз вчасно, бо дах кінотеатру опав остаточно і ув'язнив решту людей. Ми були з ніг до голови в поросі і стояли розгублені.

Літаки відлетіли, в місті знову запанувала тиша, але скоро її розірвали поліційні та пожежні машини. Почали збігатися звідусіль люди й намагатися бодай когось рятувати. Я обтріпав Росю і сказав чекати мене в «Де Ля Пе», а сам долучився до рятівників.

Та що ми могли зробити руками? Тільки й того, що перекидати з рук у руки цеглу, залізні штаби, а більші бетонні перекриття з арматурою нам були не під силу. Все це марне копошіння тривало, може, з годину. Потім надійшли військові з технікою і перейняли від нас естафету.

Я обтріпався і подався до каварні, де чекала на мене Рося. В туалеті помив руки, витер від пороху мешти і за-

йшов усередину. Перед Росею стояла наполовину порожня пляшка іспанського вина і два келихи.

— Ого! — вигукнув я, вмощуючись біля неї.— Заливаєш стрес?

— Ледве заспокоїлася.

Я налив вино й випив, не смакуючи, та кивнув кельнерові, щоб приніс другу пляшку.

— Тепер тільки це нам і залишається,— сказала Рося.— Ти віриш, що вдасться розбити німців?

— Вся надія на Францію і Англію. Передай татові — є така певна звістка, що Галичина дістанеться москалям.

— Боже! Ми пропали!

Вона затулила обличчя долонями. Мені хотілося зробити те саме. Зневіра і безвихідь насунулися на мене. Світ загрузає у великій війні, а ти, маленька мураха, що намагається вижити в цьому пеклі.

— Життя вже не буде таким, як досі,— зітхнув я.

— І що робити? Куди тікати?

Вона поглянула на мене заслькозеними очима, в яких читався розпач і страх. Але що я міг їй порадити, якщо сам для себе не бачу жодної ради?

— Ну, мені краще втекти до німців,— сказав я.— А твій батько, гадаю, знайде спільну мову з совєтами.

Вона поглянула на мене похмурим поглядом і похитала головою, але змовчала.

РОЗДІЛ СІМНАДЦЯТИЙ

4 вересня 1939 року, понеділок

1

Дівчина лежала у ванні і слухала радіо. Звучала класична музика, яку переривали короткі зведення новин. Новини були вдавано бадьорі й оптимістичні. Учора Британія та Франція оголосили Німеччині війну. Бог почув наші молитви! Польща врятована! Залунали бравурні марші і пісні. Дівчина усміхнулася і вимкнула радіо.

Задзеленчав телефон. Вона простягнула руку й сказала: «Гальо!»

Незнайомий чоловічий голос промовив далекою від досконалості німецькою:

— Доброго вечора. Телефоную за дорученням пана Зяблова. Він хоче вас бачити в дуже пильній справі.

— У якій саме?

— Цього я не можу сказати по телефону. Але це у ваших інтересах.

— А ви хто?

— Працівник консуляту… Пєрцов Сєргєй.

— Добре. Коли?

— Бажано вже.

— Я ще у ванні.

— Не біда. Я зачекаю вас в автівці.

— Він на Набєляка, 27? Я й пішки можу дійти.

— Ні, він вас чекає на Погулянці. Там є всі умови для безпечної розмови.

— Гаразд. Буду за квадранс.

Вона поклала слухавку, вийшла з ванни, ступила на м'який килимок і стала витиратися. Голову вона не мила, волосся було сухе й зібране в пучок на маківці. Потім швидко причепурилася і прихопила торбинку, дорогою все ще сумніваючись, чи робить правильно. Зійшла вниз. Зяблов? Що йому від неї потрібно? Але ні, відмовлятися не варто.

Перед будинком стояв чорний «майбах» з відкидним верхом. Водій привітався. Мав приємний голос. Десь вона вже його чула. Де? Його німецька була доволі химерною. Зрештою, з прізвища видно, що не німець. А польською не володіє. Симпатичне усміхнене обличчя схиляло довіритися йому.

Вона сіла ззаду водія і поклала торбинку на коліна. Авто рушило.

2

Над вечором у комендатурі тривала нарада за участю старого комісара поліції пана Германа. На столі було розкладено мапу. Усі вулиці в центральній частині мали бути обсаджені. Батяри перебували безпосередньо на розі кожної вулички. Поліцейські агенти стежили з вікон. Як виглядає маніяк, ніхто не знав, але кожна молода жінка мусила опинитися в полі зору.

Я уважно вчитувався в календар іменинниць. Щось мені не грало з тією Юстиною. Чи правильно ми визначили ім'я? Досі вдалося знайти серед фордансерок, кельнерок та повій зо два десятка Юстин. За кожною відбувалося стеження.

— Душій вишукує офіри лише в центральній частині міста, очевидно, погано орієнтуючись в інших дільницях,— сказав пан Герман.— Це полегшує нам вирахування вірогідних офір. Все вказує на те, що він не місцевий. Польську знає погано… німецьку теж… Їздить на «майбаху». А у Львові тих «майбахів» кілька десятків. І більшість темні.

Його роздуми перервав телефон. Комісар підняв слухавку.

— О, доброго вечора, пані Шпакова… Так-так… Слухаю… Що?.. Добре.— Він поклав слухавку і з заклопотаним виразом повідомив: — Пані Шпакова за нашою вказівкою стежила за Ірмою. Щойно вона сіла до чорного «майбаха». Реєстраційний номер — B41266.

— Номери 40–44 — реєстрація львівська,— сказав пан Герман.— Авто приватне. І нарешті — «майбах»!

— Пані Шпакова взяла таксі і поїхала за ними в напрямку Погулянки,— продовжив комісар.— Авто заїхало на подвір'я якоїсь вілли. Там темно, і вона нічого не бачить. Що б це мало означати, важко сказати.

Наступний дзвінок був від агента Рачка — той теж повідомив про Ірму і «майбах», і теж телефонував з Погулянки.

— Може, це нічого не означає, а може, щось і означає,— промовив пан Герман.— Ірма, вочевидь, має домовлену зустріч.

— Все, їдемо туди,— скомандував Обух.

До авта сіло нас четверо: комісар, пан Герман, капрал Радомський і я. Ми швидко промчали вулицею Кохановського і виїхали на Погулянку. Там у затінку побачили пані Шпакову і нашого агента. Вілла по той бік вулиці була закутана плющем, вікна щільно зашторені, світло ледь-ледь пробивалося з вузеньких щілин. «Майбах» стояв на подвір'ї. Довкола панувала тиша.

— Хто був у машині? — запитав комісар.

— Ірма і водій,— відповіла пані Шпакова.

— То водій Зяблова,— доповнив агент.— Вони вийшли з авта, цілком дружньо бесідуючи. В будинку вже хтось на них чекав, бо пробивалося світло.

— Власне, в нас нема поважної причини думати, що це «майбах» душія,— промовив пан Герман.

— Нема,— погодився комісар.— Але ми можемо знайти причину, щоби підкрастися і послухати, що там відбувається.

Ніхто не заперечив, і ми рушили до будинку. Фіртка була замкнена. Я вийняв відмикачку і швидко здолав замок. Опинившись попід вікнами, почули шамотняву, що долинала зсередини,— щось грюкало, переверталося. Пролунав жіночий скрик, потім чоловічий. Знову гуркіт.

— Що ж, нам пора,— сказав комісар.

Ми підбігли до дверей, однак вони були зачинені. Тут відмикачки не помогли. Радомський попрохав його підсадити до вікна. З одного удару він вибив шибу пістолетом і, не вагаючись, в когось вистрілив та вскочив усередину. За ним ми підсадили й агента. Знову залунав гуркіт і чоловічий крик. Голос капрала наказав комусь лягти на підлогу. Агент відчинив зсередини двері, й ми увірвалися в будинок.

На підлозі лежала зв'язана Ірма, вона мала синці на шиї та розбиті вуста, з яких текла кров. Неподалік скрутився бубликом високий кремезний чоловік, водій Зяблова. Мав пробиту кулею праву долоню. Ірму розв'язали. Я поміг їй піднятися і відчув, як їй важко втримати рівновагу. Скидалося на те, що вона геть п'яна. Однак вона все ж вирвалася від мене і з усієї сили копнула водія в голову, а потім знову опала на мої руки. Я підвів її до фотелю і посадив.

— Що тут трапилося? — запитав комісар.

— Ха! — тішився Радомський.— Як я його поцілив! Одним пострілом вибив йому з руки пістолета.

— Ти чудово списався! — похвалив його комісар.— Дайте Ірмі води.

— Оцей гівнюх… виманив мене з хати…— промовила Ірма, напившись.— Буцім до мене має якусь справу Зяблов.— Язик у неї злегка заплітався, вона важко дихала.— Я дурна… повірила. А тут він запропонував… зачекати кілька хвилин… мовляв, зараз Зяблов спуститься… і пригостив мене шампанським. Коли я випила, то за хвилю відчула запаморочення. І тут… він накинувся на мене і став душити. Я й зараз чуюся, наче геть п'яна. Я відбивалася, як могла… але сили мене покидали. Що за холєру він мені налив?

— Він був сам? — запитав пан Герман.

— Здається… Але не буду стверджувати, бо мені накинули на голову мішок і стали в'язати… Можливо, був ще хтось. Я чула запах цинамону.

— Хто був з тобою? — запитав у душія пан Герман.

Той пробурчав:

— Спочатку закурю, а тоді скажу.

— Кури,— дозволив комісар і подав йому рушника.

Водій підвівся, обмотав, сидячи, рушником руку і вийняв з кишені дзигарничку, а з неї папіроску. Капрал підніс сірника. Водій смачно затягнувся, загадково усміхаючись, потім швидко ще раз затягнувся і ще раз — якомога глибше. Разом із димом долинув до нас специфічний запах гіркого мигдалю, але було запізно — він звалився спиною на підлогу, а з його рота закублилася густа піна. Ще кілька разів сіпнувся і завмер.

Пан Герман вилаявся:

— Шляк трафить! Як же ж ми попалися! В папіросі був ціанід!

— Отруївся, скотина,— сказала Ірма не без вдоволення.

— Коли ти їхала з ним у машині, чула цинамон? — запитав я.

— Ні. Тільки тут. Але зараз його не чути.

Ми обійшли весь будинок, зазирнули і в підвал, і на стрих, але жодних слідів таємничого другого, якщо він був узагалі, не знайшли. В підвалі, щоправда, було незамкнене вікно, кудою він міг чкурнути. Але «майбах» зостався на місці.

Мов на підтвердження наших роздумів почувся гуркіт мотора, і якесь авто на великій швидкості промчало у бік центра. Але то був не «майбах».

— Ч-чорт! — похитав головою комісар.— Треба було оглянути вулицю. Десь ще ховалося друге авто.

— І що тепер? — запитав капрал.— Можемо звітувати, що душія впіймано?

— Можемо,— кивнув комісар.— Хоча…— Він поглянув на мене.— А скоч-но до будки і зателефонуй Зяблову. Зараз тобі запишу його телефон.

— Додому?

— Звісно, що додому.

Він дав мені номер, я вибіг на вулицю. Будка стояла на розі. Я набрав комутатор, сказав пароль поліції та попросив, щоб з'єднали з помешканням Зяблова. За хвилю жіночий голос повідомив, що пана Зяблова нема вдома.

Напровсяк я попросив набрати номер Киселя. Його доволі довго шукали. Врешті він узяв слухавку, і я почув його підхмелений голос:

— Гальо! Слухаю.

— Доброго вечора, пане Кисіль. То Марко Крилович.

— А-а, нічний репортер! А ви чого нинька не в мене?

— А що там у вас?

— Ну, та що — прощальний вечір. Мусимо ще останній раз поспілкуватися в приємній компанії, бо далі невідомо, як буде. Вам мали телефонувати.

— Мене не було вдома. А скажіть, чи пан Зяблов зараз у вас?

— Аякже! Як же ж без нього!

— А давно він прийшов?

— А того я вам не скажу. Здається, як і всі. То купа народу. За всіма й не встежиш. Фалюйте сюди. Треба розслабитися. Мені Мирося вповідала, що ви пережили. Винен вам фляшку доброго напою.

— Добре, але я хотів би упевнитися, що він зараз у вас.

— Але ж ви цваний! Гаразд, зараз гляну, зачекайте.— За хвилю він повернувся.— Кажуть, він у садку. Взяв купальний костюм і плаває в басейні. То я вас чекаю.

Я хотів попрохати його, щоб все ж таки пересвідчився, чи Зяблов справді у басейні, але Кисіль вже поклав слухавку. Я повернувся на віллу й переповів розмову.

— Кажуть! — перекривив Обух.— Чому ти не наполіг, щоб він пересвідчився?..

— Бо він кинув слухавку. До того ж уже був добре під хмелем.

— Мабуть, тобі варто скористатися запрошенням і побачитися з Зябловим.

З лазнички вийшла Ірма, вона вже встигла виблюватися з допомогою пані Шпакової і виглядала значно притомнішою.

— Отже, сьогодні ви могли стати черговою офірою цинамонового душія,— промовив комісар.— І тільки завдяки тому, що за вами відбувалося безперервне стеження, ви врятовані. Мусите бути вдячні пані Шпаковій і нашому агентові.

— Так, це дуже приємно — весь час перебувати під чиїмсь пильним оком,— зіронізувала Ірма.

— Дихльорфеніламін,— сказала пані Шпакова, принюхуючись до келиха, з якого випила Ірма.— Він сильно збиває кров'яний тиск і зневолює людину. Але ця доза на вас не подіяла як належиться. Перед візитою до Зяблова ви щось вживали?

— Я випила горня міцної кави з коньяком.

— Це вам, безперечно, помогло.

Пан Герман кілька хвилин гортав свою незмінну книжечку, врешті підняв очі і задоволено усміхнувся:

— З іменинами вас, панночко.

— Що? — не зрозуміла Ірма, а ми всі здивовано зиркнули на екс-комісара.

— Так-так… з іменинами. Бо нині, четвертого вересня, якраз іменини Ірмеґарди. А ми не второпали, що йшлося не про ім'я «Walentyna», а про російське — «Walentina»! Треба було шукати не дівчат на букву «Y», а тих, які на «I».

— Я й далі нічого не розумію,— сказала Ірма.

— Душій убивав жінок у дні їхніх іменин таким чином, щоб з перших літер їхніх імен вийшло ім'я якоїсь Валентіни,— пояснив пан Герман.— Ми ж, маючи вже шістьох жертв, отримали ім'я «Walentyna», а тому шукали ім'я наступної жертви на літеру «Y». І помилилися.

— Це був той самий, що нападав на мене,— сказала Ірма.— Нарешті я пригадала собі його голос і запах.

— Що за запах? — запитав комісар.

— Запах гвоздики.

Пані Шпакова метнулася до лазнички, затраскали дверцята шафок, і за хвилю повернулася з флаконом парфумів «Красная гвоздіка». Ірма взяла з її рук флакон, понюхала і скривилася.

— Так, то вони. Ґидота.

— Ну що ж,— звернувся пан Герман до комісара.— Можете, пане Романе, доповідати керівництву, що справа душія завершена.

— Гм…— похитав головою комісар.— Чомусь в мене таке відчуття, що це ще не кінець.

— Кому належить ця вілла? — запитав я.

— Совєтському посольству,— відповів Обух.— Вони тут облаштовують прийняття. І поки ніхто з них не впав нам на голову, треба уважніше оглянути всі приміщення.

Прошу до роботи, панове. Ви, пані Шпакова, і агент Рачек беріть партер, ми з паном Германом йдемо нагору. Радомський! Не позіхай. Обстеж підвал. А ти,— звернувся до мене,— катай до Кисіля і побалакай із Зябловим. Послухай, що він буде казати про це все. Але не напирай. Делікатно. Ти мене зрозумів?

Я кивнув.

— Можу взяти авто?

— Бери. Я викличу друге.

— Ти зі мною? — запитав я Ірму.

— З тобою. Хочу почути, що розповість Зяблов.

Ми вийшли на вулицю. До будинку під'їхало санітарне авто, щоб забрати труп убивці. З авта вискочив Юзик Шнайдер.

— Що там? Ще одна? Сьома?

— Нє,— відказав я.— Цього разу будеш мати труп маніяка.

— Що? — здивувався він.— Ви його таки допали? Курва! Я його буду різати з особливим задоволенням. Тягніть ноші,— гукнув санітарам.

Ми попрощалися і поїхали з Ірмою на Личаківську, де вечірнє життя буяло — двері всіх шинків були гостинно відчинені, а звідти лунала музика й співи. Уздовж будинків групками стояли повії і махали нам руками, запрошуючи до забави.

3

В казині зібралося зо три десятка гостей. Ніхто не грав ані в карти, ані в рулетку, лише їли, пили й вирішували проблеми Європи, обговорювали війну і демонстрували високі стратегічні таланти. Зяблов сипав анекдотами, його кругла голова, ще мокра після басейну, була забита

ними вщерть. Коли ми потрапили в поле його зору, він на мить затнувся і відвів погляд. Зате не зводив з нас очей Воронін. Цей торговий аташе скидався мені на більшого начальника, ніж віцеконсул.

До нас підійшов Кисіль.

— Радий вітати. Частуйтеся і ні в чому собі не відмовляйте. Давні часи не повернуться.

— Дякую,— сказав я і коротко описав йому сьогоднішню пригоду з душієм. Однак про те, що той самий душій винен і в смерті його доньки, я змовчав, бачачи його веселий настрій. Такі речі краще сприймати натверезо.

Він похитав головою.

— З того, що я почув, у вас нема доказів, що їхній водій діяв у парі з кимось. Тому не радив би у нашій ситуації конфліктувати з Зябловим.

— Я й не збираюся. Чи не могли б ви його тихо відволікти від компанії?

— Зачекайте в моєму кабінеті. Я пошлю його туди. А ви розкоркуйте віскі з мого бару і пригостіть його.

Ми так і зробили, я розкоркував пляшку, розлив на двох, і ми з задоволенням випили. Потім розлив ще. Третя чарка чекала на дипломата. Зяблов увійшов, усміхаючись, обличчя мав розчервоніле від випитого. Але увійшов не сам, а з Ворoніним. Чомусь я не здивувався.

— Цілком слушно, що ви вирішили з нами перебалакати,— сказав він.— Ага, це те віскі, про яке казав Кисіль… Налийте, будь ласка, і нашому торговому аташе.

Він хляпнув у фотель, біля нього сів Воронін. Я узяв чарку з креденса і налив також йому. Воронін вискалив свої кінські зуби, підняв чарку і виголосив:

— За побєду!

— Пане Зяблов,— почав я.— Ви не знаєте часом, де ваш водій?

— Сєрьога? А хрін його знає,— недбало промовив він.— Я відпустив його після того, як він завіз нас сюди.

— І ви обоє відтоді не покидали цього приміщення?

— Нє-е, не такі ми дурні — піти раніше за інших. Воліємо розслабитися, коли є така нагода. Грядуть величезні зміни. Хто на розливі, щоб руку не міняти?

Я налив знову і продовжив:

— Бачите… Ваш водій виявився тим самим маніяком, який душив жінок. Він також застрелив Альберта Коса і Камілу.

— Що? — Зяблов аж закашлявся.— Що ви таке кажете?

Воронін закректав зо сміху, а живіт його затрясся.

— Сєрьога! Та він тихіший трави!

— Цей ваш тихіший трави мене душив на Погулянці,— не втрималася Ірма.— Заманив туди, сказавши, що ви, пане Зяблов, хочете зі мною зустрітися.

— Що за нісенітниці! — обурився той.— Якби я хотів з вами зустрітися, то запросив би до ресторану.

— Одначе це так,— сказав я.— Поліція його вистежила і впіймала на місці злочину.

— Він признався? — запитав Воронін, продовжуючи розмовляти байдужим тоном і вдаючи, що насправді усе це мало його цікавить. Та вочевидь переграгравав.

— Він мав при собі отруту. Заки ми його схопили, отруївся.

Зяблов стенув плечима і зиркнув на Вороніна. Той вийняв пачку «Біломору», закурив і відкинувся розслаблено на спинку фотеля. Зяблов кивнув мені, щоб я налив.

— Які у вас докази, що то був маніяк? — запитав Воронін.— Може, він просто запрагнув цю прекрасну жінку. Кров заграла, хто його знає.

— Він не вперше на мене нападає,— сказала Ірма.

— О! — пожвавився аташе.— А я що кажу! Він, може, і маніяк, але ви стали причиною. Не подумайте, що я його виправдовую. Зовсім ні. Я лише висловлюю глибокі сумніви в тому, що саме він був маніяком. У вас же ж нема жодних доказів?

Я вже бачив усю безглуздість нашого спілкування, але мусив повідомити ще дещо.

— Поліція має докази щодо підпільної діяльності вашого консуляту. Їм відомо, що ви депонували коштовності й валюту євреїв, які намагалися виїхати до Палестини, а потім пропадали. Маємо теж свідків, які дивом врятувалися з корабля, який віз їх з Констанци до Одеси.

Зяблов не стримався, щоб не розреготатися:

— Це, звісно, найдотепніший анекдот, який я почув за сьогоднішній день. Ми до цього не маємо жодного стосунку. І зараз… в умовах війни вам справді хочеться скандалу?

— Ні.— Я скрушно похитав головою.— Не хочеться. Та й не дозволять нам робити якісь різкі кроки. Просто хотів поінформувати.

— А як щодо Деккерових плівок, які ви нам обіцяли? — запитав Воронін, нахилившись вперед і просвічуючи мене риб'ячими очима, в яких читалося роздратування.

— Я вже пояснив, що їх забрала поліція.

— Ні, це не зовсім так. Ви самі їх знайшли і передали поліції, хоча в нас домовленість була інша.

— Це вам розповіла Наталія Рознер? — запитав я.

— А це хто ще, в біса, така? — здивувався Воронін, похмуро звівши брови на переніссі.— Пєтя, ти чув щось про неї?

— Вперше чую.

— Професор Йоахім Гайнц стверджує, що передав її вам,— сказала Ірма.

— Хто такий той ваш Гайнц? — Воронін поволі наливався кров'ю.— Ви мелете якусь абсолютну нісенітницю. Ніхто нам нікого не передавав. У нас є свої канали, щоб довідатися, як усе було насправді. І ви нас, Марку, сильно підвели.

Однак я наполягав на своєму:

— Німці на ваше прохання передали Наталію Рознер. Ви її допитали, бо вас цікавила папка з розрахунками Альберта Коса.

Зяблов сіпнувся і перезирнувся з Вороніним, алкоголь його розслабив, він вже не стримувався і запитав:

— Ви знайшли її?

— Ні. Наталія передала папку Деккеру. І слід її пропав. Що з нею сталося після того, як ви її допитали?

— Припиніть! — визвірився віцеконсул.— Я поняття не маю, хто така та Рознер! А щодо папки… Так. Вона нас цікавить.

— Мене теж цікавить, як Наталія опинилася в моєму помешканні задушена, зґвалтована, гола і без очей. І ще: що ваші люди робили на віллі Деккера?

Обоє раптом знервовано підвелися, цього разу уже не вдаючи награного спокою.

— Дякуємо за інформацію. Я не для того вас наймав, щоб ви лізли в наші справи,— буркнув Зяблов.— Щось у мене горло пересохло від вашого віскі. Ходімо, Льоша, хляпнемо водочки.

Вони вийшли, а я зітхнув:

— Ми довідалися те, що нічого не довідалися. Не варто було й пробувати. А до речі, ти переконана, що Гайнц не збрехав? Може, то він мені трупа підкинув?

Вона стенула плечима:

— Нічого стверджувати не можу. Я не була присутня при допиті Наталії в нашому консуляті, бо мусила відпровадити Мольтке.

— Мені стає біля тебе моторошно,— пожартував я.

— Не перебільшуй. Я була лише зв'язковою між тобою і організацією. Мене вони ніколи не допускали до якихось своїх потаємних справ. Зате мені стає незатишно біля тебе.

— Чому?

Вона прискалила очі:

— А що, якою була в ліжку та Каміла-Наталія?

— Е-е, ми так далеко не заходили,— збрехав я впевненим голосом.

— Аякже! Вона все розповіла. І ти, засранець, перчив жидівку?

— Не знаю, навіщо вона це вигадала. Я з нею не спав.

— В принципі, мені байдуже. У мене до тебе значно глибші почуття. Але ніколи мені не бреши. Ходімо наділ. Найближчими днями нас не чекає нічого доброго.

— Може, Франція й Англія все ж таки...— промовив я, підводячись.

Ірма пирснула сміхом.

РОЗДІЛ ВІСІМНАДЦЯТИЙ

5 вересня 1939 року, вівторок

1

Її щоранкове непомітне вислизання з ліжка вже стало традицією, як і записки, в яких вона висловлювала мені свою любов. Може, це й справді любов? І чому б мені їй не піддатися?

Мої роздуми перервав візит пана Покізяка, який сповістив, що наказав траґачам занести мої продукти до льоху. Долари з німецької вілли я передав нашому видавничому концерну, який ледь не в повному складі збирався в еміграцію. Але золотих після розрахунку з Покізяком ще залишалося чимало. Я взяв у Обуха авто і поїхав до колоніяльної крамниці пана Губського та викупив у нього весь алкоголь, який там був. Здається, я тепер був готовий до тривалої облоги.

По обіді я завітав до комендатури. В кабінеті Обуха сидів інспектор і розглядав світлини з вілли, де було впіймано душія. Відклавши папку, запитав:

— Отже, це був водій Зяблова? Це остаточно?

Комісар кивнув.

— Так… Проте він числився не персональним водієм Зяблова, а всього консуляту. Нам вдалося довідатися про нього дещо більше. Його батьків було репресовано. Батько мордвин, а от мати — волзька німкеня. Точніше нащадок переселенців зі Швайцарії з місцини Альґоль.

І тут цікавинка… він, власне, й розмовляв альґольською говіркою, яку всі сприймали за калічену німецьку.

— Он воно що! — здивувався інспектор.— Але, гадаєте, був не сам?

— Є така підозра. Однак жодних доказів нема. Праця в консуляті пояснює обізнаність вбивці з документами окремих жертв. Як у випадку з Сабіною. Ми ще тоді здогадалися, що це хтось, хто має доступ до документів.

— Що ви знайшли на віллі?

— Знайшли очі Сабіни в слоїку зі спиртом.— Обух показав на шафу, де з полиці на нас дивилися очі бідолашної дівчини.— А також знайшли «Сміт-Вессон» 38-го калібру. Куля, якою вбито було Альберта Коса, випущена з цього револьвера. Але це ще не все… Юзик, роблячи розтин тіла Шпака, знайшов у нього в шлунку кулю і гільзу. Шпак їх проковтнув, коли почув, що за ним ідуть.

— Це вже щось! — збадьорився інспектор.— Що ви можете сказати про кулю?

— Куля від пістолета «Sauer 38H». Доволі рідкісна в нас модель.

Я напружився.

— «Зауер»! Я бачив його в охоронця доньки Кисіля.

Інспектор і комісар подивилися на мене з подивом.

— Це цікаво,— промовив інспектор.— Але навіщо Кисілю вбивати Деккера?

— Мабуть, він знає щось таке, чого не знаємо ми,— сказав я.— Хоча, як сказав професор Гайнц, Деккер свою кулю заслужив. Можна лише подивуватися, скільки різних людей бажали йому смерті.

— То що робимо? — запитав комісар.

— Нічого,— відповів байдужим тоном інспектор.— У нас нема певності, що це той самий пістолет. А навіть якщо той самий… то що це нам дає? Ну, припустімо, що застрелив Деккера охоронець Кисіля. І що? В умовах війни одні речі нівелюються, перестають бути важливими

і нагальними, а інші, навпаки, загострюються, увиразнюються і стають життєво необхідними. Чи є для нас життєва необхідність з'ясувати достеменно, хто вбив негідника? Ми однаково карати нікого не будемо. За вбивство Шпака у нас затриманий Клаус. Але вже надійшла петиція з німецького консуляту з вимогою його звільнити. Слова професора Гайнца про те, що саме Клаус убив нашого агента, до справи не пришиємо.

— Мені все ж цікаво, кого упізнав Шпак,— сказав я.

— А вам ніхто не заважає нишпорити в цьому напрямку,— відповів інспектор.— Ми тут усі просто спостерігачі. І ще одне… Зараз я вирушаю на фронт. Пане комісар, залишаю вас за головного. Половина комендатури їде зі мною. Ваше завдання — не допустити погромів і грабунків.

Він попрощався зі смутком і вийшов. Комісар зиркнув на мене і запитав:

— Ти справді хочеш продовжити розслідування?

— Хочу закрити всі гештальти.

— З тими доказами, які маєш на руках, не закриєш нічого.

— У мене є свій план.

2

Кисіль був здивований моїм візитом.

— Чесно кажучи, вас я не чекав,— сказав він, тиснучи мені руку.— Та, зрештою, я й нікого не чекав. Не той час, щоб робити візити. Але сідайте.— Він показав рукою на канапу.

— Маєте рацію, але вже вибачайте — цей візит діловий. Він пов'язаний з убивством Деккера.

Кисіль здивовано похитав головою:

— І в чому я тут можу помогти?

— Скласти все докупи. Спочатку вважалося, що Деккера застрелили німці, потім — що москалі. Але в поліції опинився записник агента Шпака, з якого випливає дещо інша картина.

— Далі не розумію, який це має стосунок до мене.

— Справді? Людиною, яка побачила адреси трьох брюховицьких вілл, був не хто інший, як Шпак. Коли ми з ним розмовляли в ресторації, мене покликали до телефону, і пані Шпакова молола дурниці, аби мене відволікти. Він за той час переписав чи запам'ятав ті адреси, а відтак самотужки відшукав віллу Деккера і встановив за нею спостереження.— І тут я вирішив схитрувати.— Ви ж бо і його найняли шукати свого колишнього зятя. От він і повідомив вас, що знайшов віллу і назвав її адресу. З цього місця продовжуйте ви.

Кисіль стенув плечима:

— Тут нема що продовжувати. Так, я найняв і його. Коли він повідомив, що знайшов віллу, я доручив продовжувати стеження. Вказівок вбивати нікому не давав.

— Хто ще міг чути вашу зі Шпаком розмову?

— Куди ви хилите? — обурився Кисіль.— Підозрюєте когось із моєї родини?

— Це не проста підозра. Буду вдячний, коли закличете Мирославу і Зеня.

— Пане Марку, а ви не забагато на себе берете? Ви ж не поліцейський. І я не зобов'язаний вас слухати.

— Звісно, можете не слухати. Але я подумав, що така неформальна розмова буде для вас вигідніша, аніж допит у комендатурі. Бо я дію згідно вказівок комісара поліції.

— Що мені ваш комісар? Зараз наберу інспектора! — Він потягнувся до телефону.

— Не наберете. Він вирушив на фронт,— зупинив я його.— Тепер за головного комісар Обух.

— Шляк! — Йому не подобалося, що його загнали в кут. Але, розміркувавши, мабуть, визнав, що краще ма-

ти справу зі мною, і, знявши слухавку, наказав Зеньові привести Росю. Потім закурив і запитав: — Що в тому записникові?

— Зараз почуєте.

За хвилину увійшли Рося і Зеньо. Кисіль запропонував їм сісти навпроти і сказав:

— Марко має свою версію загибелі Деккера і забажав, аби й ви її вислухали.

Я помітив, як Зеньо засовгався, а Рося злегка збліднула і закусила верхню губу, вдаючи, що її це не дуже цікавить.

— Поліція має кулю і гільзу від пістолета «Зауер 38Н»,— почав я.— А також має записник Шпака, який фактично став свідком убивства Деккера. З його нотаток випливає, що коли він у середу підгледів у мене адреси вілл, то почав розшуки самотужки. Він не знав, як виглядає вілла, і йому довелося стежити відразу за трьома. Це зайняло більше часу. В п'ятницю надвечір він повідомив пана Киселя, що нарешті знайшов віллу Деккера, назвав адресу і отримав завдання стежити далі. Але цю розмову почув ще хтось. Того ж вечора о 20:10 до вілли під'їхало авто, з якого вийшло двоє осіб. Вони підійшли до дверей і постукали. Господар запитав, хто там, і, почувши знайомий голос, відчинив двері. А тепер скажіть мені: чий знайомий голос міг не викликати в Деккера жодної перестороги? — Всі мовчали. Я продовжив: — Голос, безперечно, належав Мирославі. А пістолет — Зеньові.

Рука Зеня поповзла за спину, я вихопив «люґера» і наставив на нього. Він поклав руку на коліно і завмер. Рося зблідла ще більше.

— Що ви таке кажете? — дивувався Кисіль.— Ви підозрюєте Мирославу і Зеня у вбивстві?

— Не підозрюю, а твердо знаю. Мирослава того вечора понад дві години приміряла сукню. Її ніхто не бачив. Зате Шпак їх упізнав і зафіксував цей факт у записнику.—

Я нахабно брехав, але не відчував сумнівів у своїй правоті. І щоб швидше схилити їх до зізнання, додав: — Відразу скажу, що це вам нічим не загрожує. Ми дійшли висновку разом з комісаром та інспектором, що загибель негідника в час війни — не така вже й трагедія. А отже, ніхто покараний не буде. Мене лише цікавить одне: за що? За що було вбито Деккера?

Рося і Зеньо мовчали. Озвався Кисіль.

— Курва… хто з вас підслухав мою розмову зі Шпаком? Га? Ти? — звернувся він до Зеня. Той кивнув і опустив голову.— А далі що? Розповів Мирославі? Так? — Той знову кивнув.— А ти чого мовчиш? — Це вже до Росі.— Як було далі?

Рося підвела голову, зиркнула на мене похмурим поглядом і промовила:

— Так і було, тату. Я знала, що ти будеш тягнути і ніколи його не вб'єш.

— А на якого дідька його вбивати? — запитав Кисіль.— Він мені був потрібен живим. У мене свої були плани. Я хотів при його допомозі схопити за яйця Зяблова. Нам би це дуже згодилося в такий непевний час.

— На якого дідька вбивати? — Голос Росі зірвався.— Ти не знаєш? Все ще не знаєш? То я тобі скажу: він убив і спалив твою доньку!

— Як? — не втримався я, щоб не втрутитися в цей милий родинний диспут.— Адже то зробили люди Зяблова.

— Я теж так спочатку думала. Але коли ми побували в його будинку на Східній, я знайшла…— Тут вона підвелася, підійшла до шафи з книжками, витягла невелику плескату папочку та простягнула мені.

Я погортав її і зрозумів, що то і є та сама папка, про яку оповідав професор, папка, яку Наталія знайшла у валізі і віддала Деккерові і яку так хотілося б знайти Зяблову.

— Ваш план взяти Зяблова за яйця ще може мати успіх,— промовив я і передав папку Киселеві.

Він з ентузіязмом став гортати аркуші, і на очах його обличчя розпромінювалося. Розпромінилося і обличчя Росі, а Зеня врешті попустило.

— Курди молі! — скрикнув Кисіль.— І ця папка лежала отут перед моїми очима?

Я сховав «люґера» і запитав:

— І де ти...— тут я миттєво поправився,— де ви знайшли цю папку? Поліція, яка робила обшук перед нами, її не виявила.

Але Кисіль встиг помітити мою обмовку і з підозрою зиркнув на мене, потім на Миросю, але знову занурився в папку.

— Коли Каміла віддалася за Деккера,— відповіла Рося,— тато подарував їм такі самі меблі для спальні, які були в нашій з Камілою. Це її дуже зворушило. В нашій шафі ми мали тайник. За овальним дзеркалом. Воно було доволі грубе і прилягало до дверцят лише своїми краями, а посередині мало широкий жолобок. Кріпилося шрубами. Якщо шруби злегка ослабити, то можна у щілину за дзеркалом що-небудь сховати. Ми там ховали наші потаємні щоденники. Аби мама не побачила.— Кисіль підвів голову і став слухати.— У спальні Каміли і Деккера була така сама шафа і таке саме дзеркало. Колись Каміла розповіла про неї чоловікові. І коли я порпалася в шафі, то вирішила перевірити ті шруби. Я їх розкрутила і виявила за дзеркалом папку. Кинула її між Камілині речі й забрала з собою. Я тоді ще не знала, що там. Просто забрала і все. А коли побачила, то зрозуміла, що добровільно Альберт ніколи б такої папки нікому не віддав. А це означає одне — його вбив той, хто здобув цю папку. Потім Зеньо підслухав адресу вілли, і ми в п'ятницю поїхали. Я постукала. Деккер запитав, хто там. Я назвала себе і сказала, що в мене є для нього важлива новина. Він здивувався, як я його знайшла. Я відповіла, що йому варто вислухати мене, інакше він у небезпеці. Тоді він відчинив, Зеньо

його збив з ніг і поволік у вітальню. Він лежав, Зеньо стояв над ним з націленим пістолетом. Я розповіла йому про свою знахідку і звинуватила у вбивстві сестри. Однак він все заперечував. Казав, що ту папку йому передала Наталія... Дівчина, яка вдавала Камілу. Що ніби вона знайшла її в помешканні на Чарнецького. Зеньо вдарив його раз, другий... Я сказала, що ми його вбивати не будемо. Що повеземо його до мого тата, але він мусить нам усе розповісти. Він сказав: «Яка різниця, хто мене вб'є?» — «Ні,— відповіла я.— Він вас не вб'є. Я його знаю. Він вас використає». Тоді він розповів, що Наталія за його завданням вистежувала Камілу і одного вечора підслухала її розмову з Косом, що вони збираються тікати, маючи повну валізу коштовностей. Також вона стала свідком, як убито було Коса й Камілу. Мовляв, то був хтось невідомий.

— Але ви йому й далі не вірили? — запитав я.

— Не вірили. Зеньо звелів йому встати і йти до машини. Ігнац підвівся, зробив кілька кроків. Ми йшли за ним. Раптом він розвернувся і різким рухом вдарив Зеня долонею по горлу.

— Йо, ребром...— зітхнув Зеньо, торкаючись горла.— Мені ще й досі болить.

— Зеньо втратив рівновагу,— продовжила Рося.— Другим ударом Ігнац вибив йому пістолет з руки. Удар був такий сильний, що пістолет відлетів на другий кінсць вітальні. І впав просто мені до ніг. Деккер кинувся за ним, але я встигла раніше. Машинально, не цілячись, вистрілила. Хотіла лише його налякати.— У неї тряслись руки.— Цілила понад голову... Не знаю, як так вийшло...

— А з якої позиції ви стріляли? — запитав я.— Стоячи?

— Ні. Я стріляла ледь не від самої підлоги. Інакше б не встигла. Він летів на мене. Я гарячково вхопила і натиснула цинґель. Куля вцілила в шию.

Я кивнув:

— Так, з такої позиції стріляти складно.

Зависла тиша. Кисіль встав, узяв з бару віскі і налив собі та мені.

— Це не вкладається мені в голові...— промовив, коли ми випили.— Аби моя донька... Хто б подумав... Але, зрештою, то був справді негідник.

— Погоджуюсь,— сказав я.— Тільки він не винен у смерті Коса і вашої доньки.

— Як?! — скрикнула Рося.

— А так, що убив їх той самий душій, за яким ми полювали і нарешті упіймали. Він не застрелив Камілу, а задушив. Застрелив лише Коса. Деккер казав вам правду.

— Господи! — Рося захлипала і сховала обличчя в долонях.

— О-о! — застогнав Кисіль.— Краще б я того не чув.

Я вирішив, що свою місію виконав, попрощався і вийшов. Біля брами мене наздогнала Рося.

— Ти зневажаєш мене, так? — запитала зі сльозами на очах.

— Звідки ти це взяла? Якщо все виглядало так, як ти описала, то був самозахист. І повір, мені не шкода Деккера,— заспокоював я її.

— Справді? — Вона усміхнулася.— Ти так думаєш?

— Я б тобі показав, як я думаю, але нас можуть побачити з вікон.

— А що би ти зробив?

— Дав би кляпса по твоїй чудовій дупці.

Вона розсміялася і витерла сльози.

— А я не проти, щоб ти мені дав кляпса.

РОЗДІЛ ДЕВ'ЯТНАДЦЯТИЙ

Окупація

Бомбардування Львова не припинялося, майже щодня на обрії з'являлися цілі ескадри літаків, а на кожному виднівся німецький гакенкройц[1]. Бомби впали на Городоцьку, Сапіги, на летовище у Скнилові, сотні вбитих, безліч поранених на Короткій і біля костелу святої Єлисавети. Львів незабаром залили цілі маси втікачів з Польщі. Це були з вигляду не бідні люди. Вони втікали автами, автобусами, потягами, а то й звичайними підводами, всі були дуже задихані і перестрашені. Шлях їхній лежав на Румунію. Але хто не був достатньо заможний, той залишався у Львові.

Бомбардування охолодили воєнний запал, і польські старшини, відбуваючи на фронт, уже не прощалися бадьорими окликами «До побачення в Берліні!».

Польська влада знайшла крайніх у поразках на фронті. Ними виявилися українці. Арешти, які почалися ще перед війною, продовжилися, сотні безпідставно звинувачених у зраді помандрували до концтабору в Березі Картузькій.

Свіжі газети повідомили про пленарне засідання сейму і проголошення військового стану. Злочини, які раніше каралися до п'яти років ув'язнення, тепер каратимуться десятьма і п'ятнадцятьма роками. А ті, що каралися ув'язненням понад п'ять років, будуть каратися смертю.

---

[1] Свастика, букв. «гачкуватий хрест» *(нім.)*.

Вироки смерті повинні виконуватися протягом двадцяти чотирьох годин.

Пополудні дванадцятого вересня німецькі моторизовані стежі зупинились на Богданівці, Левандівці й Сиґнівці і стали обстрілювати місто з легких гармат. Місто було оточене з трьох сторін тісним перснем, так що польське військо могло відступати лише на схід — на Винники й Підберізці. Але за кілька днів німці підійшли і зі сходу. Ми опинилися в повній облозі.

Продовжувала видаватися лише одна газета «Діло», але з 12 вересня вона вже не виходила поза міські рогачки. За кілька годин перед тим, як червона армія перейшла Збруч і Буг, поліція влаштувала погром «Діла». Ополудні в неділю 17 вересня я зустрів на ринку редактора «Діла» Івана Німчука[1]. Мав знервований і змучений вигляд. Те, що він повідомив, не вкладалося в рамці здорового глузду. Цієї ночі до будинку «Просвіти» увірвалося біля сотні поліцаїв та агентів під проводом військового поручника.

— Вони вирішили перешукати ввесь дім, бо нібито з його вікон стріляють до польських вояків, а в підвалах ховаються якісь підозрілі елементи,— розповідав він.— Але тими «підозрілими елементами» були молоді хлопці, українські політичні в'язні, яких випустили з в'язниць і вони шукали захисту перед бомбами в наших підвалах. Поліцаї порозбивали шафи та бюрка в «Ділі» й «Просвіті», порозкидали й потоптали рукописи, поламали машини до писання, в друкарні повисипали на підлогу всі черенки і змішали ногами та понищили лінотипи. В бібліотеці «Просвіти» подерли масу книжок і поперевертали всі шафи так, що до тих кімнат годі було приступити. А ще знищили вже готовий склад «Діла» з сьо-

---

[1] Іван Німчук (1891–1956) у 1935–1939 роках був головним редактором «Діла», у 1939–1941 роках репресований, автор спогадів «595 днів совєтським в'язнем».

годнішньою датою. Вандали… вандали… А що з вашим редактором Іваном Витвицьким? Вже відомо, за що його арештували?

— Якби ж то тільки арештували! — зітхнув я.— Вони його розстріляли без суду на узбіччях львівської Цитаделі. Ветерана УГА, який завше виявляв себе як ворог німецького нацизму, насміхався з Гітлера… Розстріляли за нібито симпатії до німців. Нема слів… вони просто з паніки подуріли.

— І що ваші тепер?

— Та ніц. Видавничий концерн закрився. Всі розбіглися.

— Але поляки ще намагаються склеїти розбитий дзбанок,— сказав він і простягнув мені «Wiek Nowy» з підкресленими рядками: «Пліч-о-пліч з жовніром-поляком стоїть жовнір-жид, а поруч нього жовнір-українець. Усіх їх єднає та сама думка і те саме почуття: перемогти спільного ворога… Німці витрачають багато зусиль, намагаючись зіткнути в бою два братні народи — українців і поляків. Застерігаємо вас, українці, перед новими підступами тевтонів, одвічних ворогів слов'янського племені. Щоденно разом з бомбами, що сіють смерть і руїни, розкидають вони листівки, якими підбурюють вас проти польської армії. Українці! Німці бомбардують і грабують наші і ваші села. Вбивають наших і ваших жінок та дітей, нищать церкви і костели. Помстімося разом за наші спільні кривди, борімося пліч-о-пліч».

— І що воно варте? — відказав я.— Вони нас не покликали до війська. Все, що ми можемо, то хіба зводити барикади. Але барикади проти панцерників нічого не варті.

Ми потиснули одне одному руки і розійшлися в різні боки. Але тільки для того, щоб за два тижні зійтися в одній камері.

20 вересня з'явився німецький ультиматум до оборони міста з вимогою піддатися, інакше Львів буде знище-

ний. Водночас дозволено було цивільним особам вийти поза лінію німецького фронту двома вулицями — Жовківською і Личаківською до п'ятої пополудні. Тисячі львів'ян вирушили з клунками й малими дітьми в обидва напрямки, але ті, що вибралися за Личаківську рогачку, вже у Винниках зустрілися з большевицькими танковими стежами і повернулися до Львова.

Над містом літали совєтські літаки й розкидали летючки українською мовою. Несподівано на будинках з'явилися червоні прапори. Це сторожі кам'яниць повіддирали з польських прапорів білу частину, і червоні прапори були готові.

В перші дні совєтської окупації часто можна було зустріти в місті польських вояків з понурими обличчями. Вони безцільно блукали, наче вівці без пастуха, але в кожному львівському будинку могли знайти тимчасовий сховок і тарілку зупи. З часом вони зникали, намагаючись пробитися до Румунії, але переважно зникали, тому що їх арештовували і відправляли на схід. Біля ніг фігури Матері Божої поклав хтось шаблю і офіцерську шапку. Вони лежали там досить довго. Завойовники їх не рухали.

Я рідко виходив до міста, сидів переважно вдома, щось писав і слухав радіо — італійські, англійські та французькі радіостанції передавали новини польською мовою. Варшава продовжувала боронитися, але вже зрозуміло було, що вона приречена. Провідувала мене лише Ірма. Кілька разів телефонувала Мирося, але я пригадував собі слова Шпака про те, що не варто розбивати її юне серце, і ухилявся від зустрічей. А ще я вагався, чи варто мені тікати на захід. Комісар Обух з кількома поліцейськими вирушили до Румунії, але, як я потім дізнався від Ірми, їх упіймали й арештували.

А першого жовтня прийшли за мною.

ЕПІЛОГ

— Кто на «К»? Виході!

Монголоїдна морда примруженими очицями ковзає по камері, в якій збилося до однієї тісної купи тридцять вісім голодних і змарнілих чоловіків, які вже втратили людську подобу. Вони брудні, в синцях і кривавих плямах, вони розбиті і зневірені.

Я знаю, що я на «К», але мовчу, бо вже не раз когось викликали отак і він ніколи назад не повертався. Я опустив голову між зігнені коліна і намагався вимкнутися, щезнути, розчинитися в цій задушливій камері, сповненій розпачу й горя.

— Кто, блядь, на «К»? Щяс начну піздіть!

І тоді вже нема ради. Я підводжуся, тримаючись за стіни, усе моє тіло ламає, корчить, я хитаюся наче п'яний і, важко переступаючи через скулені тіла, плентаюся до виходу, а монгол, на диво, не верещить, як то було завжди, не клене, а спокійно дивиться на мене і не підганяє. А коли я вже на порозі, відступає назад, даючи мені дорогу, і каже якимсь потойбічним тихим голосом:

— На дапрос.

Я знаю, куди повинен іти, і йду, але цього разу йду без поспіху, ніхто мене не штовхає в спину. Монгол і ще двоє охоронців тюпають за мною ззаду, монгол починає насвистувати, але я не можу вгадати мелодію, та й на дідька вона мені здалася.

— Стаять! — командує монгол.— Ліцом к стєнє!

Я знаю, що це означає: то ведуть когось із допиту, а ми не повинні бачити одне одного, хоча й так знаємо

всіх своїх, бо ґрипси[1] і перестукування мандрують від келії до келії. Але дивитися в очі при зустрічі в коридорі не маємо права. Та я, мовби відчувши якусь дивну ледь вловиму зміну в поведінці монгола і в ставленні до мене, повертаю трішки голову і скоса бачу, що ведуть Обуха: в одній руці невеликий полотняний мішечок, через другу руку перекинута маринарка, голова побита, на скроні запеклася кров, сорочка розірвана до пупа. Його голова опущена, але очі бачать мене, і я помічаю на його запечених вустах гіркий усміх. Куди його ведуть? Якщо «с вєщамі на виход», то хіба на етап, повезуть кудись у туманну далину, куди вже повезли польських офіцерів, поліцейських, суддів, прокурорів та не оминули й адвокатів, а відтак взялися й за українську інтелігенцію, бо інтелігенція завойовників гнітить, її треба знищити найперше. Обух мене минає, і я чую від монгола:

— Нє абарачіватся! Впєрьод!

Двері відчиняються одні за другими, одні за другими, аж поки я не опиняюся в коридорі, який веде до кабінету слідчого. Таких кабінетів тут більше, але цей кабінет найголовніший, бо це кабінет начальника в'язниці. Сюди викликають, коли вже все, крапка, коли оголошують смертний вирок або звільняють. Останнє малоймовірне.

Монгол делікатно стукає в двері, звідти лунає «Вхаді!», монгол відчиняє переді мною двері і легенько штовхає. Я опиняюся в кабінеті, де за столом окрім начальника в'язниці сидить незнайомий мені полковник. Перед ними на столі парує самовар, якого щойно, певно, зняли з маленької грубки. За спиною у них два портрети: на меншому зображений Лєнін, на більшому — Сталін. В обох добрі, лагідні очі.

Монгол рапортує, що привів саме мене, а не когось іншого. Начальник киває йому на двері. Монгол зникає.

---

[1] Ґрипси — таємні записки *(гал.)*.

В кутку збоку я бачу поламане крісло, на ньому сліди крові. Цим кріслом, мабуть, лупцювали Обуха.

Начальник піднімається і каже:

— Ну, ви уж тут бєз мєня.— І виходить.

Полковник наливає з самовара гербату і каже українською:

— Сідайте до столу. Напийтеся чаю. Зараз принесуть бутерброди.

Я не вірю своїм вухам, сідаю до столу, беру тремтячими руками горнятко і притуляю до вуст, гербата обпікає мене, але я цмулю її з неймовірною розкішшю, не розуміючи, що це може означати.

За хвилю заходить жінка у військовій формі, ставить на стіл тацю з канапками — на свіжих чорних скибках красуються плястерки сала, ковбаси, шинки, прикрашені кільцями цибулі. Що тут відбувається? Але ні, вголос я нічого не промовляю. Полковник терпляче чекає, поки я прожую третю канапку і зап'ю гербатою. Наливає знову і каже:

— Я розумію, ви здивовані. Але зараз я вам все поясню. Ми просто потребуємо вашої допомоги.

Він піднімає з підлоги течку, що стояла біля його ніг, витягує з неї товсту сіру папку і кладе на столі перед собою. Я впізнаю цю папку. Там зібрані матеріяли про маніяка, якого ми називали Цинамоновим душієм. Чому він зацікавив нову владу?

— Я бачу, ви упізнали цю папку,— промовив полковник.— Вам здавалося, що ви його упіймали? Ні. Ви впіймали не того. Бо він об'явився знову.

Я здригнувся від несподіваної новини.

— Знову? Коли?

— Учора. Шостого жовтня.

— Дайте вгадаю — вона мала ім'я на «І»?

— Так. На цей день припадають іменини Іраїди. Я читав усі поліцейські висновки стосовно цієї справи. Тепер, мабуть, варто чекати замах на жінку, чиє ім'я буде на «Н»,

а пізніше — на «А». Однак невідомо, чи він на цьому зупиниться.

— Ким була жертва?

— Цього разу не повія і не танцівниця… Цього разу дівчина, яка служила у нас.

— А що з очима?

— Очі він вибрав.

— А чиї вставив?

Полковник подивився на мене, примружившись.

— А як ви гадаєте?

— Невже Сабіни?

— Так, Сабіни. Її очі, що зберігалися в комендатурі в слоїку, залиті спиртом, були викрадені. Метод і стиль той самий. Пригадуєте?

Метод і стиль… метод і стиль… Звісно, як же його забути… Але чого вони хочуть від мене?

— Ми хочемо вам запропонувати співпрацю. Оскільки ви вже маєте досвід в розслідуванні подібних убивств, начальство вирішило залучити вас і тут. Так би мовити, в нових умовах…— Він помовчав, стежачи за моєю реакцією, а тоді виклав на стіл світлини останньої жертви маніяка.— Пізнаєте?

Авжеж… пізнаю. Це вона приходила разом зі ще двома арештовувати мене. Типова скуласта москалина, тільки замість її маленьких очей зяяли великі очі Сабіни. І це вона порпалася в моїх паперах, в шухлядах і на всі мої запитання реагувала мовчанкою. Метод і стиль не змінився — я її знав.

Я підняв очі і запитав:

— А комісар Обух?

Його обличчя спохмурніло.

— А що комісар Обух?

— Ми разом з ним це розслідували… І ще з паном Германом Фінкельштейном….

— Товаришу Крилович. Ми до вас, як до буржуазного журналіста, особливих претензій не маємо. Піддавшись ворожій пропаганді, ви інколи писали дещо на політичні теми, але доволі рідко. Частіше ви розвінчували буржуазний спосіб життя, усю цю гниль, занепад… Отже, ми можемо подивитися на ваші промахи крізь пальці. Але комісар Обух — це інша річ. Він належав до експлуататорів трудового народу, служив панській Польщі вірою і правдою. І навіть воював у польському війську проти червоної армії у 1920 році.

Цікаво, що мені вони цього не закидали. Очевидно отримали всі дані про комісара в комендатурі. Звісно, що там у його паперах було це все.

— Йому тоді було вісімнадцять років,— сказав я.— Дитина ще!

— У нас на це інший погляд. Він був проти тієї свободи, яку несла червона воля.

— Він не міг бути експлуататором. Сільський хлопець, сирота.

— Всі польські державні службовці були експлуататорами. І не намагайтеся це заперечувати.

— Але якщо ви хочете, щоб ця справа була успішною, звільніть комісара.

Полковник вдарив долонею по столу.

— Ви ще ставите якісь умови? Ваш комісар пішов на етап. Він вже в дорозі на Казахстан.

— А пан Герман?

— Також.

— Поверніть їх. Ви ж знаєте, що саме пан Герман розлущив загадку імен.

— Що ви собі дозволяєте? Я не всесильний! Я б узагалі з вами не розмовляв, якби не те, що до вас специфічний інтерес виявляє німецьке посольство. Особливо певна дама. Вже мені всі мізки проколупала. А тут ще з'ясувалося, що

загибла була родичкою столичного генерала! Він рве і метає!

— То чому б вам не заручитися його підтримкою? — не поступався я.

Він з хвилину насуплено сопів. Потім буркнув:

— Спробую, що зможу. Але нічого не обіцяю. Ось документ про ваше звільнення. Можете йти.

— А що з моїм помешканням? Там, мабуть, уже когось заселили?

Він глянув на мене спідлоба.

— Звісно заселили. Буквально днями. Совєтські госслужащі повинні десь жити. Правда, їх попередили, щоб не чіпали ваших речей. Але гарантії нема. Зате є гарна новина: там у сусідстві сьогодні звільняється жилплоща… Так що вони з вашої квартири переселяться туди.

НАЗВИ ВУЛИЦЬ, ПРОСПЕКТІВ І ПЛОЩ ДОВОЄННОГО ЛЬВОВА

Академічна — проспект Тараса Шевченка.

Баторія — вул. князя Романа.

Вали (Гетьманські Вали) — проспект Свободи.

Длуґоша — вул. Кирила і Мефодія.

Жулкевського — вул. Хмельницького.

Зиблікевича — вул. Івана Франка.

Зимoровича — вул. Джохара Дудаєва.

Кісельки — вул. Опришківська.

Легіонів — проспект Свободи.

Коритна — вул. Липинського.

Корсо — прогулянкова зона вздовж проспектів Т. Шевченка та Свободи.

Костюшка парк — парк ім. Івана Франка.

Кохановського — вул. Левицького.

Кракідали — торгова площа за Оперним театром.

Крута — вул. Вороного.

Набєляка — вул. Котляревського.

Пєрацького — вул. Залізнична.

Полтвяна — проспект В'ячеслава Чорновола.

Рейтана — вул. Курбаса.

Романовича — вул. Саксаганського.

Огородницька — вул. Городнича (тут «город» у значенні «сад»).

Святого Марка — вул. Кобилянської.

Смольки площа — площа Григоренка.

Сольська площа — площа Зернова.

Театинська — вул. Кривоноса.

Третього Мая — вул. Січових Стрільців.

Хорунщина — вул. Чайковського.

Чарнецького — вул. Винниченка.

Ягеллонська — вул. Гнатюка.

ПРО АВТОРА

Юрій Винничук (1952) — відомий український письменник, журналіст, перекладач і редактор. Свій творчий шлях він розпочав ще в 1970-х роках як автор непересічних поетичних творів, а згодом і літературних містифікацій, серед яких читачам особливо запам'яталося «Житіє гаремноє» — вигадані щоденники Роксолани. На початку 1990-х років письменник був режисером естрадного театру «Не журись» та засновником «Кабарету Юрця і Стефця».

Але справжній успіх принесло Юрію Винничуку звернення до великої прози. Його романи «Діви ночі» (1991), «Танґо смерті» (2012), «Аптекар» (2015), «Цензор снів» (2016), «Лютеція» (2017) та «Нічний репортер» (2019), захопливі та драматичні, позначені неабиякою майстерністю і глибоким знанням матеріалу, мають величезну популярність і любов читачів. На рахунку письменника також ціла низка творів для дітей і краєзнавчі видання «Легенди Львова» (1999), «Кнайпи Львова» (2000), «Таємниці львівської кави» (2001) і «Таємниці львівської горілки» (2006). Лише побіжний перелік створеного письменником у різноманітних жанрах за останні десятиріччя мав би займати кілька сторінок.

Твори Юрія Винничука перекладено англійською, німецькою, французькою, хорватською, польською, болгарською, сербською, білоруською, японською, китайською мовами і навіть мовою есперанто, чимало з них відзначені престижними літературними нагородами.

Із особливим задоволенням вітаємо пана Юрія з блискучим дебютом із новим романом у видавництві «Фабула»!

ФАБУЛА
ВИДАВНИЧИЙ ДІМ

Літературно-художнє видання

Юрій Винничук

ВІЛЛА ДЕККЕРА

Роман

Дизайн обкладинки та ілюстрації *І. І. Нестеренко*
Головний редактор *А. А. Клімов*
Редактор *Т. О. Попова*
Технічний редактор *Т. Г. Орел*
Коректор *Н. В. Красна*
ФБ902046У. Підписано до друку 13.07.2021.
Формат 84 × 108/32. Папір офсетний.
Гарнітура Minion. Друк офсетний.
Ум. друк. арк. 15,12.
ТОВ Видавничий дім «Фабула»
Свідоцтво ДК № 7005 від 12.12.2019.
вул. Котельниківська, 5, м. Харків, 61071.
Для листів: вул. Космічна, 21а, м. Харків, 61145.
e-mail: info@fabulabook.com
Тел. (057) 717-61-80,
тел./факс (057) 719-58-67.
Надруковано у ПП «Юнісофт»
UNISOFT
вул. Морозова, 13 б, м. Харків, 61036
www.unisoft.ua
Свідоцтво ДК №5747 від 06.11.2017 р.
Наклад 3100 прим. Замовлення № 190/07.

З питань реалізації звертайтесь: trade@fabulabook.com.